मोह–राग

मोह–राग

जानकी प्रसाद पांडेय

White Falcon Publishing

मोह–राग

जानकी प्रसाद पांडेय

Published by White Falcon Publishing
Chandigarh, India

The contents of this book have been certified and timestamped on
the Gnosis blockchain as a permanent proof of existence.
Scan the QR code or visit the URL given on the back cover to
verify the blockchain certification for this book.

The views expressed in this work are solely those of the author
and do not reflect the views of the publisher, and the publisher
hereby disclaims any responsibility for them.

Requests for permission should be addressed to
jprasadpandey@gmail.com

ISBN - 979-8-89222-057-6

समर्पण

माता–पिता के चरणों में अर्पित पुष्पगुच्छ

मोह–राग

"बेटे बिना सांसारिक जीवन जिए तुम जीवन के सही अर्थ को समझ ही नही सकते. रिश्ते–नाते, जीवन की कठिनाईयॉ, उतार–चढ़ाव, संघर्ष, आरोह–अवरोह को बिना समझे तुम जीवन और जगत को कैसे समझोगे? जब तक रिश्तों की बारीकियॉ, भावनाओं के बंधन तुम नहीं समझोगे, आध्यात्मिकता केवल एक कोरी व नीरस एकरसता भरी कहानी होगा."

रोज की भॉति आज भी वे ब्रह्ममुहूर्त में ही उठ गए थे.थोड़ी देर वे लकड़ी के तख्त पर बिछी आसन पर बैठ कर हमेशा की भॉति मंत्र पढते हुए पृथ्वी एवं विभिन्न देवताओं का स्मरण कर उन्हें प्रणाम करते रहे.फिर उन्होंने दोनों हाथ जोड़ कर अपने माथे पर लगाए.इसके बाद उठ कर पृथ्वी को छूते हुए प्रणाम किया और फिर चलते हुए अपने कमरे की ओर आए और दिशा फिरागत हेतु लोटा जल से भर कर धीरे–धीरे चलते हुए बाहर आए.आश्रम के भीतरी परकोटे वाली लोहे की जाली का ताला पहिले ही खुल चुका था.यहॉ ऑगन में आकर उन्हें अच्छा लगा.चंद्रमा अभी अस्त नही हुआ था.कल पूर्णमासी थी.आकाश में अभी भी पूरा चॉद खिला हुआ था.उसकी ओर वे कुछ क्षणों तक टकटकी बॉधे देखते रहे फिर चल कर मुख्य दरवाजे की ओर बढे.आगे गोशाला थी.गाऐं उन्हें देख कर एक पल को रौंथाना छोड कर उनकी ओर देखने लगीं.गोशाला का सेवक भी उठ ही गया था तथा वह उनके लिए सानी–पानी की व्यवस्था कर रहा था.उनके पास से होते हुए उन्होंने भूरी गाय की

पीठ कर हाथ फेरा.उसने जोर से पूँछ घुमाते हुए इन्हें देखा और फिर रौंथाने लगी.

वे बाहरी मुख्य लकड़ी के गेट पर आए.बड़ा–सा दरवाजा था.इसे सुबह ही सेवक खोल देता था तथा रात को दस–ग्यारह बजे बंद कर देता था.वे दरवाजे से होकर बाहर आए.बाहर घुप्प अँधेरा था.केवल आसमान में तारों की टिमटिमाहट तथा हल्की होती चाँदनी का सफेद प्रकाश ही चारों ओर फैला था.

आश्रम शहर से दूर एकाँत,शाँत जगह पर था.यहाँ बस्ती का नामोनिशान नही था.उन्होंने जानबूझ कर ऐसा स्थान चुना था.उन्हें बचपन से ही एकान्त नीरवता पसंद थी.ऐसे में वे अजीब–सा आकर्षण व आनंद की अनुभूति करते थे.आगे घना जंगल था.यद्यपि यहाँ जंगली जानवरों का भय तो नही था किन्तु सेही,सियार वगैरह तो थे ही यहाँ.उन्हें यह सब अच्छा लगता था.रोज ही वे इसी समय और माहौल में सुबह दिशाफिरागत होकर आगे नदी पर नहाने जाते थे. इस समय तक कोई भी इधर नही आता था किन्तु वे निडर थे.सोचते थे जब मैंने अपना जीवन ही प्रभु चरणों में अर्पित कर दिया है तो डर काहे का.वह चाहेगा तो वह रहेंगे नही तो नही.उनका इस पर अधिकार कैसा.जब कोई चीज उनकी है ही नही तो उसके छिन जाने का डर कैसा? नित्य क्रिया से निपट कर वहीं नल पर उन्होंने हाथ आदि धोए तथा आगे चल दिए.साथ में पीछे चलते हुए सेवक को उन्होंने लोटा दिया और उसे वापिस आश्रम जाने का इशारा किया.अब वे नदी की ओर जा रहे थे किन्तु थोड़ी दूर चल कर एक ओर मुड़ गए.इधर पुरानी किसी रियासत के समय की छत्रियाँ बनी हुई थीं.मेहराबदार जालियाँ लगी बाल्कनी व बहुत विस्तृत क्षत्रियाँ थीं.इधर अंधेरा–सा था.यद्यपि नदी तरफ सरकारी लाईटें लगीं थीं किन्तु इधर उनका उजास इतना अधिक नही था.आज उनका मन उचाट था.रात में भी कैसे–कैसे स्वप्न उन्हें आए थे.वे अपने आप

को बहुत समझाते थे कि वे राग–द्वेष से दूर हैं.अब उन्होंने अपना सब कुछ ईश्वर के चरणों में अर्पित कर दिया है.अब उनका कुछ भी नही है,न वे किसी के है किन्तु फिर भी राग मन से जाता ही नही था.बार–बार रात का स्वप्न जिसमें घर छोड़ते समय सोती हुई पत्नि का शॉत–प्रशांत चेहरा उनके आगे आ जाता था.उसकी छाती से लग कर सोया हुआ पुत्र,आंचल से ढकी ममतामयि मॉ की गोद में छिपा उसका चेहरा, ऑखों के आगे से जाता ही नही था.

आज इतने वर्षों बाद वह जीवित हो उनके मन को मथे जा रहा था.ऐसे में उन्होंने अपने मन को बहुत समझाने का प्रयत्न किया कि यह वैराग्य के नियमों के विपरीत है.पत्नि,बच्चे,परिवार,रिश्ते–नाते इनसे रागत्व भाव अब उन्हें नही रखना चाहिए किन्तु मानवीय कमजोरियों का कोई क्या करे.शास्त्रों,पुराणों में कुछ भी लिखा हो मन की गलियों को कौन रोक सकता है.

वे सामने बहती नदी के जल को देख रहे थे.ठंड के दिन थे.ऐसे में इतने सबेरे नदी के जल की सतह पर भाप–सी उठ कर कोहरे–सी छाई थी.उन्हें लगा उनके भीतर भी ऐसा कुछ है किन्तु आज वह धीरे–धीरे छॅटती–सी जा रही है.एक–एक पल उन्हें अपना अतीत याद आ रहा था.मन के सुनहरे पर्दे पर चित्रपट की भॉति उन्हें स्पष्ट दिख रहा था कि वे अपने विशाल घर में हैं,पिता और मॉ के असीम ममत्व से परिपूर्ण उनका जीवन है.कभी वे अपने खेतों में लगी हरी–भरी फसलों के बीच हरियाली के भीतर खेतों की मेड़ों के बीच बैठ कर होला बना कर खा रहे हैं, और भी लोग बैठे साथ दे रहे हैं.ट्यूब–वैल से बह कर आता गर्म भाप उठता पानी आसपास के दूसरे खेतों को सींच रहा है.कितना सुखद व सुन्दर परिवेश था.अचानक उनकी नजर नदी के किनारे पर पड़ी–आश्रम के छात्र,साधु–सन्न्यासी सभी लगभग स्नान कर चुके थे.पूर्व दिशा का आसमान सिन्दूरी हो कर क्रमशः प्रभात के आगमन की सूचना

दे रहा था.उन्हें ध्यान आया कि उठ कर स्नान के उपरांत जल्दी ही आश्रम चलना चाहिए नही तो विलंब हो जाएगा.पूजन–अर्चन में मंत्रों का उच्चारण उन्हें ही करना होता था.पुजारी तो गर्भगृह की साफ–सफाई,विग्रहों की स्नान पूजा,चंदन,हार–फूल,पोशाक व भगवान को भोग लगाने का ही काम करते थे.अतः वे उठे और नदी की ओर चल दिए.धीरे से नदी के सुबह वाले भाप उठते गर्म पानी में उतरे,एक डुबकी लगाई,उनके शरीर से भी पानी के संपर्क से भाप–सी उठने लगी.उन्होंने मंत्रोच्चार कर अपना सिर व शिखा स्नान किया,फिर गीले ही वस्त्रों में ही किनारे रखे गमछे से अपना शरीर पौंछा.इसके बाद नदी के जल से आचमन कर सूर्य को अर्द्ध दिया व वैसे ही गीले वस्त्रों में आश्रम की ओर चल दिए.रास्ते में भक्त मिलते तो कोई उनके चरण–स्पर्श के लिए झुक कर प्रणाम करता,कोई केवल हाथ जोड कर,वे सबको अपना आशीष देते हुए आश्रम की ओर चले जा रहे थे.

आश्रम का प्रवेश–द्वार आने पर शायद सेवक उनके कपड़े लिए उनका ही इंतजार कर रहा था.उसने उन्हें शोला–वस्त्र,कोपिन वगैरह पहिनने को दी.वे वहीं बने एक कक्ष में जाकर वस्त्र बदलने लगे.सेवक गीले वस्त्र लेकर कुँऐं पर गया और रस्सी से पानी खींच कर उन्हें धोने लगा.इसके बाद सभा–मंडप के कोने में टंगी अर्गनी पर उसने उन वस्त्रों को सुखा दिया.

इस बीच संतजी वस्त्र बदल कर अपने बालों को सुखा और सँवार कर वहाँ आ गऐ थे.छात्र भगवान के जागरण हेतु 'सुप्रभातम्' का पाठ समवेत स्वर में जोर–जोर से कर रहे थे.भक्तिमय माहौल था.अभी गर्भ–गृह के पट बंद थे.संतजी आकर गर्भ–गृह के दरवाजे के पास अपने नियत स्थान पर खडे हो ठाकुरजी की पूजा हेतु उनके स्नान,वस्त्र बदलने,चंदन–तिलक,श्रृंगार से सम्बन्धित मंत्रों का

उच्चारण करने लगे.भीतर पुजारी जी उनके मंत्रों के अनुसार ठाकुरजी की सेवा कर रहे थे.

अंत में संतजी ने मंत्रों का उच्चारण बंद किया.थोडी देर में गर्भ-गृह के पूरे पट खोल दिए गए.भगवान के दर्शन हेतु भक्त उमड़ पड़े.इसके बाद कर्पूर-आरती,तुलसी-अर्चना तथा भोग आदि लगाया गया.

आश्रम संतजी के गुरू ने बहुत परिश्रम से बनवाया था.नगर-नगर घूम-घूम कर इसके लिए धन एकत्रित किया.दिन-रात कभी इस गॉव,कभी उस गॉव जा-जाकर भक्तों से सहयोग मॉगा तथा भक्तों ने जो दिया उसे एकत्रित कर यह निर्मित किया था.

नदी से थोडी दूरी पर यह स्थान घने जंगल से घिरा हुआ था.बीच में एक खुला मैदान था.ऐसी जगह ही उन्हें पसंद थी-एक दम शॉत व नीरव.सबसे पहिले उन्होंने मंदिर का गर्भ-गृह बनवाना आरंभ किया,फिर रसोइघर,कोठार व बाद में सभा-मंडप के पास ही दो-तीन कमरे अपने लिए बनवाए.कोने वाले कमरे में वे स्वंय रहते थे.बीच वाला पुजारीजी का था व इसके बाद वाला जल घर था.यहॉ मंदिर व इन लोगों के उपयोग हेतु शुद्ध व पवित्र जल रखा रहता था.

इसके बाद ऑगन था.ऑगन के आसपास दोनों ओर फिर बहुत से कमरे थे.सबसे आगे धर्मशाला थी तथा उसी के पास था कुॉ.

धर्मशाला की देखभाल के लिए कुॅएं के पास ही दो मंजिला भवन था जिसमें धर्मशाला का मैनेजर व सेवक आदि रहते थे.ऑगन के दोनों ओर बने कमरों में से एक तो वृंदादेवी को दे रखा था.प्रवचनकार थीं.बडा नाम था इनका चारों ओर, और दूसरे दो-तीन कमरे विद्यार्थियों के लिए थे.पहिले दो कमरे विशिष्ट अतिथियों के लिए रख छोडे थे.

00

वृंदा देवी की कथा भी बहुत व्यथापूर्ण थी.वे बुन्देलखण्ड के किसी छोटे से गॉव की थीं.घर में केवल मॉ ही थी.पिता इनके जन्म के पूर्व ही स्वर्ग सिधार गए थे.घर में न खेती थी और न ही अन्य कुछ जीवन चलाने के साधन.मॉ गॉव भर में मजदूरी कर के दोनों का पेट भरतीं थीं.रात को अपनी बच्ची वृंदा को गोद से चिपका कर फटी गोदड़ी जमीन पर बिछा कर सो रहतीं.बच्ची प्रतिभावान थी.छोटे से ही कोई भी बात बड़ी जल्दी समझ लेती थी.कोई एक बार कुछ कह देता तो वह उसे कंठस्थ हो जाता था.घर के पास ही पाठक जी की बखरी थी.उनके बाहरी चबूतरे पर शाम ढलते ही आसपास के छोटे बच्चे रिहल पर रामायण रख कर बॉचते.....'जिहि सुमिरत सिध होई गन नायक करिवर बदन,

करउ अनुग्रह सोई बुद्धि रासि सुभ गुन सदन।

और इनकी बच्ची दौड़ती हुई आकर इनके बीच सम्मिलित स्वर में रामायण बॉचने लगती.उसकी आवाज सहज रूप में पतली व मीठी थी.अतःरामायण की चौपाईयों और दोहों का हिन्दी अर्थ यही अपनी मीठी आवाज में जोर–जोर से रामायण सुनने बैठे लोगों को सुनाती जाती थी.धीरे–धीरे रामायण उसे पूरी कंठस्थ हो गई थी.उसकी इस प्रतिभा को पहिले पास–पडौस के लोगों ने देखा, फिर धीरे–धीरे गॉव भर में यह बात फैल गई.तीज–त्यौहार पर वह गॉव की अथाई में गॉव भर के लोगों को रामायण सुनाने व समझाने लगी.छोटी बच्ची की आवाज इतनी मधुर व आकर्षक थी कि सभी श्रोताओं का वह मन मोह लेती.

गॉव के किसी चतुर सुजान ने सुझाव दिया कि जब बच्ची इतनी होनहार है तो इसे स्कूल में पढ़ने भेजना चाहिए.बच्ची की मॉ के पास तो स्कूल भेजने की सामर्थ्य थी नही,भोजन ही मजदूरी कर जुटा पाती थी.इसलिए गॉव वालों ने उसके स्कूल में पढ़ने की व्यवस्था की.

वह स्कूल की सीढ़ियाँ एक के बाद एक चढ़ती गई.पाँचवीं के बाद गाँव में स्कूल था नही ,पड़ौस के गाँव में था.अतः सभी ने मिल कर उसे वहाँ भर्ती करवा दिया.इसी बीच उसकी रामायण कथा—वाचन सुन—सुन कर लोगों ने उसे वृंदा नाम दे दिया.माध्यमिक कक्षाऐं वहाँ थीं, वह पार कर गई.अब बडे शहर उसे भेजना था.अतः गाँव वालों ने चंदा एकत्रित किया और शहर के कॉलेज में उसका एड़मीशन करवा दिया किन्तु उसकी माँ उसे अकेला छोड़ने को तैयार नही थी.उसे वहाँ उसके रहने पर कितनी ही शंका—कुशंकाऐं थीं.अतः उसे भी शहर में बेटी के साथ रहने को गाँव वालों ने कहा.इसके बाद वह उसे शहर में कॉलेज भेजने पर सहमत हो गई.

वहाँ किराये का मकान लेकर वे लोग रहने लगे.वृंदा सुबह घर के कामों में माँ का हाथ बँटाती व दोपहर में कॉलेज जाती और वहाँ से कॉलेज लायब्रेरी के संस्कृत खंड में जाकर घंटों विभिन्न ग्रंथों का अस्वादन करती रहती.विभिन्न रामायणें,गीता,पुराण,वेद,उपनिषद् वह पढ़ती.उसकी ज्ञान—पिपासा बढ़ती ही जा रही थी.इसी बीच तीज—त्यौहार पर दोनों वापिस गाँव आ जाते व गाँव वालों व्दारा आयोजित धार्मिक कार्यक्रमों में रामायण का पाठ व फिर विभिन्न विषयों पर प्रवचन भी करती.

उसकी कीर्ति बढ़ती ही जा रही थी.गाँव से शहर व फिर प्रदेशों में उसकी प्रशंसाऐं होने लगीं.लोग उसे शादी—ब्याह,कथा—भागवत में बुलवाते व फिर उसके प्रवचन सुनते.

वृंदा ने भी चतुराई से प्रवचन की व्यवस्था मनोरंजक ढंग से कर ली थी.पहिले वह भजन—मंडली व्दारा भजन करवाती, फिर मधुर वंशी—वादन के बाद तबले,हरमोनियम जैसे वाद्य—यंत्रों के साथ भजन गाती.भगवत् भजन गाते हुए बहुत ही भक्तिमय परिवेश बना देती.फिर वह अपने प्रवचन आरंभ करती.वृंदा की कीर्ति चारों ओर फैल रही

थी.कॉलेज की पढ़ाई समाप्त कर वह किसी दार्शनिक विषय पर पीएचडी करने हेतु शोध–प्रबंध लिख रही थी.अब वह किसी पर भी निर्भर नही थी.उसके प्रवचन,भजन से ही इतनी धनराशि एकत्रित हो जाती थी कि वह दोनों के जीवन–यापन के लिए पर्याप्त हो कर बच भी जाती.मॉ और बेटी अभी अध्ययन के सिलसिले में शहर के बाहरी इलाके में किराये के मकान में ही रह रहे थे.कभी–कभी गॉव के अपने घर आते तो गॉव का माहौल उत्सवमय हो जाता.गॉव के लोगों में से कोई कुछ दे जाता,कोई आटा–सीधा और कोई दाल–चावल.यहॉ तक कि उसकी जाति के काछी समाज के लोगों से कुछ न बनता तो अपने कछियारे के खेतों से साग–भाजी निकाल कर उसके घर दे जाते.

घर में रोज रसोई होती,गॉव घर के लोग भोजन करते,भजन–कीर्तन होता और सब उत्सव–सा मनाते.गॉव से शहर जाने वाले दिन गॉव वालों के आग्रह पर गॉव की अथाई में सभी गॉव वाले एकत्रित होते और रामायण के भरत–मिलाप,सीता जी के विवाह से सम्बधित रामायण के अंशों पर प्रवचन होता.इसका आरंभ रामायण के उपरोक्त अंशों का सस्वर संगीतमय पाठ से होता.

इसके बाद गॉव वाले उन दोनों को छोड़ने गॉव से बाहर शहर की ओर जाने वाली सड़क तक आते.वे उसकी कार के पीछे–पीछे चलते.वृंदा और उसकी मॉ इस आवभगत से अभिभूत हो इनसे विदा लेते समय कार रोक कर बाहर आते और सभी को दोनों हाथ जोड़ कर प्रणाम करते.

इस बार वृंदा को अपने अध्ययन वाले शहर से दूर किसी शहर से वहॉ की रामायण मंडली व्दारा प्रवचन एवं भजन करने का निमंत्रण मिला था.अगले दो–चार दिनों बाद वहॉ पहुँचना था,जिसके बाद वहॉ पंडाल व्यवस्था आदि का निरीक्षण कर अपने वाद्य–यंत्रों को

ठीक–ठीक जमाना तथा अपने खाने–पीने,ठहरने की व्यवस्था आदि देखना थी.

इस हेतु वे एक दिन पहिले ही वहॉ के लिए निकल पड़े.रास्ता पहाड़ी था.यद्यपि सड़क मार्ग तो ठीक था किन्तु सड़कें सरपीली व टेढ़ी–मेढ़ी तथा ऊॅची–नीची थीं.इस पर मार्ग में घाट ही घाट थे.अंधे मोड़ भी थे.इसके बाद सड़कें सकरी भी थीं.केवल एक–दो वाहन ही एक समय में वहॉ से एक साथ निकल सकते थे.हालांकि वे लोग रास्ता लंबा होने के कारण सुबह जल्दी ही घर से निकले थे किन्तु दूर का सफर उनकी अपेक्षाओं के अनुसार दिन ही दिन में समाप्त नही हुआ.ड्रायवर ने कहा भी था कि वहॉ का रास्ता अत्यंत कठिन था,अतःइसे दिन ही दिन में पार करना पड़ेगा.अधिक से अधिक दिन ढलते तो किसी भी तरह इसे पार कर ही लेना चाहिए था.यह जंगली इलाका भी था.यहॉ सड़क पर प्रकाश व्यवस्था भी नही थी.घुप्प अंधेरे में इन सड़कों को पार करना थोड़ा मुश्किल था.वे लोग हाईवे को छोड़ कर शहरों के बीच से होकर भी चले थे जिससे जल्दी निकल चलें किन्तु यहाँ सड़कों पर लोगों की भीड़ थी तथा सड़कों की स्थिति ठीक न होने से गाड़ी भी धीमी चलानी पड़ी थी.बीच में वृंदा से ड्रायवर ने कहा भी था कि कहीं बीच में रुक कर एक रात गुजार लेते हैं,सुबह होते ही चल पड़ेंगे किन्तु वृंदा न मानी थी.उन्होंने उन लोगों को वहॉ पहुॅचने का कार्यक्रम बता दिया था.अतः समय पर न पहुॅचने पर वे लोग परेशान होते.अतः वे ड्रायवर से बोलीं–"धीरे व सावधानी से उस हिस्से को पार कर लेंगे". जब वो हिस्सा आया तो ड्रायवर बिल्कुल सावधानी से धीमे गाडी चलाने लगा.बहुत सा हिस्सा तो पार भी हो गया था किन्तु घाट का रास्ता थोड़ा सॅकरा था.सामने से ट्रक भी आ रहे थे.अतः जब वे घाट के बीच में पहुॅचे तो वहॉ पहिले से ही दो–तीन ट्रक खराब होकर बीच सड़क पर खड़े थे.इधर–उधर बहुत जगह थी.उन लोगों ने गैरेज वाले को फोन कर

दिया था.वह आने ही वाला था.वही इन्हें रास्ते से हटाता किन्तु इसी बीच उन्होंने देखा घाटी के ऊपर से एक ट्रक बेकाबू होकर उनकी ही तरफ आ रहा था.शायद उसके ब्रेक फैल हो गए थे तथा भारी सामान लदा होने से बिना ब्रेक के ड्रायवर से भी वह संभल नही रहा था.अतः वह ट्रक इनकी कितनी ही सावधानी करने के बाद भी इन्हीं से जा टकराया,उसके टकराने से एक जोरदार आवाज हुई और वह इन्हें खाई की तरफ ढकेलने लगा.आगे खराब ट्रक खड़े थे.अतः ड्रायवर व्दारा गाड़ी को एक तरफ करने के दौरान वह सीधे सड़क के किनारे से उतर कर नीचे खाई में जा गिरी.ड्रायवर और वृंदा की माँ ने शायद सीट बैल्ट भी नही लगा रखा था.अतःवे लोग आगे की सीटों से टकरा कर कार के दरवाजे से बाहर फिक कर किसी चट्टान पर जा गिरे.वृंदा ने सीट बैल्ट बाँध रखा था. अतः वह कार में घायल व बेहोश पड़ी थी.वह तो अच्छा हुआ कि वृक्षों की झाडियाँ इतनी घनी थी कि वे उनसे टकरा कर कार में पड़ी रहीं.यद्यपि कार बुरी तरह टूट चुकी थी.

संत श्री राघवाचार्यजी का आश्रम पास ही था.अपने एकांतप्रिय स्वभाव के कारण ही इस शांत जगह पर वे घूमने आया करते थे.इसी जंगल की सूनी व एकांत जगह की इन पगडंडियों पर वे घूमने निकलते थे.उन्होंने कार के सड़क से नीचे गिरने की आवाज सुनी तो वे दौड़ते हुए इधर आए.एक सेवक भी उनके पीछे–पीछे चलता था.अतः वह भी साथ ही आया और कार के टूटे दरवाजे से भीतर झाँका तो वृंदा को गहन बेहोशी की अवस्था में उन्होंने पाया.वृंदा को देखते ही वे उसे पहचान गए थे.वृंदा अब तक राष्ट्रीय स्तर पर ख्यात हो चुकी थीं.पूरे देश में उनके प्रवचन व रामायण पर व्याख्यान होते थे.उनकी नाक से खून बह रहा था किन्तु वह जीवित थीं.सेवक की सहायता से उनका सीट बैल्ट खोल कर उन्हें बाहर निकाला और फिर स्वंय आस–पास देखने लगे.थोड़ी दूरी पर चट्टान के पास दो

शव पड़े हुए थे—एक स्त्री व एक पुरुष का.पुरुष की ड्रेस से उन्होंने अंदाजा लगाया कि यह ड्रायवर होगा.उन्होंने सेवक को सब कुछ छोड़ कर वापिस आश्रम दौड़ाया और लोगों को तथा इन्हें ले जाने हेतु आश्रम की गाड़ियॉ लाने के लिए भेजा और स्वंय वृंदा की हालत समझने में लग गए.अभी उनकी सांस चल रही थी.

जल्दी ही सेवक वाहन ले कर आ गया.संतजी ने उसे और साथ आए अन्य सेवकों को वृंदा तथा ड्रायवर और वृंदा की मॉ को वाहन में रखने के लिए कहा. सेवक तीनों को गाड़ी में रखने के बाद संतजी की तरफ देखने लगे.संतजी ने उन्हें अस्पताल—जो लगभग पंद्रह—बीस किलामीटर दूर था— ले जाने तथा वृंदा अभी जीवित थी, अतः उसकी विशेष देखभाल करते हुए वहॉ भर्ती करवाने को कहा.फिर सेवक से मोबाइल लेकर पुलिस को भी दुर्घटना की जानकारी दी.

वाहन चला गया.साथ में संत जी तथा अन्य सेवक भी वापिस आश्रम आ गए.संतजी को भगवान की सेवा—पूजा की चिन्ता थी.अतः वे अपनी दिनचर्या के अनुसार घूमने के रास्ते से पीछे मुड़ कर नहाने के लिए नदी की तरफ चल दिए.

वहॉ से आकर भगवान की सेवा—पूजा में लग गए.दोपहर को संतजी के सेवक वापिस अस्पताल से लौटे.साथ ही ड्रायवर व वृंदा की मॉ के शव भी थे.पुलिस ने आवश्यक कार्यवाही कर यह उनके ही सुपुर्द कर दिए थे.वृंदा अस्पताल में भर्ती थी.अस्पताल संतजी से परिचित था, अतः विशेष असुविधा नही हुई.

संतजी ने वृंदा की देखभाल के लिए शाम तक एक आश्रम वासिनी सन्यासिनी को उनकी देखभाल के लिए भेज दिया था.वहॉ उनका ऑपरेशन वगैरह चल रहा था.बाद में उन्हें विशेष वार्ड में भेज दिया गया.रमा उनकी देखभाल कर रही थी.अभी भी वृंदा की चेतना

नही लौटी थी.डॉक्टर कहते थे कि इसके लिए सुबह तक इंतजार करना होगा.

संतजी आश्रम से ही सभी जानकारी लेते रहे.वे शोले में थे अतः वहॉ जा नही सकते थे.

00

संतजी भजन–प्रवचन के बाद अपने कमरे में चले गए.अब उनका नाश्ते व हल्के विश्राम का समय था.रसोईया महाराज ने एक विद्यार्थी के साथ उनका नाश्ता वहीं भिजवा दिया था.

दूध,ड्रायफ्रूट और कुछ अंकुरित खाद्य पदार्थ था इसमें.विद्यार्थी यह सब रख कर बाहर चला गया.संतजी ने नाश्ता किया और थोड़ी देर बाद कोई धार्मिक पुस्तक लेकर उसे पढ़ने लगे किन्तु मन नही लग रहा था.उन्होंने अपने भीतर झांक कर स्वंय इसका कारण ढूढने का प्रयास किया किन्तु कुछ भी स्पष्ट नही हो रहा था.फिर भी उन्हें मन में कुछ अजीब–सा लग रहा था.जैसे उनका बेहद निजी कुछ जीवन का आवश्यक संबन्ध उनसे छूट गया हो.

00

वे छोटे से गॉव में एक अच्छे से परिवार से सम्बन्धित थे.पहाड़ों से घिरा वह सुन्दर गॉव बहुत रमणीय था.ये पहाड़ सागौन,गूलर,तेन्दू,चरवा,सलैया,हरड–बहेड़ा तथा अन्य कई तरह के पेड़ों से ढके हुए थे.अच्छा घना जंगल था.झाड़िया थीं.सागौन के पेड़ तो इतने घने थे कि इनके बड़े–बड़े पत्तों से सूरज की रोशनी जमीन पर पहुँच ही नही पाती थी.इसके अतिरिक्त इन पर बेर,मकोई की झॉड़ियॉ ही झॉड़ियॉ थीं.जो इन पहाड़ियों को और भी डरावनी

बना देती थी.जंगल में जंगली जानवरों की भरमार थी.शेर,चीता,हिरन तो थे ही सियार,सेही जैसे जानवर भी थे.गॉव के लोग जंगल के अंदर जाने से डरते थे.इन पहाड़ों के ऊपर चढ़ने पर दाहिनी ओर के पहाड़ पर एक छोटी–सी मंदिरी बनी थी.जिसमें शिवमूर्ति विराजित थी.दूसरी ओर की पहाडियों में राजाओं के जमाने का महल बना हुआ था.जिसे देख कर लगता था कि इतनी ऊँचाई पर कैसे इतने विशाल भवन के निर्माण हेतु भवन–सामग्री ले जाई गई होगी.महल के भीतर सब कुछ था,जो जीवन निर्वाह के लिए आवश्यक होता है.––एक बाउड़ी थी,थोडी दूर एक गहरा कुॅऑ भी था, जिसमें नीले रंग का शुद्ध स्फटिकवत् जल भरा रहता था.एक खेत भी था तथा चारों ओर पानी से भरी खाई थी.अब तो उधर कोई जाता नही था किन्तु जब यह आबाद था, तब की स्थिति की कल्पना मात्र से मन रोमांचित हो जाता था.फिर भी तीज–त्यौहार पर महल में स्थित मंदिर की राधाकृष्ण की मूर्तियों को रंगीन मखमल की पोशाक से श्रृंगारित कर सजाया जाता था.पुजारी इस दिन आकर भगवान के विग्रहों की अच्छी तरह पूजा–सेवा आरती करता.गॉव के लोग भी सुबह से ही पहाड़ी चढ कर आते और जो कुछ उनसे बन पड़ता वह चढ़ाते,पूजा करते,हाथ जोड़ते,स्तोत्र पढ कर भगवान की आराधना करते.

गॉव के दूसरी ओर बड़ा लंबा–चौड़ा तालाब था.इसके एक ओर से बंधान बॉध कर पानी को रोका गया था.इसके तीनों ओर तो पहाड़ों के कारण तालाब का पानी रुका ही रहता था.इस तालाब के बंधान के पार भी कुछ लोग बसे हुए थे.ये ढ़ीमरों की बस्ती थी.इनकी जीविका का साधन यही तालाब था.वे इसमें मछली पालते,सिंघाड़े की बेलें रोपते और उनमें सिंघाड़े आने के बाद उनके पक जाने पर निकाल–निकाल कर ट्रकों व्दारा शहर में बेच आते.इस तालाब के बंधान पर आने–जाने हेतु छोटी पतली–सी चढ़ाव वाली जगह थी, जिसे लोग भरका कहते थे.यह केवल पैदल चलने के ही काम

आती.बीच में तालाब से पानी छोड़ने की कल थी,जिससे सिंचाई विभाग का कर्मचारी गॉव वालों के खेतों की सिंचाई हेतु पानी छोड़ता व बंद करता.बरसात में तो तालाब इतना भर जाता था कि गॉव एक टापू–सा होकर सभी भू–मार्गों से पूरी तरह कट जाता. ऐसे में शहर जाने के लिए पहाड की तलहटी लॉघते हुए लंबे रास्ते से चल कर शहर जाने वाली सड़क पर पहुँच पाते.बरसात के अतिरिक्त ठंड और गर्मी में जब पानी की निकासी हो जाती तो तालाब लगभग आधा खाली हो जाता,तब जो जमीन तालाब के खाली होने से निकलती वह जिस जिस की होती वह वहॉ गेहूँ वगैरह बोता.इसमें खाद देने की आवश्यकता नही होती और फसल भी अच्छी होती.

गॉव की बसाहट अजीब तरह की थी.इसमें ठाकुरों की अधिकता थी.लोदियों की बस्ती गॉव के प्रवेश करते ही थी.इसके आगे काछी वगैरह थे.उनके खेत भी घर से लगे हुए ही थे.जिनमें वे लोग विभिन्न साग–भाजी उगाते और गॉव में फेरी लगा कर बेचते.बस यहॉ एक कमी थी कि आवागमन का सुविधाजनक साधन नही था.बस अड्डा तालाब की पाल से पार करने के बाद ढीमरों की बस्ती के बाद पहाड़ काट कर बनाए रास्ते–भरका से उतर कर जाना होता.यह करना इतना सरल भी नही था.बच्चे और जवान तो इसे उतर–चढ़ कर पार कर लेते किन्तु बूढ़े लोगों की इसमें सॉसें फूल जाती.बीच रास्ते में एक–दो जगह बैठ कर वे उतर या चढ़ पाते.बच्चे तो कभी–कभी पहाड़ उतरते हुए उस पर उगे हुए सीताफल की झाडियों से व बेर के पेड़ों से सीताफल व बेर खाते जाते किन्तु वृद्धों और महिलाओं की इससे सम्बन्धित कठिनाई अधिक थी.इससे उतर कर एक और गॉव आता था जिसमें सरकारी अस्पताल,आयुर्वेद चिकित्सालय के साथ ही पुलिस चौकी वगैरह भी थी.लगभग एकाध किलोमीटर गॉव के भीतर से चलने के बाद बस अड्डा आता था.यहॉ बस अड्डे की व्यवस्थित सुविधाऐं,जैसे भवन,कुर्सियॉ,पानी वगैरह था नही केवल एक

चबूतरा बना था जिस पर आने–जाने वाले यात्री अपना सामान रखते व बैठ कर आने वाली बस का इंतजार करते और बस आ जाने पर उसमें बैठ कर अपने गंतव्य की ओर चल देते.

यहॉ से बस भी केवल एक ही चलती थी,सुबह और यही बस लौटते हुए शाम को यहीं से गुजरती थी.इन बसों में भीड भी बहुत अधिक होती थी.सांस लेने की जगह बड़ी मुश्किल से मिलती इसमें.पूरी सीटें भरी होतीं.खड़े हुए लोगों और छत पर चढ़ कर यात्रा करने वालों से पूरी बस ठसाठस भरी होती.हाट,बाजार वाले दिन तो बडी ही मुश्किल होती.

गॉव में विभिन्न वर्गों के साथ ब्राह्मणों का एक ही घर था. वह घर था हरशरणशुक्ल का.वे तीन भाई थे.हरशहरण,व्दिजप्रसाद व ब्रजलाल.इसमें केवल हरशरण का ही विवाह हुआ था,शेष दोनों भाई अविवाहित थे.हरशरण पूरे गॉव तथा असफेर में अच्छे प्रतिष्ठित थे,स्वतंत्रता सेनानी थे.बड़े–बड़े नेताओं के साथ जेल में रहे थे.अब जेल के उन साथियों में से अधिकतर मंत्री वगैरह बन गए थे.अतः इनकी उन तक पहुँच थी.गॉव के लोगों के साथ आसपास के गॉव वाले अपनी जमीन जायदाद,परिवार व अन्य परेशानियों को सुलझाने इन्हीं के पास आते थे.सुबह–सुबह पैदल या अपनी सायकल से मोटर स्टेंड की तरफ चल देते.दिन भर के भोजन के लिए मॉ सुबह जल्दी उठ कर इनके लिए गर्म–गर्म पूड़ियॉ तल देती.इसे वे अपनी पोटली में बॉध कर बसस्टेंड के सामने,चाय वाले की दुकान पर सायकिल रख कर बस में बैठ कर जहॉ जैसा काम होता करवाने निकल पड़ते.इनकी दिनचर्या भी व्यवस्थित ही थी.सुबह–सुबह अपनी मॉ यशोदा देवी के साथ ही ब्रम्हमुहूर्त में बिस्तर छोड कर उठ बैठते दैनिक क्रियाओं से निपट कर पूरा ऑगन–पौर अपने हाथ से झाड़ू लगा कर साफ करते.फिर कुऑ तक लगभग एक–दो किलोमीटर पैदल ही चल कर जाते और कुँएं पर दातौन व नहाना वगैरह करते

व वापिस पैदल ही घर पर लौट कर उस दिन के लिए नियत कार्यों हेतु निकल पड़ते.घर के लिए बाजार से सामान लाना,इसके, उसके कपड़े लाना,अनाज बेचना,घर में कोई चीज समाप्त हो गई जो गॉव में नही मिलती, वह लेने तथा इस हेतु पैसों की व्यवस्था के रूप में घर में गाय भैसें पली होने तथा उनसे एकत्रित घी के कनस्तर सायकल पर लाद कर बस में चढ़वा कर शहर मे बेच आना.घर आई हुई नई फसल रखवाने व बिकवाने की व्यवस्था करना,महुए तथा अनाज के भंडारण की व्यवस्था तथा अच्छा मूल्य मिलने पर बेचने की व्यवस्था करना तथा सबसे महत्वपूर्ण– रुपयों पैसों का हिसाब, घर के लोगों की समस्यायें सुलझाना,कृषि सम्बन्धी कोई आवश्यकता जैसे काम इन्हें ही करने पड़ते थे.तीस–पैंतीस के थे,इकहरी काया,तॉम्बिया बदन वाले इंसान थे. घर में अधिकतर छोटा–सा पंछा लपेटे ही रहते.शहर या गॉव से बाहर जाते तो खादी का धुला,कलफ लगा,प्रेस किया हुआ कुर्ता व इसी की धोती पहिनते थे.गुस्सैल व जिद्दी थे.जो एक बार तय कर लेते वह करके ही रहते.

गॉव देहात के लोग सुबह अंधेरे ही अपनी–अपनी पोटली में रूखा–सूखा खाना बॉध कर आ बैठते.कोई तो रात भर चल कर बहुत दूर के अपने गॉव से आता.घर के सामने वाले चबूतरे पर नीम के पेड़ के नीचे सभी बैठते. हरशहरण जी जब भी समय मिलता सुबह बस स्टेन्ड की तरफ निकलने के पहिले या शहर से लौट कर आने के बाद शाम को यहीं बैठ कर उनकी समस्यायें सुनते.कोई–कोई दीन–दुःखी तो रोते–रोते इनके पैरों पर गिर कर अपनी परेशानी बताता.हरशरणजी द्रवित हो उठते.घर में कुछ बना होता तो उसे खाने के लिए लाने को कहते वह भूखा तो होता ही, अतः खाने बैठ जाता और इन्हें आशीषता जाता.उससे वे कुछ भी उसके काम के एवज में रुपये–पैसे नही लेते.

हरशरण जी का शहर से लौटने का समय भी तय नही था.कभी-कभी तो वे जल्दी सूरज डूबने के पहिले ही आ जाते और कभी रात के दस भी बज जाते.ऐसे में अंधेरी रात होती तो अंदाज से चल कर अपनी साइकिल को पैर-पैर तालाब के पास से सम्हाल कर निकालते,घर आते और चॉदनी रात होती तो मीठी-मीठी चॉदनी की उजियारी रात में सायकल पर बैठ कर कोई भजन गुनगुनाते हुए आते.हॉ उन्हें शहर से गृहस्थी का बहुत ज्यादा सामान लाना होता तो चाय वाले के यहॉ से साइकिल उठा कर बस वाले से सामान का बोरा अपनी साइकिल पर लदवा कर धीमे-धीमे चल कर लाते.

इनका विवाह हो चुका था.पत्नि का नाम था-कुन्ती.एकदम सीधी-सादी.बहुत कम बोलती.घर के सारे काम इनके सुपुर्द थे.कुँऐं से पानी लाना,सुबह-सुबह उठ कर जॉते पर अनाज पीसना,दाल दलना वगैरह.दिनभर तो इन्हें पानी भरने में ही निकल जाता क्योंकि घर के दस लोगों के एवं साथ ही गाय-ढोरों के पीने का पानी लाना इतना बडा काम था कि इन्हें फुरसत ही नही मिलती.सबके नहाने-धोने व पीने तथा साथ ही रसोई आदि में जो पानी लगता वह घिनौंची पर ढॅका रहता.इसमें गंगावन ,कसैंड़िया,मिट्टी के घड़े व चापचा-एक प्रकार का छोटा हौद-वगैरह भरना एक दुरुह कार्य था.वे इसी में लगीं रहतीं.एक बार तो इनका पैर फिसला और गिर पड़ीं तो फिर उठीं ही नही.उन्होंने बिस्तर पकड़ लिया.सीधी होने के कारण वे अपना सुख-दुःख किसी से बॉट भी नही पातीं.चुपचाप भीतर ही भीतर घुंटतीं रहतीं.कालांतर में इनके पूरे शरीर में सूजन हुई और फिर वैद्यजी का इलाज इन पर कारगर नही हुआ तो शहर ले जाने की बात चली.गॉव में तो वैद्यजी का सहारा था.अन्य कोई सुविधा तो थी नही थी.अतः घर के लोग जब तक उन्हें शहर ले जाकर इलाज के बारे में तय करते तब तक वे परलोक सिधार गईं.अपने पीछे दो लड़के -शांतनु,गयादीन व एक लड़की-सीता

को छोड़ कर.दोनों लड़के तो बडे थे–लगभग बारह–तेरह वर्ष के आसपास के थे किन्तु लड़की अभी छोटी ही थी.

व्दिजप्रसाद मझले थे.इन्हें घर में अधिकतर मम्मा कह कर ही सभी लोग संबोधित करते थे.वे बडे गंभीर व अपने काम में दत्तचित्त और होशियार थे.सारे गाॅव में इनकी इज्जत थी.चार लोग इनकी बात मानते थे.गाॅव की कोई भी समस्या हो, इन्हें उसे सुलझाने हेतु मदद के लिए बुलाया ही जाता था.घर में किसी के यहाॅ लड़ाई–झगड़ा क्लेश होता तो इन्हें समझाने बुझाने हेतु लोग अपने साथ ले जाते.एक छोटी–सी धोती,आधे बाॅह की कमीज जिसे गाॅव में गुल्लेशाही कहते व मटमैले रंग की बंडी इनका पहनावा था.ये घर से दूर तालाब के किनारे से थोड़ा हट कर खेत के कुॅएं पर ही अधिकतर रहते.वहाॅ इन्होंने एक चार कमरों का मकान बना लिया था.महुए का बड़ा पेड़ था.फसल की दाॅव, उड़ान वगैरह सब यहीं होता.इसके बाद फसल बोरों में भर कर इसी मकान के कमरों में भरवा कर रख देते.बाद में सुविधानुसार गाड़ी से गाॅव के घर भिजवा देते.यहाॅ इन्होंने गाय वगैरह भी पाल रखी थी.उनके खाने–पीने वगैरह की व्यवस्था के लिए एक हरवाहा रखा था जो यह सब देखता था.

एक कुत्ता भी इन्होंने यहाॅ पाल रखा था–मोती.इसकी भी गजब कहानी है.एक बार ये घर में वर्ष भर की जलाउ लकड़ी काटने जंगलों में गए थे तब इन्हें यह शिशु रूप में इधर–उधर भटकता मिला था.लकड़ियाॅ काटने के बाद जब ये वापिस लौटने लगे तो यह कुत्ते का बच्चा गाड़ी के पीछे–पीछे पछियाता हुआ घर आ गया था.तभी से यह यहाॅ था.यह अब बड़ा हो गया था तथा वह इनके ही साथ हर समय रहता था.जब ये कुॅएं पर रहते तो यह वहीं बैठा या घूमता रहता और जब वे घर आते तो पीछे–पीछे घर आ जाता और जाते समय वापिस पीछे चलते हुए कुॅएं पर आ जाता.

व्दिजप्रसाद जी को साग—भाजी वगैरह उगाने का भी बहुत शौक था.तालाब के किनारे के खेत में वे आलू,प्याज,गोभी,मिर्ची वगैरह उगाते जो घर में काम आता.ज्यादा होने पर बस स्टेन्ड के पास लगने वाले साप्ताहिक हाट में बुधवार को रखवा कर बिकवा देते.एक विशेषता थी उनकी—वे ईश्वर को नही मानते थे.कभी किसी मंदिर नही जाते,सामने मंदिर पड़ भी जाऐ तो सिर नही झुकाते.साथ के लोग अंदर पूजा करते तो वे बाहर खड़े हो जाते.घर में कोई पूजा—पाठ का कार्यकम होता तो वे कभी यजमान नही बनते और ऐसे समय अधिकतर कुऐं पर ही रहते.सुबह के समय का उनका नाश्ता कुऐं पर ही घर की कैकई नाईन ले जाती.यह घर के कामों के लिए रखी गई थी.यह जब नाश्ता लाती तो कुऐं पर बने मकान के भीतर ऑगन में बैठ कर बड़े जतन से उन्हें नाश्ता कराती.गड़ई ले कर कुऐं से ताजा पानी भर कर लाती.हाथ—पैर धुलवाती और फिर दरी बिछा कर उन्हें नाश्ता कराती.इन्हें कैकई से विशेष लगाव भी था.वह उनके साथ इस समय एक—दो घंटे यहीं बिताती.इसके बाद घर की ओर वापिस लौटती.कभी—कभी तो घर से इसके लिए बुलावा भी भेजना पड़ता.यह घर में सभी काम करती थी.दादी की मालिश,सेवा—टहल,झाड़ू—बुहारी ,ढोरों की बखरी का काम व विशेष अवसरों पर बरा बगैरह बनाना होता तो उसके लिए उड़द की दाल धोना,मूँग की दाल धोना,गलाना और फिर सिलबट्टे पर इसे पीसना.बाद में हरशरणजी की पत्नि का देहान्त हो जाने पर जॉता,घट्टी पर रोज का खाना बनाने हेतु अनाज पीसना —करने लगी थी.

हरशरणजी का तीसरा और सबसे छोटा भाई था—बृजलाल.एकदम अनपढ,गॅवार व जिद्दी.शरीर का रंग उसका काला था,एक ऑख भैंगी व दूसरी फूटी,इसी कारण उसमें एक हीनता भाव भी था.वह बहुत गुस्सैल व लड़ाकू भी था.वह शरीर से हृष्टपुष्ट था एवं बलिष्ठ बाहें तथा चौड़ी छाती थी उसकी.उसका काम ही गॉव के

लोगों से लड़ना–झगड़ना,मार–पीट करना था.लोग घर पर इसकी शिकायतें ले कर आते ही रहते.ऐसे में मम्मा ही इसकी समस्यायें सुलझाते.समझाने से काम निकल जाता तो ठीक अन्यथा जैसे भी बनता वे ठीक–ठाक करते.यह गाँव के सोहदों के साथ बैठ कर गाँजे की चिलम लगाता,जुऑ खेलता व नशे की हालत में ही लड़ाई झगड़ा होने पर सामने वाले को पीट देता या फिर वह भारी हुआ तो पिट कर आ जाता.एक बार तो किसी ने उसे बाल पकड़ ऐसा जमीन पर घसीटा कि सिर के बाल उखड़ कर उसके हाथ में ही रह गए.इसके बाद अच्छा खासा बवाल हुआ.पंचायत बैठी और उसने मामले का निपटारा किया.इनके घर के अगल–बगल में एक तरफ ठाकुर सुम्मेरसिंह व दूसरी तरफ पृथ्वीपालसिंह का मकान था.उनके लड़के अधिकतर खेलते हुए इनके घर तक आ जाते तो उन्हें ये लोग भगाने की कोशिश करते तो वे लोग पत्थर फेंकते,यह उनके हाथ पकड़ कर जमीन पर पटक देता तो वे लोग अपने –अपने घर जा कर शिकायतें करते.वे लोग सदल–बल इनके घर के आगे आ धमकते,गाँव भर के ठाकुर लाठी,कुल्हाड़ी लेकर आ जाते.यह घर के भीतर छिप जाता वे लोग धर के बाहर खड़े हो कुल्हाड़ी से इनके टुकड़े करने की बात करते.बच्चे दौड़े–दौड़े कुँएँ पर जा कर मम्मा को बुला कर लाते.बड़ी मुश्किल से वे मामले को हल करवाते.

घर में इनके सुपुर्द ढ़ोर–बछड़ों की देखभाल,उनको बाँधना,छोड़ना,उनकी सानी–पानी की व्यवस्था,चरने जाने की व्यवस्था संभालने की थी.गाय–भैंसों का दूध भी ये ही निकालते और वहीं कोने में बैठ कर ताजा–ताजा निकला गर्म दूध भी पी जाते.घर में लोगों के पूँछने पर कि–दूध कम क्यों है?कह देते आज गाय–भैंसों ने दूध कम ही दिया है.कल उन्हें खली–बॉट वगैरह नही दिया न इसलिए.खेतों से चरी और हरी घास काट कर लाना, इन्हें खिलाना भी इन्ही की जिम्मेदारी थी.

अच्छी विशेषता इनकी यह थी कि इतना होने पर भी भगवान के प्रति इनका समर्पण अतुल्य था.गाय–ढोरों के कार्यों से निपट कर ये स्नान कर गाँव के मंदिर में पूजा करने चले जाते.यह मंदिर सभी गाँव वालों ने वर्षों पूर्व बनवाया था.इसके अतिरिक्त अन्य कोई देवालय यहाँ नही था.गाँव में अकेला ब्राह्मण घर होने से हरशरणजी को इसकी पूजा व देखभाल की जिम्मेदारी गाँव वालों की तरफ से दी गई थी.उन्हें अधिकतर बाहर आना जाना लगा रहता अतः उन्होंने यह काम ब्रजलाल को सौंप रखा था.वे पूरी भक्तिभाव से इसे निभाते.सुबह घर से ही नहाने के बाद अच्छी धुली धोती को शरीर से लपेट कर गाँव में निकलते और मंदिर पहुँच कर पूजा–पाठ करते.मंदिर में स्थापित विग्रह को नहलाते,धूप–दीप देते,पूजा–प्रसाद सब मनोयोग से करते व फिर वहीं मंदिर के बगल में स्थित कमरे में उनके लिए दोपहर का भोग बनाते और उसे भगवान को अर्पित करने के बाद स्वंय ग्रहण करते कोई आगत साधु–सन्यासी होता तो उसे देते और फिर मंदिर के पट बंद कर ताला लगा कर घर आ जाते.इसके बाद का दिन भर का समय इनका अपना होता.मंदिर देखभाल के लिए पूरे गाँव से फसल के समय अनाज एकत्रित होता.इसे बाजार में बेच कर जो रुपए मिलते उससे ही मंदिर की सारी व्यवस्था होती.इसके अतिरिक्त मंदिर की अपनी संपत्ती के खेत थे जो हरशरणजी के परिवार वालों के पास ही थे.वे इनमें फसल बोते,काटते और फसल अपने भंडार में रखते.यह अधिकार उन्हें मंदिर में पूजा करने के परिणाम स्वरूप मिला था.

मंदिर से आकर ब्रजलालजी की बैठक लगती.गाँजा–भाँग का दौर होता.नशेड़ियों के बीच बैठ कर गप्प बाजी,लड़ाई–झगड़े होते और फिर शाम होने को होती तो गाय–ढोरों की देखभाल के लिए वे घर आ जाते.

हरशरणजी की माँ अभी जीवित थी.उनका नाम था यशोदा देवी.सब उन्हें दादी—दादी ही कहते.यहाँ तक कि गाँव के लोग भी इसी नाम से उन्हें बुलाते.हरशरणजी इनका बहुत सम्मान करते थे.पूरा गाँव भी इन्हें बहुत इज्जत देता था.ये थीं भी बहुत दयालु और कोमल हृदय.जब ये घर के बाहर या दालान में बैठीं होतीं तो हर आने—जाने वाला इन्हें झुक कर प्रणाम करता हुआ ही निकलता.ये भी उसे उतना ही सम्मान देतीं और उसका सुख—दुख पूँछतीं.बाजार करने के लिए दूर से आया हुआ जान कर घर के भीतर से दो रोटी और साग लाकर उसे खाने को देतीं.वह खाकर पानी पीता और इन्हें आशीष देते हुए जाता.गर्मी में तो लगभग हर आने—जाने वाला इनके दरवाजे पर थोड़ा रुक कर ही जाता.बाहर दरवाजे से ही आवाज लगाता—"दादी हैं क्या?"सुन कर दादी जो उस समय बड़ी या सिवईयाँ बना रहीं होतीं.—बाहर आकर उसे पानी व गुड़ की थोड़ी सी डली खाने को देतीं.वह गुड़ खाकर व पानी पीकर उन्हें अशीषता.किसी के घर बहू के बच्चा होने को होता तो अनुभवी होने से इन्हें ही बुलाया जाता.ये भी उसके घर से तब ही वापिस लौटतीं जब सब कुछ सकुशल निपट जाता.ऐसे में सारी—सारी रात बीत जाती.सुबह आठ—दस बजे वह घर लौटतीं.

इन्होंने बहुत कष्ट सहे थे.जब वे ब्याह कर नीलकंठजी के साथ आईं थीं तो घर,झोपड़े के आकार का था.इस गाँव में वर्षों बाद वह आकर बसीं.पहिले दूसरे गाँव में इनका ससुराल पक्ष था.पूरी तरह खेती पर निर्भर.बड़ा परिवार था.नीलकंठजी के भाईयों ने षड़यंत्र पूर्वक पूरी जमीन पर कब्जा कर इन्हें घर से निकाल दिया.नीलककंठजी सीधे सादे व्यक्ति थे.किससे कहते,पिता तो पहिले ही स्वर्ग—सिधार गए थे.दोनों भाई एक हो गए.अतः इन्हें मन मार कर गाँव भर में आश्रय के लिए भटकना पड़ा. फिर जब कहीं आश्रय नही मिला तो दादी ने ही उन्हें धीरज बँधाया और कहा दूसरे गाँव चलते हैं,वहाँ

मेहनत—मजदूरी कर अपना पेट पाल लेंगे.यहाँ तो शर्म के मारे वह भी नही कर सकते.अतः दोनों ही उस गाँव को छोड़ कर यहाँ आ गए.यहाँ बगल के ठाकुर सुम्मेरसिंह ने दया करके रहने के लिए जगह दी.वे लोग वहीं पर झोपड़ी बना कर रहने लगे.

दिन भर दोनों गाँव वालों के खेतों में मजदूरी करते और शाम को अपनी झोपड़ी में खाना खा कर सो रहते.दोनों ही जी भर कर मेहनत करते.ब्राह्मण थे ही,अतः फसल आने पर गाँव वाले भी पसेरी,दो पसेरी अपनी उपज में से अनाज निकाल कर धर्म के नाम पर इन्हें दे देते.वहाँ एक लोदी था,हकलाता तो वह था ही,वह निःसंतान भी था.वैद्य का काम जानता था अतः गाँव वालों की हारी—बीमारी में वह काम आता.बदले में वह पैसे खूब लेता था,पर उसकी दवा की पुड़िया में ऐसी बरकत थी कि जिसे देता वह मृतवत अवस्था से जी कर खड़ा हो जाता.अतः गाँव वालों में उसकी इज्जत थी.घर में वे केवल पति—पत्नि ही थे.पत्नि गहनों से लदी रहती.वैद्यजी के पास खेती—किसानी भी थी.वे तो खेतों पर जाते नही अधियाँ से दूसरों को दे देते.उन्हें एक ही दुःख था कि उनके कोई संतान नही थी.इसी बीच पहिले पत्नि चल बसी और फिर अकेले रह जाने पर वैद्यजी भी घुट—घुट कर स्वर्ग सिधार गए.जाते—जाते वे एक काम अच्छा कर गए कि दादी के पति श्रीनीलकंठजी के नाम से अपना सब कुछ कर गए.

इस कारण दादी और नीलकंठजी इज्जत का जीवन जीने लगे.घर में पैसे आने से घर भी ठीक—ठाक बनवा लिया था.एक नौकर पानी भरने के लिए रख लिया था और एक नौकर घर के भीतरी कामों के लिए रखा.समय बीता.सबसे पहिले हरशरणजी पैदा हुए.फिर व्दिजप्रसाद—'मम्मा' और अंत में ब्रजलाल.दादी ने इनके पालन—पोषण में अपना जी—जान लगा दिया.नीलकंठजी खेती वगैरह सम्हालते व दादी घर.दादी पढ़ी—लिखी तो थी नही किन्तु वे पढ़ाई

का महत्व समझती थी.अतः उन्होंने उस समय की व्यवस्था के अनुसार हरशरण को काशी पढ़ने भेजा,जिससे वह वैदिक कर्मकांड व संस्कृत में पारंगत हो जाएं.ब्राह्मण होने से लोगों के यहाँ पाठ–पूजा आदि करवाना उस समय बड़ा काम माना जाता था.इसीलिए दादी ने उन्हें काशी भेजा था.हरशरण पढ़ाई–लिखाई में तेज भी थे.जब से हरशरण काशी गए थे,दादी को उनका अभाव खल रहा था.फिर भी बच्चे का अच्छा भविष्य बन जाए यह सोच कर वे उस अभाव को सहती रहीं.हरशरण भी उन्हें काशी में रहते हुए बराबर अपने हालचाल चिट्ठी में लिख कर भेजते रहे किन्तु बीच में कुछ समय के लिए उनकी चिट्ठी–पत्री आना बंद हो गई तो दादी घबरा उठी और घर में बिना किसी को कुछ भी बताए एक दिन काशी अपने लड़के को देखने,हालचाल जानने चल दीं.उनके जाने के बाद सभी घरवाले चिन्तित हो उठे,वे अनपढ़ थीं,कभी घर से तो बाहर निकली नही,काशी कैसे जाऐंगी,यह सोच कर वे लोग चिन्ता में थे.उनके काशी जाने की बात गाँव में किसी से उन्हें पता चल गई थी.आखिर दादी काशी पहुँची और सोचा काशी आए हैं तो गंगा में नहा कर फिर लड़के को ढूढते हैं.जब वे गंगा नदी के घाट पर नहाने पहुँची तो उन्हें पास के घाट पर कुछ लड़के नहाते दिखे,उन्होंने ध्यान से देखा–उनमें से एक तो उन्हें हरशरण जैसा ही लग रहा था.वे उनके पास पहुँची,वह हरशरण ही थे.दादी ने उन्हें गले से लगा लिया और फिर बिना कुछ भी उनकी सुने उन्हें अपने साथ गाँव ले आईं.वे काशी में रहते हुए संस्कृत में तो पारंगत हो चुके थे,कर्मकांड भी करवाने लगे थे किन्तु स्कूली पढ़ाई बाकी थी.अतः दादी ने उन्हें गाँव की माध्यमिक शाला में भर्ती करवा दिया, जहाँ से उन्होंने दसवीं तक पढ़ाई पूरी की किन्तु एक दिन माट्साहब ने उन्हें छड़ी से पीटा.घर आकर उन्होंने दादी को बताया.दादी तुरंत छड़ी ले स्कूल पहुँची और उस मास्टर की अच्छी धुनाई कर दी.घर आकर लड़के से बोली ''कल से तुम्हें स्कूल नही जाना है.''और हरशरणजी का स्कूल छूट

गया.घर में काम कम है क्या,और वे गाँव में कर्मकांड,कथा—वाचन वगैरह करने लगे.कालांतर में नीलकंठजी के देहावसान के बाद वे गाँव के अन्य लोगों के साथ मिल कर देश के स्वतंत्रता आन्दोलन में भाग लेने लगे.इस के कारण वे बहुत बार जेल भी गए.

हरशरणजी के दूसरे लड़के गयादीन को तो स्कूल,पढ़ाई से अरुचि ही थी.सभी उससे विशेष लाड़—प्यार करते थे.इसीलिए जब उसे स्कूल में भर्ती किया गया तो वह वहाँ केवल मस्ती ही करता रहता.माट्साहब का कहना न मानता,कभी उनका मजाक उड़ाने लगता और कभी क्लास के लड़कों के साथ लड़—झगड़ कर घर आ जाता.स्कूल के शिक्षक गयादीन के पिता से प्रभावित थे.उनकी पहुँच व जान—पहचान के कारण सब कुछ सह कर भी चुप रहते.

इसी तरह धमाचौकड़ी मचाते हुए वह आठवीं पास हो गया था किन्तु उसके मन में जल्दी से जल्दी धनवान बनने की चाह थी.अतः पहिले उसने पिता से कह कर एक खेत स्वतंत्र रूप से खेती करने के लिए लिया और उसने पहिले गर्मी के लगते मूँग बो दी.उसकी अच्छी तरह देखभाल करता.रखवाली करता.तालाब के पानी से खाली हुई जमीन थी,अतः खाद वगैरह की अधिक जरूरत महसूस नही हुई.फसल भी खूब हुई.उसने जिद कर फसल को बोरों में भरवा कर अलग ही रखवा दी तथा घर की गाड़ी में बैल जोत कर स्वंय ही शाहगढ़ की मंडी में जा कर बेची.अच्छे पैसे मिले उसके.वह रुपए—पैसे उसने किसी को नही दिए और अपने पास ही रख लिए.मूँग की फसल के बाद उसने उसी तालाब की खाली जमीन वाले खेत में गर्मी में ही तरबूज बो दिए.इसी खेत में अपनी झोपड़ी बना कर वह रखवाली करने लगा.तरबूज की फसल को पानी देने के लिए उसने खेत से तालाब तक कच्ची व गीली जमीन पर नाली खुदवा कर तालाब का पानी अपने खेत तक ले आया.इसके बाद डीजल—पंप से तरबूज की फसल की खूब सिंचाई की.

फसल खूब हुई.वह स्वंय व एक–दो मजदूर लगा कर पूरे खेत में से रोज पके हुए तरबूज एक बड़े से छाबड़े में एकत्रित कर खेत की मेड़ पर इकट्ठा करवा कर और जब पूरे खेते के एक दिन के पके हुए तरबूज वहॉ एकत्रित हो जाते तो उन्हें गाड़ी में भरवा कर गॉव के हाट में बेच आता.ऐसा वह तब तक करता रहा जब तक कि पूरे खेत के तरबूज टूट नही गए.इस फसल के पैसे भी उसने किसी को नही दिए.अपने पास ही रख लिए.किसी ने उससे मॉगे भी नही किन्तु सबको उसकी पढ़ाई बिगड़ने का डर बना हुआ था.अतः उससे उन्होंने उसका खेत छिना लिया और कहा कि वह केवल पढ़ाई करे.मन–मार कर वह बेमन से स्कूल जाने लगा.इस गॉव में आठवीं के बाद स्कूल था नही अतः पड़ौस के गॉव के हायरसेकन्ड्री स्कूल में उसको भर्ती करवा दिया गया.वहीं एक कमरा भी उसके लिए ले दिया.भोजन रोज डिब्बे से गॉव से निकलने वाली गाड़ी में रख दिया जाता.वह गाड़ी के नियत समय पर बस–अड्डे पर आ जाता और कंडक्टर से खाने का डिब्बा ले कर अपने कमरे में ले जाता.शाम की लौटती उसी बस से वापिस खाली डिब्बा वापिस आ जाता.

अब उसका मन पढ़ने में बिल्कुल भी नही लग रहा था.स्कूल भी जाता तो एक–दो क्लास अटेन्ड कर इधर–उधर घूमने निकल जाता.उस गॉव के शोहदों के साथ उसका उठना–बैठना हो गया.गॉजा–भॉग चलने लगा.इनमें से एक–दो उसी के गॉव के ठाकुरों के लड़के भी थे.वे रुपए–पैसों की तंगी झेल रहे थे.अतः एक दिन सबने मिल कर प्लान बनाया कि इसी गॉव के बड़े व्यापारी के यहॉ डकैती डाली जाय.ये हालांकि इस सबमें सम्मिलित नही था.यह योजना केवल उन्हीं ठाकुरों के लड़कों की थी.वे लोग घर से बहुत गरीब थे.दो–चार एकड़ कृषि भूमि पर उनका इतना बड़ा परिवार कैसे पलता.अतः किसी के खेत में घुस कर आलू,शकरकंद उखाड़ लिए.किसी के महुए के पेड़ से महुए बीन लिए,किसी की

भैंस या बैल चुरा कर दूसरे गाँव बेच आए या किसी के मुर्गे–मुर्गियॉ ,बकरे–बकरियॉ चुरा कर और घर पर बना कर खा ली.यही सब इनका काम था.ठसक इतनी कि इनके बच्चों के नाम राजकुमार या नाम के आगे 'जू' लगा बोलना पड़ता.लड़कियॉ राजकुमारी कहलातीं.इनके पूर्ववर्ती इसी इलाके में छोटी–छोटी रियासतों के शासक रहे थे.अतःउसी का यह सब परिणाम था.अतः वे लोग गाँव के किसी भी आदमी को अपने खेत पर काम के लिए बुला लेते व उसकी मजदूरी नही देते.मॉगने पर मार–पीट करते और ज्यादा जोर देने पर सभी ठाकुर एक होकर उसका गाँव में जीना दूभर कर देते.अतः ठाकुरों के उन लड़कों के लिए ऐसी योजना बना लेना कोई अनहोनी बात नही थ.गयादीन को उन्होंने उसके घर में घुसने हेतु रास्ता बताने का जिम्मा दिया था.यह इसलिए कि इसका ब्राह्मण होने के कारण उसके घर में आना जाना था.अतःये उसके घर से पूरी तरह परिचित था.चिलम के प्रभाव में आकर वह इसके लिए तैयार हुआ था.चिलम का प्रभाव चले जाने के बाद भी उसे पता नही चला कि उसने उन लड़कों के साथ कैसा सहयोग किया था.

आखिर उन लोगों ने योजना के अनुसार अमावस्या की रात गयादीन को आगे कर उस व्यापारी के यहॉ डाका डाला.गयादीन तो इन्हें उस घर में घुसने का रास्ता बता कर घर आ गया.वे लोग घर में घुसे. व्यापारी तो उस समय व्यापार के सिलसिले में बाहर गया था केवल घर में उनकी पत्नि एवं लड़का ही थे.इन लोगों ने उनसे गहने रुपयों की मॉग की,व्यापारी के लड़के ने इनसे कुछ हुज्जत की,इन्होंने हाथ की लाठी से उसके सिर पर वार किया,वह वही गिर गया.ये लोग बाद में उनके घर से रुपए और गहने लूट कर वापिस आ गए.

इनके सिर पर किए वार से व्यापारी का लड़का चल बसा था.व्यापारी ने इस बार सोयाबीन का व्यापार किया था.उसी की उगाही हेतु वह दूसरे गाँव गया था.इस बार उन्होंने लाखों का

लेनदेन किया था.व्यापार के बाद जब वह वापिस घर लौटा और उसे लड़के के न रहने तथा डकैती की बात पता चली तो वह दहाड़ें मार कर रोने लगा.पास–पड़ौस के लोग उसे समझा रहे थे.थाने में रपट हुई. पैसा एवं प्रभाव वाली पार्टी की शिकायत होने से वे लोग बारीकी से छानबीन में जुट गए.

व्यापारी का वह अकेला लड़का था.बारीकी से पूछताछ के सिलसिले में लड़के के स्कूल में जॉंच हुई.किसी ने उसे ठाकुरों के लड़कों के साथ इसकी मारपीट की बात बता दी.अतः ठाकुरों के लड़कों के घरों पर भी पुलिस पूछताछ हेतु दस्तक देने लगी.

अब तो इनकी जान सांसत में आ गई.पुलिसवालों का पूरा शक अब इन्हीं लड़कों पर हो रहा था क्योंकि इनका लड़ाई–झगड़े का इतिहास भी था.अतः वह इनको पकड़ कर ले गई.जेल में बंद कर इनकी अच्छी तरह पिटाई की उन्होंने.इस सबसे घबड़ा कर उन्होंने सब कुछ सच्चाई उगल दी.पुलिस ने सबसे पहिले व्यापारी के घर से लूटा हुआ रुपया–गहना उनसे बरामद किया,जो उन्होंने जंगल में गाढ़ रखा था.

उधर व्यापारी अधिकारियों के पास दौड़ा–दौड़ा फिर रहा था.अधिकारियों ने अब तक जो छानबीन की थी, वह विस्तृत रूप में उन्हें बताई और उन लड़कों से भी उनका आमना–सामना करवा दिया.उन्हें सामने देख कर व्यापारी बोला–‘‘उसे मारा क्यों?मुझसे कहते,मैं वह रकम तुम्हें ऐसे ही दे देता.मेरा इकलौता बेटा था,अब मैं इन रुपयों–पैसों,व्यापार का क्या करूँगा.’’कह कर वे दहाड़ें मार कर रोते हुए जमीन पर गिर पड़े.अधिकारियों ने उन्हें धीरज बँधाया.उधर उन लड़कों की जब और अच्छी तरह ठुकाई की गई तो उन्होंने गयादीन व्दारा व्यापारी के घर में घुसने का रास्ता बताने वाली बात भी बता दी..उनको साथ लेकर गयादीन को ढूँढते हुए पंडित

हरशरण के घर वे लोग पहुँचे.इनके आने की सूचना इन लोगों को पहिले ही मिल गई थी.अतः गयादीन पता नही कहाँ जाकर छिप गया.पुलिस वाले यद्यपि हरशरण के पद,पैसे और प्रभाव से प्रभावित थे,किन्तु यहाँ दूसरा पक्ष भी उतना ही ताकतवर था.अतः उनके घर की तलाशी ली गई.उन्हें गयादीन तो नही मिला उसके स्कूल की कापियाँ वगैरह जब्त कर वे लोग चले गए.वे पक्के सबूत के साथ उसे पकड़ना चाहते थे.उधर गयादीन अपने घर के पीछे की पहाड़ी चढ़ कर घने जंगल में पहुँच गया था.सागौन और महुए,तेंदू के घने पेड़ों की छाया में वहाँ सूरज की धूप भी मुश्किल से पहुँचती थी.वह ढोरों के साथ एक–आध बार इधर आया था.इसके आगे और भी जाने पर एक जंगली तलैया आती थी और उसके किनारे एक मंदिर बना था.गयादीन ने इसी मंदिर में शरण ली थी.देवी का मंदिर था.एक साधु पता नही कब से कहीं से घूमता–घामता आया और वही बस गया था.अब वह सुबह तलैया के जल से मंदिर के परिक्रमा पथ को धोता साफ करता था तथा इसी जल से उसका सब काम चलता था.वह सुबह–शाम देवी की आरती–पूजा–आराधना में लीन रहता.आसपास के गाँव वाले उसे खाने–पीने का सामान,भगवान की आरती–भोग की व्यवस्था करते थे.बहुत दिनों तक यहाँ रहने पर आसपास के गाँव के अहीर–जिनका काम ही जंगल में अपनी भैंसों को चराना था.वे कभी–कभी तो महीनों इस तालाब के पास अपनी झोपड़ी बना लेते और खाना–पीना,भैंसों की देखभाल,दूध घी वगैरह निकालते और यहीं से गाँव जाकर उसे बेच आते.

उधर थोड़ा मामला ठंडा होने पर हरप्रशाद जी ने अपने प्रभाव वाले व्यक्ति से मिल कर गयादीन के लिए सुरक्षा की माँग की.आखिर वे थानेदार को प्रभावित करने में कामयाब रहे और उसने उनसे मोटी रकम लेकर गयादीन पर लगाई धाराऐं हल्की कर दी,जिनके अनुसार ठाकुर के लड़कों व्दारा उसे प्रताड़ित करने व जान से मारने

की बात करने पर उसे डर कर उनकी मदद करनी पड़ी थी.उधर अहीरों से खबर पाकर हरशरणजी जंगल से गयादीन को लेकर घर आए और दूसरे दिन उसे थाने में हाजिर करा दिया.धाराऐं कमजोर थीं ही,अतःउसे जमानत मिल गई.मुकदमा तो लंबा चलना था किन्तु फिलहाल उसे राहत मिल गई थी.हालांकि इस सबमें हरशरणजी का बहुत पैसा खर्च हो गया था.

गयादीन के कारण यद्यपि हरशरणजी परेशान थे किन्तु गयादीन अपनी दुनिया में मस्त था.उसका स्वभाव ही ऐसा था.विशेष रूप से जब वह गॉजा या भॉग लगा लेता तो फिर वह अपनी दुनिया में ही खोया रहता.ब्रजलाल को ढोर–ढंगरों की सेवा से ही फुर्सत नही थी.उनकी देखभाल करते–करते उन्हें दिन के नौ–दस बज जाते.ऐसे में मंदिर की पूजन पाठ उनसे संभल नही रहा था.अतः गयादीन को उन्होंने मंदिर की पूजा–पाठ करने को कह दिया था.गयादीन मंदिर की पूजा–पाठ में किंचित भी व्यवधान न करता.बड़े ही पवित्र मन से सुबह नहा धोकर साफ धुली धोती पहिन कर, कमर में मंदिर के दरवाजे की चाबी टॉंगे सुबह व शाम के समय भगवान की सेवा पूजा बड़े ही भक्तिभाव से करता. मंदिर में तीज त्यौहार के दिनों में तो वह बिल्कुल ही बदल जाता–शोला वस्त्र धारण कर,किसी भी व्यक्ति से पूजा करते समय स्पर्श न होते हुए भक्ति और समर्पण के साथ भगवानजी के चरणों में लीन हो जाता.जन्माष्टमी,रामनवमी जैसे त्यौहारों पर वह अपने सभी व्यसन त्याग कर भगवान की आराधना में खोया रहता.डोलग्यारस पर तो वह दीवाना सा ही हो जाता.उस दिन मंदिर की रसोई में बहुत से भक्तों के लिए प्रसाद बनता.उसी से वह भगवान को भोग लगाता और मंदिर के बाहर के लोगों के लिए भी प्रसाद बनता.मंदिर के बाहर के लंबे–चौड़ ओटले पर गॉव के बड़े–बुजुर्ग,आदरणीय,प्रभावशाली लोगों का भोजन होता.कितने प्रकार की मिठाई,नमकीन आदि इसमें होता तथा इसके बाद भगवान

का डोल सजता.डोल एक प्रकिया होती जिसमें भगवान को सिंहासन सहित विमान पर बैठा कर उसके नीचे से दोनों तरफ बाँस बाँध दिए जाते.फिर लोग भक्ति भाव से उस सिंहासन पर विराजे भगवान की मूर्तियों सहित उसे चार–पाँच लोग अपने कंधों पर उठा कर पूरे गाँव में घुमाते.यह भगवान की सवारी निकालने जैसा होता.कहा जाता कि भगवान आज के दिन अपनी प्रजा का हाल जानने के लिए निकले हैं.भक्त लोग कहते आज भगवान अपनी प्रजा को अपना दर्शन देने स्वयं पधार रहे हैं.गयादीन भी सिंहासन के पास उसी डोल में बैठता.वह शोला पहिने रहता.थोड़ी–थोड़ी देर में अपने कंधों पर लोग बदलते हुए इसे उठाते.लोग अपनी मान्यता मानने के लिए इसके नीचे से निकल कर परिक्रमा करते जाते.सारे रास्ते ककड़ी के कटे हुए टुकड़े और धनिये की पंजीरी एक व्यक्ति अपने हाथों में लिए लोगों को बाँटता जाता.

लोग अपने घर के सामने भगवान की सवारी को रुकवाते और उनकी पूजा आरती कर प्रसाद चढ़ाते,कुछ दान भी चढ़ाते जाते.सारा गाँव इस उत्सव में भाग लेता.यह रात के लगभग दो बजे तक चलता रहता.इसके बाद वापिस सवारी मंदिर में आती.यहाँ भगवान की आरती–पूजा होती और फिर गयादीन मंदिर को बंद कर ताला लगा कर घर आ जाता.सब लोग भी अपने–अपने घर लौटते.

नवरात्रि में भी गयादीन अपने नए रंग में होता.नौ दिनों तक वह उपवास करता हल्का फलाहार भर करता.माँ देवी दुर्गा की आराधना करता.इस हेतु घर के एक कमरे में अपनी पूजा–पत्री अलग से विस्तार कर रखता.वहाँ शुद्ध पवित्र हो कर इन दिनों वह धुले कपड़े पहिनता.माता की पूजा–आराधना कर दुर्गा सप्तशती का पाठ करते हुए पढ़ता—–"या देवी सर्व भूतेषु..........."इन दिनों वह न गाँजा पीता और न ही भाँग का सेवन करता.दिन भर माँ की सेवा में लगा रहता.इन्ही दिनों गाँव की अथाई में रामलीला का मंचन होता.गयादीन

ही इस रामलीला कमेटी का अध्यक्ष था.अतः इस लीला के विभिन्न खंडो में वह अपनी रुचि अनुसार विभिन्न पात्रों का अभिनय करता.इन दिनों इसमें बालि–सुग्रीव का प्रसंग चल रहा था और गयादीन सुग्रीव के पात्र का अभिनय कर रहा था.

रामलीला हेतु नौ दिनों तक रामलीला का मंच सजा ही रहता.कनात,दरी,आदि सब हरशरणजी के यहाँ से ही आता.गैस लाईट की व्यवस्था पास के गाँव से ला कर की जाती.

रामलीला में बालि,सुग्रीव का वाद विवाद चल रहा था.सुग्रीव का वेश धारण करने के पहिले सुग्रीव का चरित्र करने वाले गयादीन का अच्छी तरह परीक्षण होता कि वह किसी नशे में तो नही है.नशे में होने पर बाली के पात्र को भय रहता कि कहीं सुग्रीव के पात्र की गदा उसे प्राणांतक कष्ट देने वाली न लगे.अतः पूरी तरह विश्वास होने पर ही बालि का पात्र काम करने को तैयार होता.दोनों के संवादों के बीच सुग्रीव बालि से कहता–''भाई,मैंने तो हमेशा आपका सम्मान किया,फिर आपने मेरी पत्नि का अपहरण क्यों किया?''बालि कहता–''मैं तो उसे पहिले से ही चाहता था,उसे मैंने दिल में बसा लिया था.उसे अपहरण करते समय मैं अपने आप में था ही नही.मोह वश मैंने यह किया है.''सुन कर सुग्रीव अत्यंत द्रवित व दुःखी आवाज में कहता–''भैया,अब मैं तो अकेला रह गया न.इस अकेलेपन की पीड़ा को कोई भुक्त भोगी ही जान सकता है.मेरा तो संसार ही उजड़ गया.''कहते–कहते सुग्रीव की आँखों में सच ही अश्रुधारा बह उठती.

यह संवाद इतना मर्मांतक होता कि दर्शक भी भीतर तक प्रभावित हो दुःखित हो उठते. इन उत्सवों के समाप्त होते ही गयादीन वापिस अपनी रौ में आ जाता.वह जम कर गाँजा–भाँग का सेवन करता.अवारा दोस्तों के साथ घूमता.कभी–कभी तो दिन–दिन भर घर नही आता.उसकी इन सब गतिविधियों से हरशरण जी भीतर तक

दु:खी थे.सारे घरवाले भी उसकी इन आदतों से परेशान थे.दादी ने सुझाव दिया कि इसका विवाह करा दो,ठीक हो जाएगा.हरशरणजी ने उनसे शांतनु के बारे में कहा कि बड़े लड़के के पहिले छोटे का विवाह कैसे करें.?दादी ने समझाया,वह समझदार लड़का है.इसकी इतनी बदनामी हो गई है और हत्या वगैरह का मुकदमा भी चल रहा है,अतःबाद में इसकी बदनामी इतनी बढ़ जाएगी कि कोई भी अपनी लड़की इससे नही व्याहेगा.हरशरणजी को दादी की बात समझ में आ गई.अब वे उसके विवाह के बारे में गंभीरता से विचार करने लगे.उन्हें अभी तक इस बात का डर सता रहा था कि इसका अभी विवाह नही हुआ तो यह कुँवारा ही रह जायगा.ऐसे में उनके भाईयों की तरह वह भी जीवन भर अकेला ही रहेगा.अतः वे चिन्तित हो अपने रिश्तेदारों से उसके लिए रिश्ता खोजने के लिए कहने लगे.

पास में एक गाँव था—बिछिया.वहाँ एक पाठकजी थे.उनकी एक ब्याह लायक बिटिया थी—रधिया.पढ़ी—लिखी तो नही थी,रंग भी गेहुआ ही था.अभी ज्यादा उम्र भी नही थी उसकी.किन्तु पाठकजी ने सोचा अच्छे घर का रिश्ता है,आज नही तो कल बिटिया की शादी तो करनी ही है.शादी के बाद जरूरी नही कि तुरंत ही लड़की को विदा कर दो.एक—दो साल बाद भी बिदाई की रस्म की जा सकती है.जब तक लड़की भी सयानी हो जाएगी.अतः एक दिन वे अपने गाँव के असरदार लोगों के साथ हरशरणजी के घर आए.हरशरणजी ने अपना बैठका खुलवा कर उनका स्वागत किया.बात चली.पाठकजी ने कहा—"घर में विचार कर जवाब दीजिए." दोपहर बाद वे लोग चले गए.उनके जाने के बाद उन्होंने सबसे पहिले दादी को यह बात बताई.वे बोली—"अरे,वह गाँव तो निपट लठैतों का है,अनपढ और गँवार लोग ही अधिकतर वहाँ हैं.अपने आसपास के जितने भी डाकू हैं जंगल में,उनमें से अधिकतर उसी गाँव के मिलेंगे.फिर लड़की भी अनपढ़ है."सुन कर हरशरणजी चुप रह गए.सोचा थोड़ा और इंतजार

करते हैं,कभी इससे भी अच्छा रिश्ता आ जाए तो पाठक जी को जवाब देना उचित रहेगा.एक दिन पाठकजी फिर दोपहर को आ गए.उस दिन हरशरणजी को शहर की कचहरी के कुछ काम थे.अतः वे वहाँ गए हुए थे.पाठकजी उस पूरे दिन वहीं रुके रहे.उन्होंने सोचा बार–बार कौन आए,इनका जवाब सुन कर ही वापिस जाऐं.शाम को हरशरणजी शहर की कचहरी से लौटे तो उन्हें वे सामने चबूतरे पर नीम के पेड़ के नीचे ही बैठे मिल गए.राम–राम हुई.उन्होंने कहा –"मैं थोड़ा फ़्रेश होकर भीतर से आता हूँ."कह कर वे घर के भीतर चले गए.दादी उन्हीं का इंतजार कर रहीं थीं.उन्होंने पाठकजी के बारे में बताया और कहा कि –"बिना जाने–बूझे 'हाँ' मत कह देना."

हरशरणजी हाथ–मुँह धोकर, थोड़ा स्वल्पाहार कर पाठकजी के पास आए.उनसे बातें की किन्तु कुछ जवाब देते नही बन रहा था.पाठकजी बोले–"देखिये,हमारी बिटिया लड़की जात है,ज्यादा देर तक हम आपकी 'हाँ' का इंतजार नही कर सकते.आपको पसन्द नही है तो हम कहीं और बात करते हैं.बहुत से रिश्ते उसके लिए आ रहे हैं."

हरशरणजी को उनकी बात उचित ही लगी.लड़कियों की शादी तो हो ही जाती है,वह तो लड़कों की शादी में दिक्कत आती है.क्या करें इधर का माहौल ही ऐसा है.एक तो गाँव पहाड़ी था.फसल वगैरह इतनी अच्छी नही होती थी तथा इस गाँव में पीने का पानी महिलाओं को कुँऐं से खींच–खींच कर घर में लाना पड़ता था.जिससे लड़की वाला यहाँ शादी करने के पहिले दस बार सोचता था,दूसरी गयादीन की बदनामी वाली बात भी थी.दोनों बातें याद आते ही हरशरणजी ने उन्हें रिश्ते के लिए हाँ कह दी.पाठकजी सुन कर खुशी–खुशी चले गए.

घर का कोई भी सदस्य इस निर्णय से खुश नही था.दादी बोली'–"बेटा,ये तूने क्या किया?वे लोग निपट गँवार और अनपढ़

हैं.मैं पूरे गाँव को जानती हूँ.न तुमने बच्ची के बारे में कुछ जाना,न खानदान,परिवार की स्थिति,ऐसे कैसे तुमने हाँ कह दी.''हरशरणजी कुछ पल चुप रहे.उन्हें स्वंय यह अच्छा नही लग रहा था.फिर थोड़ी देर बाद बोले–''माँ,इसकी इतनी बदनामी हो गई है कि कोई भी अपनी लड़की हमारे घर में सौंपने को तैयार नही है,तभी तो मैंने दो माह इसके लिए इंतजार किया.समाज में इतनी प्रतिष्ठा,प्रभाव होने के बाद भी इसके लिए कोई रिश्ता नही आया.यदि यह रिश्ता भी मैंने हाथ से जाने दिया तो फिर मेरे भाईयों के समान यह भी जीवन भर कुँआरा ही रह जाएगा.वैसे भी इस गाँव में कोई अपनी लड़की देने में हिचकता है.''सुन कर दादी चुप रह गईं.फिर भी भीतर ही भीतर वे इससे असंतुष्ट थीं.

शादी की तैयारियाँ होने लगी.हल्दी वगैरह हुई.लगुन आई.बरात की तैयारी हुई.बारात पाठकजी के यहाँ के लिए चल दी.सभी बाराती बैलगाड़ी में बैठे थे.पास में ही एक–कोस पर ही पाठकजी का गाँव था.गाँव के पास बारात पहुँची.एक महुए के पेड़ के नीचे छाँह में बारात ने डेरा डाला.पाठकजी के यहाँ संदेशा भेजा गया किन्तु वहाँ से कोई भी इसका स्वागत सत्कार करने नही आया.दोपहर से शाम हो गई.सभी को भूख लग आई थी.गाँव से इधर आते हुए लोगों ने बताया–''उधर से इधर आने की पाठकजी के यहाँ से कोई तैयारी नही है.''आखिर बारातियों की परेशानियों को देखते हुए हरशरणजी ने अपने घर खबर भिजवाई.वहाँ से पानी,खाने–पीने का कच्चा सामान–आटा,दाल,साग,आलू वगैरह मँगवाए गए.वही पेड़ के नीचे रसोई बनी.सभी ने खाया और सोने की तैयारी करने लगे.कोई–कोई तो बोला–''चलो लौट चलते हैं,क्या पता उन्हें शादी करनी भी है या नही.निहायत गँवार लोग हैं.रात भर खुले में सब सोते रहे.वह तो अच्छा था कि गर्मियों के दिन थे.अतः खुले में सोने में दिक्कत नही आई.

सुबह पाठकजी अपने रिश्तेदारों के साथ वहॉ आए और सभी का स्वागत–सत्कार,नाश्ता वगैरह की व्यवस्था उन्होंने की.हरशरणजी व्दारा दोपहर को उन्हें खबर करने के बाद भी न आने के बारे में वे कुछ न बोले.बारात लड़की वालों के घर पहुँची.रात भर शादी की गतिविधियॉ हुई और सुबह बारात बिदा होकर आ गई.उन्होंने लड़की को अभी इनके साथ नही भेजा था.बोले–''अगले सावन में राखी को लौटपटा की रस्म की जाएगी.जिसके बाद लड़की लड़के वालों के यहॉ बिदा कर भेजी जाती है.

विवाह के बाद गयादीन में कुछ परिवर्तन आ गया था.अब वह गॉजा–भॉग का सेवन कम ही करता.ठाकुरों के लड़कों के साथ उसकी उठक–बैठक भी कम हो गई थी.वे लोग इसे किसी न किसी बहाने अपने घर बुलाने का प्रयास करते तो वह उन्हें मना कर देता.घर के कामकाज में भी वह ध्यान देने लगा था.एक जिम्मेदारी का अहसास उसके भीतर आ गया था.कभी सुबह उठ कर गाय–ढोरों की देखभाल में मदद कर देता और कभी खेतों पर जा कर भी काम करने लगाता.घर के लोग अब उससे खुश थे.अब उसे विशेष रूप से असली घी से चुपड़ी रोटी मिल जाती.नाश्ते में भी पूड़ी और अचार खाकर वह डकार लेता हुआ खेतों की तरफ निकल जाता.कुछ न होता तो पिता के शहर जाते समय सायकल पर लदे सामान को लेकर वह स्वंय उन्हें बस स्टेन्ड तक छोड़ आता.ऐसे ही चार–छ': माह बीत गए.एक दिन वह महुए के वृक्ष के नीचे बैठा था.मन में न जाने कैसे–कैसे विचार आ रहे थे.फिर वह उठा और उसने बिछिया गॉव की डगर पकड़ ली.घने वृक्षों से भरे जंगल की गड़वॉस पर चलते हुए वह खेतों से होते हुए गॉव की डगर पर चलने लगा.रधिया–उसकी ब्याहता का घर बस अब कुछ ही दूर था.अचानक उसकी निगाह गलियों में खेलते लड़कों पर पड़ी.उनमें एक लड़की भी थी.उसने ध्यान से देखा–रधिया ही थी.वह वहॉ उनके पास जा

कर खड़ा हो गया.रधिया ने उसे देखा,मुस्कुराई और बोली—''मेरे साथ खेलोगे?उसके साथ खेलने वाले खेल छोड़ कर रधिया के घर की ओर चल दिए.रधिया को कुछ जवाब उसने नही दिया.रधिया ने उसकी तरफ से ध्यान हटा कर खेल छोड़ कर गए लड़कों को आवाज दी.उन्होंने न सुनी तो वह भी उन्हीं के पीछे—पीछे दौड़ती हुई अपने घर आ गई.उधर उन लड़कों ने उसके घर पर गयादीन के आने की खबर कर दी थी.घरवाले सुन कर उधर चल दिए.उन्होंने उसे देख कर घर चलने को कहा.जबकि गयादीन वापिस लौटने ही वाला था.उसने बहुत मना किया किन्तु वे लोग नही माने.उसे अपने साथ घर ले ही गए.उधर गयादीन उदास था रधिया का उसके प्रति ऐसा बर्ताव उसे चकित कर गया था.वह कोई छोटी बच्ची नही रह गई थी.लगभग पंद्रह वर्ष की होगी.वैसे लड़कियॉं तो अपनी उम्र से पहिले ही समझदार हो जातीं हैं और उधर रधिया थी,उसका बचपना गयादीन को भीतर तक चोट पहुँचा गया था.

घर में उसे खटिया पर नया चादरा बिछा कर बैठाया गया.घर की महिलाओं ने उसके पैर पखारे,नीबू—पानी का शर्बत बना कर पिलाया और फिर घर के हालचाल जानने लगे.गयादीन इन सबसे अलग ही किन्ही विचारों में खोया था.खा—पीकर उसने उन लोगों से वापिस अपने गॉंव जाने की अनुमति मॉंगी तो वे बोले—''ऐसा कैसे होगा,पहली बार उधर आए हो,भोजन करके ही जाना. ''न चाहते हुए भी उसे रुकना पड़ा और भोजन करके दोपहर बाद घर की ओर वह लौट पड़ा.वे लोग तो उसके लिए बैलगाड़ी जोतने की तैयारी कर रहे थे किन्तु उसने इसके लिए मना कर दिया.उधर गयादीन के इतनी देर तक घर से बाहर रहने पर घरवाले अलग ही चिन्तित थे.वे सोच रहे थे—''कहॉं गया होगा?''

जब गयादीन वापिस घर लौटा तो सभी घर के लोग दरवाजे पर ही मिल गए.पूॅंछा—''इतनी देर तक कहॉं गया था?''तो गयादीन

ने कुछ जवाब नही दिया.चुपचाप भीतर चला गया.सब लोग और भी सशंकित हुए.वे सोच रहे थे.इसके साथ हुआ क्या है?पर दादी ने सभी से चुप रहने को कहा तो सब अपने–अपने काम में लग गए.

गयादीन ने भोजन किया और उठने को हुआ तो दादी ने उसे बैठने को कहा और उसके सिर पर हाथ फेरते हुए पूँछा–"क्या हुआ बेटा?"गयादीन ने दादी को ऑंसू भरी ऑंखों से देखा और दादी से लिपट कर रो पड़ा.–"दादी,मेरी तो जिन्दगी ही खराब हो गई.पिताजी ने यह कैसा रिश्ता किया.वह तो दिमागी रूप से अब भी बच्ची ही है." सुन कर दादी भी भीतर तक दुःखी हो उठीं.फिर बोलीं–"मैने तो उसे पहिले ही मना किया था.पता नही उसे क्या जल्दी थी.तू धीरज रख,सब ठीक होगा."गयादीन अब शांत था.वह दादी की तरफ देख रहा था.फिर उठा और घर के बाहर जाने लगा तो दादी ने कहा–"अब शाम के समय तू कहॉं जा रहा है?"वह बोला–"थोड़ा इधर–उधर होकर आता हूँ,मन बहल जाएगा."कहता हुआ वह चला गया.

रात में आया और सो गया.घर वालों ने उससे और कोई बात नही की.उधर पाठकजी का संदेशा कोई गॉंव वाला ले कर आ गया था.वह कह गया था कि पाठकजी ने कहलवाया है कि जमाईजी घर आए थे,हमसे जैसा बना स्वागत–सत्कार किया,आप लोग इनका ध्यान रखना.सुन कर हरशरणजी सोच में पड़ गए.सोच रहे थे कि सच में उनसे कोई बड़ी भारी भूल तो नही हो गई है.

इसके कुछ दिनों बाद से गयादीन फिर से अवारा किस्म के दोस्तों के साथ रहने लगा.न जाने कहॉं–कहॉं भटकता फिरता था.गॉंजा–भॉंग का नशा भी वह खूब करने लगा था.देर–देर रात घर आता.उसके ये हालचाल देख कर सभी लोग परेशान थे.हरशरणजी को भी कुछ समझ में नही आ रहा था कि क्या किया जाए.आखिर

दादी ने उन्हें समझाया कि पाठकजी से कह कर बहू की बिदाई की व्यवस्था करने का कहो.अब तो वह बड़ी भी हो गई है.वहाँ गाँव में रहेगी तो ऐसे ही बच्ची बनी रहेगी.यहाँ आएगी,भरे–पूरे घर में रहेगी तो सुधर जाएगी.मैं भी तो देखूँ कि क्या परेशानी है जिसे देख कर गयादीन घबरा गया है.हरशरणजी को दादी की बात उचित लगी.उन्होंने पाठकजी यहाँ संदेशा भिजवा कर कहलवाया कि बहू कि बिदाई इस सावन की लागत तृतिया तिथि को करने की व्यवस्था करें.उस दिन शुभ मुहूर्त भी है.

पाठकजी स्वंय हरशरणजी के घर आए.बोले–"अभी जल्दी काहे की है,थोड़ा और रुकते हैं."किन्तु हरशरणजी नही माने.बोले–"उसमें क्या,आपको भेजना तो है ही फिर कल और आज की बात क्यों करते हो."पाठकजी ने भी सहमति जता दी.

नियत दिन हरशरणजी रधिया को बिदा कर घर लाए.जिस दिन वह यहाँ आई उस दिन घर में उत्सव जैसा माहौल था.सारे गाँव की औरतों को बुलौउवा भेजा गया. वे आईं तो गाना बजाना हुआ,बताशे बाँटे गए.इसके बाद बहू की मुँह दिखाई की रस्म हुई.महिलाऐं बोलीं–"बहू चंचल है,वैसे है तो सुन्दर."दूसरी बोली–"चालाक है,मुझे जीभ निकाल कर चिढ़ा रही थी."ऐसी ही टिप्पणियाँ करती हुई औरतें एक–एक कर चली गईं.उस दिन गयादीन जल्दी ही घर लौट आया.देवपूजा की रस्म हुई.रात को रधिया से गयादीन की मुलाकात हुई.उसे देखते ही रधिया बोली–"गाँव आए थे तो मुझसे क्यों नही मिले?मिल कर खेलते."फिर उठ कर खड़ी हो गई और गयादीन का हाथ पकड़ कर बोली–"आज दिन भर से परेशान हो गई हूँ,कैसीं–कैसी औरते थीं,बास मारती उनकी धोतियाँ,मुझे तो उबकाई आ रही थी.चलो भूख लगी है,खाना खाते हैं."गयादीन उसके कहने पर उठ कर खड़ा हुआ.दोनों ने मिल कर पलंग के पास रखी मिठाई और फल खाए, फिर रधिया उठी और उसने एक डकार मारी, इसके

बाद वह बिस्तर पर ऑंख मींच कर सो गई.गयादीन पास में बैठा उसे सोता हुआ देखता रहा.फिर वह भी सो गया.सुबह हुई.रधिया अभी भी सो रही थी.दादी ने उसे उठाया.गयादीन तो सुबह ही उठ कर चला गया था.बुझा–बुझा सा,उदास,वह घर में अधिक देर नही रुका.दिशाफरागत हो कर नाश्ता कर घर से निकल गया.

दादी ने रधिया को उठा कर बैठाया.वह अभी भी ऑंगड़ाईयॉ ले रही थी.दादी ने उससे कहा–"तेरे को तेरी भाभी–भौजाईयों ने कुछ भी नही समझाया?अभी भी बच्चियों जैसी हरकतें क्यों करती है." सुन कर रधिया उठी और नीचे आ गई.दादी अकेली बैठी अवाक्–सी रह गई.उन्हें लग रहा था कि लड़के का यह विवाह कर भारी गलती कर दी है.

थोड़े दिनों तक तो रधिया का ऐसा ही चलता रहा किन्तु इसके बाद दादी ने उसे घर की जिम्मेदारियॉ संभालने को कहा.चौका–चूल्हा उसे समझाया.वह चुपचाप सुनती रही.फिर अनसुना करती हुई घर के पास बेड़ा में निकल गई.यह छोटा सा खेत था जिसमें अलग–अलग प्रकार की साग भाजी लगा रखी थी.

वह वहॉ लगे जामफल व बेर के नीचे खड़ी होकर उन्हें पत्थर मार कर गिराने का प्रयास करने लगी.फिर बेरी के जितने बेर नीचे गिरे थे उन्हें बीन–बीन कर वहीं खाने बैठ गई.

दादी आई और उसका हाथ पकड़ कर घर के भीतर ले गई.बोलीं–"नहा ले,आज रसोई तुझे ही बनानी है.वह बोली–"मुझे नही आती बनाना."दादी ने कहा–"चल मैं सिखाती हूॅ."वह साथ में चल कर चौका में आई.दादी ने कुछ तो खाना बना ही दिया था.केवल रोटियॉ ही बनानी शेष थीं.आटा भी उन्होंने गूॅथ कर रख रखा था.रधिया तवे पर आड़ी–तिरछी रोटियॉ बना कर डालने लगी.बीच–बीच में घर में पली बिल्ली के बच्चों को खिलाने उठ

पड़ती.इस बीच तवे पर पड़ी रोटी जलने लगती.दादी ने उठ कर उसे ठीक किया.समझाया पर वह न मानी,यह सब देख कर दादी ने अपना सिर पीट लिया.

हरशरणजी के तीनों बच्चों में सीता सबसे छोटी थी.लगभग छ‍: वर्ष की रही होगी.दिन भर गाँव में उछलती,कूदती सहेलियों के साथ पाॅचे,छिपाछाई खेलती सबको चिढ़ाती हुई घर आती.जब तक माॅ रही, वह माॅ के आँचल से लग कर कभी जाँते पर गेहूँ पीसती हुई माॅ की जाँघ पर सिर रख कर सो जाती.कभी उससे रूठ कर नाराज हो दूर हो जाती और जब माॅ उसे मनाती तो उसके आँचल में छिप कर दूध पीने लगती.लगभग चार—पाॅच वर्ष तक ऐसा चलता रहा.एक बार तो माॅ कुछ दिनों के लिए अपने माॅयके गई तब वह बिल्कुल उदास हो चुपचुप रही.जब माॅ वापिस अपने मायके से वापिस आई तो वह उनसे लिपट कर रोती रही.फिर जब वह बैठ गई तब उसके आँचल में छिप कर उनकी गोद में लेट गई.दादी को यह सब बहुत बुरा लगता था.वह उसकी माॅ और सीता दोनों को खूब डाॅटती पर सीता मानती ही न थी.एक दिन दादी ने सीता को उसकी गोद से उठा कर बैठा दिया.सीता नाराज होकर एक तरफ जाने लगी तो उसकी माॅ उसके पीछे भागी उसे मनाने, किन्तु दादी ने उन्हें ऐसा करने से रोक दिया.बोलीं—''क्या उसकी शादी तक उसे ऐसे ही लाड़ लड़ाओगी?ऐसी कैसी तेरी ममता है.''मनमसोस कर रह गई वे

उसकी माॅ जब तक जीवित रही ऐसी ही ममतामय उसकी परवरिश होती रही किन्तु माॅ के न रहने पर वह पूरे घर में उपेक्षित सी हो गई.न तो पिता,न भाई और न ही अन्य लोग उसका ध्यान रखते, केवल व्दिजप्रसाद जिन्हें वह मम्मा कह कर बुलाती थी वे ही उससे विशेष स्नेह करते थे.

जब वे खेत पर होते तो दादी पूड़ी व साग बना कर उनके लिए सुबह का नाश्ता देने के लिए कुँएं पर सीता को ही भेजतीं.सीता के साथ आस–पास के बच्चे भी उसके साथ पछिया लेते.सब रास्ते पर खेलते–कूदते,लड़ते–झगड़ते हुए कुँएं पर मम्मा के पास पहुँचते.दूर से ही मोती भी वहाँ से उठ कर सीता के साथ–साथ चलने लगता और सीता कुँएं पर पहुँचती तो मोती भी आसपास आकर उसकी पूड़ी–साग की पोटली को सूँघने लगता क्योंकि उसे भी कुछ न कुछ मिलना ही था.उसे कुँएं पर आया देख कर मम्मा दूर से खेतों की तरफ से लौटते हुए कहते–''सीता बेटे!''वहीं महुए के वृक्ष के नीचे उसे नाश्ता रखने को कहते फिर हाथ का काम निपटा कर आता हूँ.कहते हुए घर में खेती के लिए काम पर रखे हुए हलवाहे से कुँएं से पानी वगैरह लाने का कह कर अपने हाथ का काम निपटाने की जल्दी करने लगते.सीता नाश्ता महुए के पेड़ के नीचे रख,बैठ कर खेलने लगती.वे आकर स्वंय भी खाते और सीता को साथ ही खाने को कहते.मोती को भी एक–दो पूड़ी खाने को देते.पूड़ी ज्यादा गरम होती तो मोती हल्के–हल्के गुर्राते हुए उसे पंजे से दबा कर उलटता–पलटता और फिर उसके छोटे–छोटे टुकड़े कर खाता.सीता उसके पास जाकर उसकी टूटी हुई पूड़ी को हाथ लगाती तो वह फिर हल्की आवाज में गुर्राता.मम्मा कहते–''नही बेटा,खाते हुए कुत्ते के आगे से रोटी नही खींचते.काट खाऐगा.''पर सीता न मानती.वह गुर्राता जाता और खाता जाता.उसने सीता को काटा कभी नही.

वहाँ से घर आकर वह रसोई के काम में लग जाती.यहाँ उसका बचपना खो सा गया था.पूरे घर के लिए रसोई बनाना,हलवाहों के लिए भी खाना बनाना क्योंकि उन्हें इसी शर्त पर रखा गया था कि नगद राशि जो आरंभ में दी गई थी उसके अतिरिक्त उन्हें एक समय का भोजन भी दिया जाएगा.अतः उनके लिए विशेष प्रकार की बड़ी–बड़ी रोटियाँ,उड़द की दाल व चावल बना कर जब वे शाम को

खेत से घर लौटते समय यहाँ आते तो हर हलवाहे को जिनकी संख्या लगभग सात थी,बड़ी–बड़ी छः–सात रोटियाँ,बेला भर दाल और उसी अनुपात में चावल खाने को देना पड़ते.यदि उन्हें छोटी रोटी बना कर दी जाती तो वे नही लेते.कहते–''दिन भर जी तोड़ कर मेहनत के बाद अब इन पतली रोटियों से क्या होगा,इससे हमारा पेट थोड़े ही भरेगा.''अतः पूरे घर का भोजन एक तरफ और इन लोगों का एक तरफ.इसलिए वह अधिकतर चौका–चूल्हा में ही लगी रहती.हालांकि दादी उसकी बहुत मदद कर देती किन्तु वे भी क्या करतीं.बहुत बूढ़ी होने के कारण उनकी भी काम करने की सीमाऐं थीं.चलना–फिरना उनका कठिन हो गया था.उन्हें वात की भी तकलीफ थी.घुटनों में सूजन और दर्द के कारण वे बड़ी मुश्किल से ही चढ़ाव चढ़ पातीं थीं.चूल्हा–चौका ऊपरी मंजिल पर होने से यह परेशानी और भी भारी थी किन्तु फिर भी वे नीचे आँगन के कोने में बने चूल्हे पर सुबह के नाश्ते में पूड़ी और साग तो बना ही दिया करतीं.

सीता को चिन्तामन के साथ खेलना अच्छा लगता था.वह एक तोता था जिसे कोई राहगीर दादी को दे गया था.वह दुगई में टँगा रहता.सीता उसके साथ खेलते हुए उसे बोलना सिखाती कहती–''चिन्तामनि,राम,राम बोलो.''वह पहिले कुछ दिनों तक उसका मुँह देखता रहा फिर बोलना सीख गया.अब घर में कोई भी आता तो चिल्लाता–''दादी,दादी कोई आया.''दादी उठ कर देखतीं.सीता उसके पिंजरे की साफ–सफाई करती,उसके लिए पानी व खाना कटोरी में रखती व उसके साथ खेलती.कभी–कभी उसके पिंजरे में साबुत फलियाँ डाल देती जिससे वह दिन भर खेलता रहता.एक बार सीता काम के कारण उसके लिए खाना रखना भूल गई.चिन्तामनि दिन भर चुपचाप रहा,जब शाम को मम्मा खेत से लौट कर आए तो वह चिल्लाने लगा.मम्मा ने सीता से उसके लिए खाना रखने को कहा तो सीता ने दूधभात सान कर उसकी कटोरी में रख दिया किन्तु

वह इतने गुस्से में था कि उसने वह कटोरी अपने पंजे से उलटा कर खाना नीचे फेंक दिया.मम्मा व सीता मनाते रहे पर वह नही माना,सुबह जाकर वह बोलने लगा व खाना देने पर उसने खाया.एक दिन किसी ने उसका पिंजरा खोल दिया वह उड़ कर चल दिया.सब लोग सोच में पड़ गए किन्तु शाम होते —वह पिंजरे पर आ बैठा और दादी—दादी करने लगा.सीता ने उसे वापिस पिंजरे में रखा व खाना दिया.

मम्मा ने सीता का नाम स्कूल में लिखवा दिया था किन्तु वह रोज वहाँ जा नही पाती और जिस दिन जाती आसपास के ठाकुर के निठल्ले लड़कों की फौज उसके साथ पछिया लेती.इन लड़कों के नाम यद्यपि स्कूल में चढ़े हुए थे किन्तु वे स्कूल नही जाते थे.हाँ,सीता जाती तो वे उसे पछिया लेते थे.सीता को इनके साथ स्कूल आते देख कर क्लास के माट्साहब सीता से कहते—"आ गई,चार बच्चों की माँ बन कर "माट्साहब जैनी थे.उनकी बाईं टाँग में भंग था इसलिए लँगड़ा कर चलते थे,सब उन्हें लंगड़ माट्साब कहते थे किन्तु हिसाब—किताब में पक्के थे.उनकी किराने के सामान की दुकान थी बाजार में.अतः वे स्कूल के समय से स्कूल न आकर दुकान के खुलने व बंद होने का ध्यान रख कर स्कूल आते.जिस दिन जिस समय स्कूल आना है वे लड़को को पहिले ही बता देते.वे सीता के घर के सामने से ही होकर स्कूल आते—जाते थे.अतः सीता को पता चल जाता कि स्कूल खुलने वाला है.अतः वह स्कूल के लिए निकल पड़ती.जिस दिन वह स्कूल जाने में लेट हो जाती उस दिन लंगड़ माट्साहब उसे अपना हाथ आगे करने को कहते और अपने हाथ की छड़ी से उसके हाथ पर मारते हुए कहते—"कल से स्कूल समय पर आना.'उनकी स्टेशनरी की भी दुकान थी.अतः क्लास के लड़कों से स्लेट,कॉपी,किताब सब उन्हीं की दुकान से खरीदने को कहते.

क्लास के लड़के उन्हें खुश करने के लिए जिसके यहाँ जो होता वह उन्हें देने के लिए लाते.कोई घी लाता,कोई कुम्हड़ा,कोई सूखे मीठे बेर, ऐसे ही अपनी-अपनी सुविधानुसार चीजे ला कर उन्हें देते.उनकी.इसीलिए.थे बहुत सख्त,बच्चों को पढ़ाते भी ठीक थे.दुबले-पतले थे.उस पर सफेद कुर्ता-पाजामा पहिन कर स्कूल आते.एक बार उन्होंने सीता को क्लास से घर भगा दिया था.तब मम्मा ने उन्हें घर बुला कर डाँटा था.

सीता के साथ-साथ कभी-कभी मोती भी स्कूल चला जाता.वह सीता को पछियाता हुआ पहुँच ही जाता.जब सीता अपनी क्लास में चली जाती तब वह वहीं स्कूल के बरामदे में जीभ निकाल कर हल्के-से हाँफते हुए बैठा रहता या लेट लगा कर सो जाता.एक बार सीता को साथ आने वाले ठाकुरों के लड़कों में से रामसिंह ने कुछ कह दिया था.तब सीता ने हल्के से मोती को उसकी तरफ इशारा कर छू कर दिया.मोती फौरन उठा और उस लड़के के पीछे दौड़ा.अब वह लड़का आगे-आगे और पीछे-पीछे मोती.सारे गाँव में वह लड़का दौड़ता फिरा पर मोती ने उसे नही छोड़ा.उसने पैर की पिंडली अपने जबड़े में भर ही ली.खून निकलने लगा.सीता भाग कर सीधी अपने घर पहुँची और दादी को सब बताया.दादी ने उसे डाँटा,इसी समय रामसिंह का पिता और उसके सभी रिश्तेदार कुल्हाड़ी,लाठियाँ लेकर दरवाजे के बाहर आकर चिल्लाने लगे.बोले—"निकलो बाहर,एक-एक को काट कर बिछा देंगे.लड़के को कुत्ते से ऐसे कटवाया कि पिंडली का माँस बाहर आ गया."देखते-देखते खबर कुँएं पर मम्मा को लगी.वे दौड़ते हुए वहाँ आए और उन लोगों को शांत कराया तथा बच्चे के इलाज का पूरा खर्च देने को कहा.सीता से भी बोले—" बेटा,ऐसा नही करते.गाँव में रहना है तो इन लोगों से बैर नही ले सकते."

उधर गयादीन की घरवाली बनकर रधिया आ तो गई थी किन्तु काम कुछ न करती और करती तो बना–बिगाड कर करती.सभी उससे परेशान थे.अब तक उसके एक लड़का हो गया था.नाम था उसका––कान्हा.यद्यपि उसने बच्चे को जन्म दिया था किन्तु वह उसका भी ख्याल नही रखती.दादी ही उसे सम्हालती.वह बिना देख रेख ऐसे ही इधर–उधर लुढ़कता रहता.उधर गयादीन अलग रधिया से परेशान था.वह अब उससे अलग ही रहने लगा था.उसने अपने सोने का कमरा भी अलग कर लिया था.रधिया को इस सबकी परवाह ही कहाँ थी.वह अपने आप में मस्त थी.भूख लगती तो चौका में जाकर जो खाना होता निकाल कर खा लेती और घर में इधर–उधर घूमती रहती.उसकी ऐसी हालत देख दादी भीतर ही भीतर तक दुःखी हो उठतीं.वे उसे हर प्रकार से समझा चुकी थीं किन्तु उसमें इससे कोई भी परिवर्तन नही आया था.

हरशरणजी भी दादी से उसके बारे में तथा गयादीन के बारे में सुन–सुना कर बैचेन से थे.उन्हें समझ में नही आ रहा था कि क्या करें.किसी ने कहा गयादीन की फिर से अच्छी जगह लड़की देख कर दूसरी शादी कर दो.हालांकि उन्हें भी इस समस्या का यही हल दिख रहा था किन्तु अभी वे और रुक कर देखना चाहते थे क्योंकि इस राह में कठिनाईयाँ बहुत अधिक थीं.

सीता अकेली बेचारी दस बारह साल की उम्र में चूल्हा–चौका करती रहती.उसकी पाँचवी के बाद पढ़ाई भी छूट गई थी.क्योंकि गाँव में इससे आगे का स्कूल था ही नही तथा गाँव से दूर भरका के पास के गाँव में आने–जाने में बहुत समय लगता तब घर की व्यवस्था कौन देखता.सबको तो सुबह नाश्ता व दोपहर का खाना व रात की ब्यारी चाहिए थी.यदि वह वहाँ पढ़ने जाती तो चूल्हा–चौका कौन देखता.

सीता दिन भर चूल्हा–चौका में ही लगी रहती.अभी छोटी ही थी किन्तु जिम्मेदारियाँ उस पर घर वालों ने बहुत लाद दी थीं.दादी भरसक उसकी मदद कर देतीं फिर भी घर के आठ–दस लोगों के साथ ही हलवाहों की रसोई बनाना कोई मजाक नही था.यद्यपि घर के छोटे–मोटे कामों के लिए एक खवासन भी रख रखी थी.उसका पति घर में आदमियों के बाल बनाने का काम करता था, उसी से कह कर उसकी घर वाली को इस काम के लिए रख लिया था.फिर भी सीता इतना सब काम करके इसके बोझ से पिस तो रही ही थी.दादी उसकी हालत देख कर दुःखीं थीं.वह सोचने लगीं थीं कि इससे अच्छा तो यह है कि इसकी जल्दी ही कही शादी कर दी जाए.यहाँ के जंजाल से तो इसे छुट्टी मिले.उन्हें सबसे अधिक भय इस बात का था कि उनका तो बुढापा था, पता नही कब क्या हो जाए.इसके बाद सीता का क्या होगा.हो सकता है ये लोग घर की व्यवस्था न बिगड़े,इस डर से उनके न रहने पर इसकी शादी ही न होने दें.इसीलिए एक दिन उन्होंने हरशरणजी से कहा भी कि लड़की बड़ी हो गई है,एक दो साल इसके लिए लड़का ढूढने में लग जाएगा.इसलिए कोई अच्छा सा रिश्ता इसके लिए ढूढें.

सीता को अपने काम के बीच मोती को चिढ़ाने में बहुत ही मजा आता था.दोपहर में जब मम्मा भोजन करने कुँऐं से घर आते तो मोती भी उनके पीछे–पीछे आ जाता.मम्मा की थाली परोश कर सीता देती तो वे मोती को भी कुछ दे दो कहते.जिस दिन त्यौहार होता तो खीर–पूड़ी वगैरह बनती.सीता मम्मा को अच्छी तरह थाली में खीर–पूड़ी,साग परोसती और मोती के आगे उसे चिढ़ाने के लिए बासी रोटी डाल देती.मोती उस बासी रोटी को सूँघ व देख कर एक ओर मुँह कर बैठ जाता.उसे ऐसा करते देख कर मम्मा कहते–‘‘बेटा,वह आज यह नही खाऐगा,उसे भी पूड़ी–साग ही दे दो.सीता कड़ाही से निकली गर्म–गर्म पूड़ी निकाल कर उसे देते हुए उसी के सामने

बैठ जाती.मोती गर्म पूड़ी में मुँह मारता और उसके गर्म होने के अहसास पर सीता की ओर देख कर हल्के से गुर्राता,पूड़ी को तोड़ने का प्रयास करता किन्तु असफल होने पर फिर सीता को देख कर गुर्राता.मम्मा यह सब देख कर सीता से कहते–"बेटा,उसे चिढ़ाओ मत,पूड़ी तोड़ कर थोड़ी ठंडी कर दे दो." सीता ऐसा ही करती और मोती खाने लगता.फिर सीता पलास के पत्तों के दोने में उसके आगे खीर भी परोस देती,और उसे खाते हुए देखती रहती.

हरशरणजी का तीसरा लड़का था शान्तनु.वह शहर में पढ़ रहा था.पढ़ाई–लिखाई में होशियार था.वह इस साल एम ए कर रहा था.उन्होंने इसके लिए वहाॅ एक कमरा किराये से लेकर उसकी पूरी व्यवस्था कर रखी थी.ढाबे में वह भोजन कर लेता.दिन में कॉलेज जाता.उसके लिए नाश्ते में पूड़ी सब्जी, हर दिन सुबह की बस से ड्रायवर के पास रख कर उसे शान्तनु को देने के लिए कह दिया जाता.उसका रास्ता शान्तनु के कमरे के सामने से होकर ही जाता था.:वह कंडक्टर से कह कर उसके व्दारा डिब्बा भिजवा देता.इसके लिए उन्हें हरशरणजी हर माह पैसे देते थे.केवल दोपहर व रात का भोजन ही शान्तनु ढाबे में करता था.

हरशरणजी जब भी शहर जाते,शान्तनु के कमरे पर ही रुकते और दिन भर अपने कोर्ट–कचहरी ,बाजार के काम निपटा कर उसकी देखरेख करके ही घर लौटते.उस शहर से इनके गॉव के लिए सीधी बस थी.शहर भी एक–डेढ़ घंटे की दूरी पर था.

शान्तनु के जिज्ञासु प्रवृत्ति का होने से हर समय उसके हाथ में कोई न कोई किताब ही होती.वह शहर में रहने के बाद भी सफेद झक कुर्ता और वैसी ही धोती पहिनता.सुबह उठ कर नहा धोकर पैदल ही चल कर ठठेरों की बस्ती से होता हुआ एक घाटी आती थी उसे चढ़ कर दूसरी तरफ उतरने पर एक चढ़ाव सा बना था

उस पर चढ़ कर एक बड़े से दरवाजे के बाद थोड़ी दूर स्थित मंदिर में दर्शन करने रोज जाता.बड़ा विशाल व प्रसिद्ध शिव मंदिर था.विस्तृत चौड़ा इसका ऑंगन और वहाँ स्थित बिहारी जू का मंदिर तथा उसके सामने स्थित विशाल पानी का कुंड,इसके बाद नीचे उतरते हुए सीढ़ियॉ पर खड़े हो कुंड के जल को हाथों की अंजुरी में लेकर मंत्र पढ़ते हुए …"ओम् अपवित्रो व पवित्रो……।"का उच्चारण करते हुए अपने को शुद्ध कर भगवान के दर्शन हेतु चाँदी व्दार से होकर महामृत्यंजन मंत्र का जाप करते हुए गर्भगृह में पहुँचता.वहाँ के भक्तिमय माहौल में वह रुद्राष्टक का उच्चारण करते हुए भगवान के सामने खड़े होकर उन्हें नमन करता और फिर वैसे ही मंत्रों का पाठ करते हुए अपने कमरे पर आता.तब तक बस वाला कंडक्टर उसका नाश्ता कमरे में रख जाता.वह नाश्ता करता और फिर थोड़ी देर बाद कॉलेज चला जाता.सभी छात्र पेन्ट–शर्ट में होते,केवल वही धोती–कुर्ते में धवल शुभ्र पवित्र अलग ही आभा से आलोकित अपनी जगह जा बैठता.शायद यह उसे वंश परंपरा से मिला था.हरशरणजी का काशी वास,वहाँ किया गया संस्कृत ग्रंथों का अध्ययन,उनकी वेशभूसा आदि सब कुछ याने उस समय का सांस्कृतिक परिवेश पूरी तरह शान्तनु पर आच्छादित था.गाँव में आकर यद्यपि अब भी वे उसी पहनावे में पाडित्यपूर्ण व्यक्तित्व के साथ कथा,भागवत्, जन्म पत्रिका बनाने तथा शादी ब्याह संपन्न कराने आदि का काम करते थे.इसी के परिणाम स्वरूप उन्होंने दादी व्दारा अर्जित खेती–बाडी,धन संपदा आदि में वृद्धि की थी.इसी का पूरा प्रभाव शान्तनु के ऊपर पड़ा था.

एम ए के बाद वह पीएचडी करना चाहता था.हरशरणजी ने पहिले तो उसे मना कर दिया.कहा–" क्या करोगे इतना सब करके,घर में इतनी बड़ी खेती–बाड़ी है,इसे सम्हालो.तुम्हें नौकरी तो करना नही है.फिर रहने दो आगे पढ़ाई करने का विचार."किन्तु शान्तनु के न मानने पर उसकी रुचि को देख कर उन्होंने सोचा–"चलो,विद्या तो

सबसे बड़ा धन होता है,न कभी क्षय होने वाला.अतः उन्होंने उसे अनुमति दे दी.

अब शान्तनु दर्शनशास्त्र में" जीव-जगत की दार्शनिक ब्याख्या तथा इस का प्रत्यक्ष जगत से सम्बन्ध"विषय पर पीएचडी की तैयारी करने लगा.

अब वह कॉलेज न जा कर दिन-दिन भर विश्वविद्यालय की लायब्रेरी में अध्ययन हेतु जाने लगा.सुबह से लेकर शाम तक वही बैठ कर हर विषय की किताबें पढ़ने में ब्यस्त रहने लगा.उसकी पीएचडी का विषय था ही इतना व्यापक व गंभीर कि उसे गहराई से व विस्तृत अध्ययन की आवश्यकता थी.इसके गाईड के रूप में उसने अपने विषय के विभागाध्यक्ष को चुना था.वे उद्भट विव्दान थे.संस्कृत व दर्शन की अनेक पुस्तकें उनकी प्रकाशित हो चुकी थीं तथा अखिल भारतीय विव्दत्परिषद के वे अध्यक्ष भी थे.

कुछ दिनों बाद विश्वविद्यालय में पीएचडी कमेटी की बैठक हुई.इसमें कुलपतिजी के अतिरिक्त एक बाहरी विव्दान के रूप में काशी विश्वविद्यालय के विख्यात विव्दान प्रोफेसर को बुलाया गया था.इसके साथ ही उसके विभागाध्यक्ष को भी बुलाया गया था.उसकी पीचडी की सिनोप्सिस पर खूब सवाल जवाब हुए.अंत में पीएचडी हेतु उसका विषय स्वीकृत हो गया.

अब वह पूरी तरह अपने शोध कार्य में जुट गया.विश्वविद्यालय की लायब्रेरी के अतिरिक्त जिस दिन लायब्रेरी अवकाश के कारण बंद होती उस दिन वह उस शहर के विख्यात मंदिरों में जाता.वहाँ के महंतों,साधु-संतों से मिलता,उनसे अपनी दर्शन सम्बन्धी जिज्ञासा प्रकट करता और उनके विचार सुन कर अपनी नोटबुक में उन्हें लिखता जाता.किसी-किसी मंदिर के पुराने वेद,पुराण,उपनिषद् आदि के संग्रहित पुस्तकालय का वह सहारा लेता.इस हेतु वह उनकी संग्रहित पुस्तकों

के गट्ठों को खोल कर देखता और अध्ययन से सम्बन्धित ग्रंथों को पढता तथा उनसे संदर्भ लेकर अपनी कॉपी में लिखता जाता.यह बहुत पुरातन व धार्मिक शहर था.मंदिरों,मठों व संतों का शहर कहें तो अतिश्योक्ति न हो.इस शहर की अर्थव्यवस्था ही धर्म थी.सांस्कृतिक नगरी थी यह.अतः शान्तनु को अपने विषय से सम्बन्धित सामग्री के अध्ययन हेतु उसे विस्तृत फलक मिल गया था.इन मठों व मंदिरों में संतो के साथ वह कई—कई दिनों तक साथ रहता.यहीं अन्नक्षेत्र में भोजन करता.यहॉ के भजन—पूजन व प्रसाद में हिस्सा लेता.

हरशरणजी अब जब कभी शहर आते तो उन्हें शान्तनु का कमरा अधिकतर बंद ही मिलता.पडौस में कमरे की चाबी शान्तनु रख जाता था.अतः उसे लेकर कमरा खोल कर दिन भर रहते,पडौसी से उसके हालचाल जान कर वह वापिस गॉव चले जाते.

लगभग दो—तीन सालों बाद शान्तनु का शोधकार्य समाप्त हुआ.उसे पीएचडी की उपाधि मिली.साथ ही उसे विश्वविद्यालय के दर्शनशास्त्र विभाग में पढ़ाने हेतु पदस्थापना भी मिली.

उसमें इस सबसे एक परिवर्तन आ गया था.वह सफेद धोती—कुर्ता तो पहिले से ही पहिनता था.अब उनका रंग भी केशरिया से मिलता—जुलता हो गया था.बड़े—बड़े बाल,पीछे बंधी शिखा तथा मस्तक पर सामने चंदन का तिलक.

बहुत दिनों बाद वह गॉव गया.घर में उसे ऐसे देख कर सभी भौंचक थे.वह लगभग साधु—सा हो गया था.दादी उसे देख कर चुप हो गईं.वह भीतर तक दुःखी हो उठीं.सोचने लगी कही यह घर त्याग कर साधु तो नही बन जाएगा?लक्षण तो उसके ऐसे ही हैं.

हरशरणजी भी चिन्तित थे.यह सब देख कर दादी ने जब उनसे अपनी मन की शंका व्यक्त की तो वे भी इससे सहमत दिखे.

उन्होंने दादी से कहा—''तब क्या करें?''दादी बोली—''जल्दी से इसका विवाह करो.''

शान्तनु ने शहर का किराये वाला कमरा छोड़ दिया था.अब वह गाँव से सुबह वाली बस से नाश्ता कर बैठता,दोपहर में कॉलेज में अपने पीरियेड लेता और अधिकतर जल्दी ही शाम को वापिस लौट आता किन्तु कभी—कभी शहर के मठ—मंदिरों के महंतों व्दारा उसे अपने मंदिर में आने के लिए उसके कॉलेज में संदेश भिजवाने से वह वहाँ चला जाता.वहाँ उसका ऐसा मन रमता कि दो—दो,तीन—तीन दिन वहीं रुका रहता.वहीं से कॉलेज की क्लॉसेस लेकर वापिस वहीं चल कर वहाँ की पूजा—आरती,महंतजी के धार्मिक व दार्शनिक विषयों पर विचारों का आदान—प्रदान करने में व्यस्त हो जाता.

शान्तनु एमए अंतिम वर्ष के छात्रों की दर्शनशास्त्र में भारतीय दर्शन की क्लासें लेता था.उसी क्लॉस में रेवती भी पढ़ती थी.किसी राजनीतिक परिवार से उसका सम्बन्ध था.उसकी रुचि के अनुसार उसने एम लिए में अपने लिए दर्शनशास्त्र विषय चुना था.हालांकि घरवाले चाहते थे कि वह राजनीतिशास्त्र में एम ए करे.उसका एमए में दर्शनशास्त्र लेने का एक और कारण था, वह था—शान्तनु का साथ.पता नही क्यों वह कॉलेज के लड़के—लड़कियों से उसके बारे में अलग—अलग बातें सुन कर प्रभावित क्यों थी.उनका सहज पहनावा,रहन—सहन सब कुछ उसे प्रिय था.बोलचाल भी उसकी नम्र व शालीनता वाली थी.अतः वह अपने आप उसके प्रभाव में आती गई थी.यद्यपि कॉलेज की बीए वगैरह की कक्षाओं में पढ़ते हुए उसने शान्तनु के प्रति ऐसी कोई विशेष आकर्षण महसूस नही किया किन्तु बीए के बाद वह उसका सानिध्य पाने के लिए ही दर्शनशास्त्र विषय पढ़ने आई थी.शान्तनु उसे ऋषियों व्दारा रचित वेद, पुराण,उपनिषदों के संदर्भ में भारतीय दर्शन की व्याख्या समझाते किन्तु वह कक्षा में उन्हें ही एकटक देखती रहती.शान्तनु को पहिले—पहल तो विशेष

ऐसा कुछ नही महसूस हुआ किन्तु फिर उसने देखा–कक्षा की समाप्ति कि बाद भी वह उसके आसपास ही किसी न किसी बहाने से घूमती रहती.

वह जब लायब्रेरी में किसी संदर्भ ग्रंथ ढूढने जाता तो वह भी वहाँ पहुँच कर किसी विषय पर उससे बातें करने लगती.कभी–कभी डिपार्टमेंन्ट में आ कर किसी पुस्तक के बारे में या अन्य किसी विषय पर उससे बातें करने का प्रयास करती रहती.

इन दिनों शान्तनु वासुदेवाचार्यजी से बहुत अधिक प्रभावित था.वह शहर के प्रतिष्ठित वैष्णव मंदिर के महंत थे.अच्छे पढ़े–लिखे थे.उन्होंने इतिहास और दर्शन विषय पर शोधकार्य किया था.डी–लिट उपाधि से अलंकृत थे.बचपन से ही उनमें एक विरक्ति का भाव पनपता रहा था.अतः उन्होंने विवाह नही किया.वैष्णव आचार्यों से प्रभावित हो कर साधु हो गए.शान्तनु से उनके विचार मिलते–जुलते थे.दोनों जीवन–जगत के विषय में एक–दूसरे की शंकाओं पर विचार–विनिमय करते थे.श्रीमद्भागवत् के वे प्रकांड विव्दान थे.दूर–दूर तक उनकी भागवत् कथा कहने की बौद्धिक सामर्थ्य की चर्चा थी.कभी–कभी तो शान्तनु भी घर पर कह कर उनके साथ भागवत् कथा में भाग लेने दूर–दूर तक चला जाता.विशाल पंडाल में असंख्य श्रोताओं को वासुदेवाचार्यजी व्दारा कथा सुनाते हुए देखने के बाद वह भक्तिभाव में डूब कर सभी के साथ भगवत् भजन में डूब जाता.

वहाँ से आने के बाद वापिस अपने गाँव चला आता.वासुदेवाचार्यजी से प्रभावित हो उसे भी लगा कि अब पीएचडी के बाद डीलिट भी करना चाहिए.अतः इस हेतु उसने इसकी सिनोप्सिस बना कर विश्वविद्यालय में प्रस्तुत कर दी थी.''जीव–जगत व आत्मा एक विस्तृत अध्ययन'',उसे इस विषय की संस्तुति विश्वविद्यालय से प्राप्त हो गई थी.विश्वविद्यालय के केन्द्रीय पुस्तकालय में उसके लिए

अध्ययन कक्ष भी आवंटित हो गया था.जहाँ वह महाविद्यालय के पीरियेड अटेन्ड करने के बाद जा बैठता और अपने विषय की पुस्तकों के अध्ययन–मनन में व्यस्त हो जाता.बाद में शाम होने के बाद जब लायब्रेरी बंद होने का समय होता तो वहीं से बस–स्टेंड पहुँच कर गाँव हेतु चल देता.लायब्रेरी व बस स्टेंड अधिक दूर नही थे.अतः पैर–पैर ही चल कर जाने में उसे सुविधा होती.

उधर रेवती ने इस वर्ष एमए पास कर लिया था.अब वह क्या करे,तय नही कर पा रही थी.एक दिन शान्तनु महाविद्यालय से लायब्रेरी जाने हेतु पैर–पैर ही चल कर जा रहा था,उसी समय रेवती ने उसके पास आ कर अपनी कार रोकी तथा उतर कर उससे कार में बैठने के लिए कहा.बोली–"मैं आपको लायब्रेरी तक छोड़ देती हूँ."शान्तनु ने मना किया.बोला–"नही,मैं रोज ही पैर–पैर जाता हूँ,आज भी चला जाउँगा."रेवती बोली–"सर,मुझे आपसे कुछ बात करनी है."वह बोला–"मैं लायब्रेरी के कक्ष में मिलूँगा,वहाँ बात कर लेना."कह कर वह पैर–पैर चलता रहा.रेवती को उसका यह व्यवहार बहुत बुरा लगा किन्तु फिर भी वह कुछ बोली नही.कार लेकर लायब्रेरी के बाहर ही खड़ी हो उसका इंतजार करने लगी.थोड़ी देर में शान्तनु पैर–पैर चलते हुए वहाँ आया और अपने कक्ष में जाकर बैठ गया.वह अपनी रुचि की पुस्तकें छाँट रहा था तभी चलते हुए रेवती वहाँ आई.उसे देख कर शान्तनु ने उसे सामने कुर्सी पर बैठने के लिए कहा.अभी उसका पूरा ध्यान अपनी नीचे रखी हुई किताबों पर ही था.वह उनमें से अपने विषय से सम्बन्धित सामग्री छाँट रहा था.वह अपने शोधकार्य हेतु एक दिन पहिले ही इन पुस्तकों को लायब्रेरी की आलमारियों से छाँट कर लाया था.अब उनमें अपने विषय की सामग्री को चिन्हाँकित कर रहा था.जिससे वह उन्हें पढ़ कर अपना शोध कार्य आगे बढ़ा सके.

इस बीच रेवती बैठी रही.फिर अचानक शान्तनु ने सिर उठा कर उसकी ओर देखा.रेवती उसे ही देख रही थी.एक भीनी–सी

खुश्बू उसके भीतर समा गई.शायद यह रेवती के परफ्यूम की महक थी.पहली बार शान्तनु ने इतने पास से उसे देखा था.सुन्दर,सुघड़ शरीर व कोसा की साड़ी में लिपटी तथा उसी से लगता हुआ गहरे पीले रंग का ब्लाउज पहिने वह बहुत ही सुन्दर लग रही थी.वह उसे देखता ही रह गया.उसमें उसे एक अजीब–सा आकर्षण महसूस हुआ.जिससे वह उसकी ओर खिंचता हुआ महसूस कर रहा था.उसे अपनी ओर देखते हुए देख कर रेवती ने उसकी ऑंखों में गहराई से झॉंकते हुए अपनी बात रखी.वह बोली–''सर,मैंने एम ए अच्छे नंबरों से पास कर लिया है और अब मैं पीएचडी करना चाहती हूँ,किन्तु मुझे इस बारे में अधिक ज्ञान नही है.''

'शान्तनु व्यवस्थित हुआ.बोला–''सबसे पहिले अपनी रुचि का विषय चुनों.फिर उस विषय से सम्बन्धित सिनाप्सिस तैयार करो.बाद में उसकी कापियॉं तैयार कर शोध–फार्म के साथ विश्वविद्यालय के शोधकार्य विभाग में जमा करवा दो.आगे सब अपने आप होता जाएगा.''अभी भी वह सहज नही हुआ था.अतः अपने–आपको सम्हालते हुए बोला–''अभी तो मुझे समय नही है.आवश्यकता हो तो बाद में मिलना,नही तो किसी अन्य को भी अपना गाईड बना कर अपना काम शुरू कर सकती हो.''सुन कर रेवती उसकी कुर्सी के और पास आकर बोली–''मैं और किसी को तो इतना अधिक जानती नही,आपने एमए में मुझे पढ़ाया है,आपका अध्ययन के प्रति समर्पण देख कर मुझे लगता है कि आप ही क्यों न इस कार्य में मेरे गाईड बनें.''शान्तनु फिर असहज होने लगा था.बोला–''अभी तुम जाओ,फिर सोच कर देखेंगे.''रेवती फिर भी वहीं बैठी रही.वह अपनी किताबों में खो गया.

उसे किताबों में व्यस्त देख वह धीरे से अपनी कुर्सी से उठी और बाहर आ गई.लायब्रेरी के बाहर आकर वह अपनी कार में बैठी और घर आ गई.उसका घर उसी शहर में था.पिता ने ही इसे बनवाया था.विशाल बंगला था.वह तो राजनैतिक व्यक्ति होने से अधिकतर

राजधानी में सरकार व्दारा आवंटित बड़े भारी बंगले में रहते थे.उन्हीं के साथ उसकी माँ भी रहती थी.रेवती के अतिरिक्त और कोई संतान भी उनकी नही थी.रेवती शुरू से ही इसी शहर में पढ़ रही थी.अतः जब उसने यहीं रह कर आगे पढ़ने की जिद की तो वे मान गए.इसीलिए अकेली ही इस बंगले में रह कर वह अपनी पढ़ाई पूरी कर रही थी.घर के कामों के लिए नौकर वगैरह थे.छुटिट्यों में वह उन लोगों के पास राजधानी चली जाती थी.

रेवती के चले जाने के बाद शान्तनु का किताबों में मन नही लगा.अभी भी वह किसी दिवास्वप्न में खोया रेवती के आकर्षण में डूबा था.उसका रूप,सौन्दर्य,पहनावा,सुगंध सब उसे सम्मोहित किए हुए थी.उसे जयशंकर प्रसाद की उक्ति–''पुरुष विकर्षण व स्त्री आकर्षण का कारक है,यही सृष्टि का आधार है''को महसूस किया था.अभी तक उसने दार्शनिक जीवन जिया था,जिसमें जीवन,जगत,भक्ति,वेद–पुराण,उपनिषद्,आत्मा–परमात्मा आदि के विचार ही उसके मष्तिस्क में घूमते रहते थे.किन्तु आज तो रेवती के मोहपाश में बँधा वह सम्मोहित–सा सब कुछ भुला बैठा था.रेवती की आँखें,उसका उदात्त रूप व सौंदर्य से आलोकित चेहरा उसकी आँखों में अभी तक समाया हुआ था.फिर उसे कबीर की बात याद आई–''माया महा ठगिनी हम जानी......''वह सोचने लगा –''तो क्या यही माया–मोह है.वह इसके वशीभूत हो अभी भी स्वप्नवत् स्थिति में था.फिर सोचने लगा कि यह माया–मोह है तो प्रत्यक्ष क्यों है,फिर सोचता–नही यह प्रत्यक्ष होकर भी उसके मन–मष्तिस्क में पूरी तरह समा गई है.उसे अब भी राग पूर्ण रेवती की बातचीत का तरीका याद आ रहा था.आज वह अध्ययन–कक्ष में अधिक देर बैठा नही रह सका.किताबों के अक्षरों को देखता तो उसे उनमें रेवती का चित्र ही दिखता.वह उठा व्दर और कक्ष का दरवाजा बंद कर सड़क पर आ गया.इधर–उधर भटकता रहा फिर बस में बैठ कर गाँव आ गया.वहाँ

बस–स्टेंड से घर तक पैर–पैर चलते हुए भी उसकी ऑंखों के सामने रेवती का चेहरा ही घूमता रहा.फिर वह भरका चढ़ कर वहाँ पहाड़ी पर स्थित मंदिर के एकान्त में बैठ कर सोचता रहा.वहाँ से पूरा गाँव, आसपास के पहाड़ व हरे–भरे फसलों से लहलहाते खेत अद्भुत सौंदर्य के साथ दिख रहे थे.बहुत देर तक ऐसे ही बैठे रहने के बाद वह घर आ गया.वहाँ वह दादी के पास बैठ गया.वे ठंड के दिन थे अतः ज्वार के ठडूला वह बना रहीं थीं.इसके लिए ज्वार के आटे में अदरक,लहसुन,मिर्ची मिला कर उन्होंने आटा गूँथा और फिर पूड़ी–सी बेल कर उसे कढ़ाई में तला तथा गर्म–गर्म खाने को उसे दिए.वह खाने लगा.बहुत ही स्वादिस्ट लग रहा था.घर में वह केवल दादी को ही अधिक चाहता था.उनकी कही बात कभी वह टालता नही था.अपने मन की सभी बातें वह उन्हें बताता था.आज भी वह चाहता था कि अपनी मनःस्थिति वह उन्हें बताए किन्तु चुप रह गया.खाना खाने के बाद वह कुँऐं पर मम्मा के पास चला गया.वे खेत में तैयार हो गए आलू हलवाहों से उखड़वा कर एक जगह एकत्रित करवा रहे थे.

दूसरे दिन फिर वह कॉलेज में क्लॉस लेकर अपने लायब्रेरी के कक्ष में आकर बैठा ही था कि रेवती आ कर कुर्सी पर बैठ गई.वह सामने थी किन्तु उसने उसकी तरफ ध्यान ही नही दिया.वह अपनी किताबों में खोया रहा तथा कुछ लिखने में व्यस्त हो गया.बहुत देर तक ऐसे ही बैठे रहने के बाद वह शान्तनु का ध्यान आकर्षित करने के लिए उसकी तरफ झुकी किन्तु शान्तनु टेबल के नीचे से किताबों को उठा कर उन्हें करीने से जमाने लगा.रेवती उसके फुर्सत में होने का इंतजार करने लगी.

शान्तनु ने बहुत देर बाद उसकी तरफ देखा,वह महसूस करने लगा कि उसकी उपेक्षा का उस पर कोई असर नही हो रहा है तो वह किताबें व लेखन छोड़ कर उसकी ओर मुड़ा.बोला–''हाँ,कहो.''कमरे में

फिर खुश्बू व एक अभिजात्य सौन्दर्य का आकर्षण भर उठा था.शान्तनु के न चाहने पर भी वह उसके आगोश में था.रेवती ने धीमे व मधुर स्वर में कहा–''सर,आपने आज आने के लिए कहा था.''शान्तनु ने कहा–''किस संदर्भ में?'शान्तनु उसे टालना चाह रहा था.यद्यपि भीतर ही भीतर वह चाहता था कि रेवती से खूब बातें करे.–''सर,मेरी पीएचडी के विषय व सिनोप्सिस के बारे में.''रेवती बोली.–''तो कोई गाईड ढूढ लो इसके लिए.वह इस सम्बन्ध में आपकी पूरी मदद कर देगा.''शान्तनु ने न चाहते हुए भी अपनी किताबों में मुँह गड़ाए ही उससे कहा.यद्यपि उसका मन कर रहा था कि वह पूरी तरह रेवती के सौंदर्य को देखे.–''सर,मैंने सोचा था कि आप ही गाईड बन जाऐंगे मेरे.''रेवती बोली.–''देखिए,आज तो मेरे पास समय नही है,बाद में आना.''शान्तनु ने उसे एक प्रकार से जाने के लिए कह दिया था और कुछ लिखने लगा.रेवती फिर भी बैठी रही.कुछ देर बाद उसने देखा कि शान्तनु उसकी तरफ बिल्कुल ध्यान ही नही दे रहा है तो वह उठ कर बाहर चल दी.जाते–जाते भी वह शान्तनु की ओर ही देख रही थी.शान्तनु था कि वह राग और विराग के बीच ही झूल रहा था किन्तु आज वह पूरी तरह रेवती की सौन्दर्यराशि की चकाचौंध में डूब–उतरा रहा था.उसके जाने के बाद उसने अपनी किताबें देखना और लिखना बंद किया और चुपचाप कुछ सोचता–सा बैठा रहा.

आठ–दस दिनों तक रोज रेवती उसके कक्ष में आती और इसी तरह शान्तनु की उपेक्षा से त्रस्त होकर चली जाती.ऐसा नही था कि उसमें आत्म–गौरव व स्वाभिमान की कमी थी किन्तु पता नही न चाहते हुए भी उसके पैर शान्तनु के कक्ष की ओर मुड़ ही जाते.जैसे शान्तनु उसे सम्मोहित किए हुए हो.वह शान्तनु के प्रति पढ़ते समय से ही आकर्षित थी.जब कक्षा में शान्तनु आकर अपने विषय को पढ़ाना आरंभ करता तो वह एकटक उसे ही देखती बैठी रहती.

एम ए अंतिम वर्ष में आने के बाद तो वह किसी न किसी बहाने शान्तनु के आस पास ही मड़राया करती थी.सेमीनार पर या किसी विभागीय कार्यक्रम में वह सहर्ष भाग लेती और शान्तनु से कार्यक्रम की व्यवस्था सम्बन्धी या अन्य कार्यों के लिए उसके पास आती ही रहती.तभी उसने तय कर लिया था कि एम ए के बाद वह पीएचडी उन्हीं के निर्देशन में करेगी.शान्तनु का साहचर्य उसे असीम आनंद और संतुष्टि का भाव देता था.

शान्तनु तीन—चार दिन से छुट्टी लेकर घर पर ही था.वह घर के कामों में हाथ बॅंटाता,दादी से बातें करता और समय मिलता तो कुॅंएं पर मम्मा के पास जाकर उनके कामों में हाथ बॅंटाता.तीन—चार दिन बाद वह वापिस कॉलेज आया था.विभाग में ज्योंहि उसने कदम रखा,उसे प्राचार्य का बुलावा आ गया.उनके पास जाने पर वे बोले—''आपके विभागाध्यक्ष लंबी छुट्टी पर चले गए हैं,अतः आप ही उनकी अनुपस्थिति में विभागाध्यक्ष का कार्यभार भी संभालिए.आदेश आज निकाल देंगे.''सुन कर वह वापिस विभाग में आया तो पता चला किसी छात्र की पीएचडी का वायवा होना था.विभागाध्यक्ष होने से उसका उसमें सम्मिलित होना आवश्यक था.इस वायवा हेतु विषय विशेषज्ञ के रूप में उसके गुरू जी आने वाले थे.अतः वह उत्साहित होकर इसकी व्यवस्था में जुट गया.यह आयोजन विश्वविद्यालय के रेस्टहाउस में ही आयोजित किया गया था.यहीं वे ठहरे हुए भी थे.अतः निश्चित समय इसका आयोजन हुआ.वह विषय विशेषज्ञ को स्वयं बुला कर वायवा हेतु निश्चित कक्ष में लेकर गया.छात्र पहिले ही आ चुका था.दोनों ने मिल कर यह कार्य संपन्न करवाया.इसके बाद परंपरा के अनुसार विश्वविद्यालय की एक वाटिका थी,वहॉं पार्टी का आयोजन किया गया था.लगभग दिन के तीन बजे वह तथा विषय—विषेशज्ञ पार्टी में पहुॅंचे.वहॉं एमए पूर्वार्द्ध व उत्तरार्द्ध के छात्र पहिले ही उपस्थित थे.रेवती भी उनमें थी.वह शायद भोजन—व्यवस्था

देख रही थी.बनाने वाला तो रसोईया था किन्तु पूर्व तैयारी हेतु सामान लाना,बैठक व्यवस्था,बर्तन वगैरह रेवती तथा उसके साथ के छात्रों के ही जिम्मे थी.

सब खाने बैठे.दाल—बाफले व लड्डू बने थे.यह मालवा का प्रसिद्ध भोजन था.रसोईया ने बनाया भी मन लगा कर था.बाफले व लड्डू असली घी तथा ड्रायफ्रूट से भरे हुए थे.सबने मिल कर एक साथ बैठ कर भोजन किया.भोजन के बाद जब छात्र व शान्तनु तथा विषय विशेषज्ञ उठ कर जाने लगे तो रेवती शान्तनु के पास आई.विषय—विशेषज्ञ भी पास ही खड़े थे.वे शान्तनु की तरफ देखते हुए बोले—''अरे भाई,ये रेवती है,इनके पिता मेरे छात्र रहे हैं,उनका फोन आया था मेरे पास,इनका गाईड बनने के लिए.अब मैं तो इस शहर से दूर दूसरे शहर में रहता हूँ.मैं केवल इतना कर सकता हूँ कि इसकी सिनाप्सिस तैयार करवा कर इसे विश्वविद्यालय में प्रस्तुत करवा सकता हूँ.गाईड बन कर शेष तुम्ही देखो.

उसने रेवती पर हल्की—सी निगाह डाली और फिर उनके साथ ही गेस्ट—हाउस से बाहर आ गया.बाद में घर जाते समय बस में बैठा वह सोच रहा था—सम्बन्ध,रिश्ते सब भावना परक होते हैं,भावनाओं की अनाम,अव्यक्त डोर से बँधे ये कभी—कभी इतने सशक्त होते है कि तोड़े से भी नही टूटते और कभी पता ही नही चलता कब इनमें गाँठ पड़ गई और टूट गए. इसका हमारी साँसों से इतना गहरा जुड़ाव क्यों होता है. भावना सशक्त है तो साँसे हल्की व धीमी व गहरी होंगी तथा उनमें कुछ चोट हो तो साँसे तेज चलने लगतीं हैं.

सोचते—सोचते उसका गाँव आ गया.वह बस से उतर कर घर की ओर चल दिया.घर पर पिताजी थे नही.दादी ऑंगन के चूल्हे पर कुछ बना रहीं थीं.वह उनके पास जा कर बैठ गया.दादी ने उसके सिर पर हाथ फेरा और फिर हाथ—मुँह धोकर आने के लिए

कहा.बोलीं–''दिन भर का थक हार कर आया है,भूख लगी होगी,कुछ खा ले.''वह बोला–''नही दादी,आज डिपार्टमेंट में पार्टी थी,खूब खाया है,भूख नही है.कहते हुए वह उठ कर अपने कमरे में कपड़े बदलने चला गया.इसी समय दादी के पास कोई सब्जी बेचने वाली आकर बैठ गई.वह अपने मन की बातें उनसे कर रही थी.उसने देखा अपनी बातें कहते–कहते उसकी ऑखों से ऑसू बहने लगे थे.दादी के पास ऐसी औरतें आ–आ कर अपनी दुःख–दर्द सुनाती थीं.दादी उनके सिर पर हाथ फेरती जातीं और उनकी बातें सुनती जाती,उन्हें सॉत्वना भी देती जाती.फिर वे सीता से बोलीं–''बेटा,चौका में कुछ खाने को रखा हो तो ले आ,बेचारी भूखी है.ऐसे लड़के–बहू किसी को न दे भगवान.देखो तो दोनों मिल कर इसे मारते हैं,पति रहा नही,दिन भर खेतों में सागभाजी की देखभाल करती है,गॉव में सिर पर टोकरी रख कर बेचने जाती है और लड़के–बहू सब इससे छिना कर खाने को भी नही देते हैं.''इसी समय सीता ने एक बेला में दोपहर की बनी कड़ी–चावल और साथ में दो रोटी ला कर उसे दी,वह भूखी तो थी ही, खाने बैठ गई.सीता एक लोटा पानी भर कर उसके पास रख कर दादी के पास ही बैठ गई.

शान्तनु थोड़ी देर बाद कुँऐं पर मम्मा के पास चला गया.वहॉ मम्मा के साथ रहना उसे अच्छा लगता था.उन्होंने वहॉ अलग–अलग प्रकार की सब्जियॉ,फल,फूल उगा रखे थे.उन्हें देख कर शान्तनु को अच्छा लगता था.कभी–कभी वह स्वयं भी कुदाली लेकर क्यॉरियॉ गोड़ने लगता था.वहॉ लगे फूल बहुत ही सुन्दर थे, उन्हें वह देखता बैठा रहता.

दूसरे दिन फिर शान्तनु डिपार्टमेंटि गया.वहॉ से पीरियेड अटेन्ड कर वह लायब्रेरी के अपने कक्ष में बैठा था तभी रेवती वहॉ आ गई.आज वह स्वयं कुर्सी पर बैठी नही,शान्तनु के कहने का इंतजार करती हुई वहीं खड़ी ही रही.शान्तनु ने उसे देख कर भी अनदेखा

किया किन्तु उसके आते ही वह स्वप्नों में खो जाता था.लगता था कि वह उसे अपने गले लगा रहा है.उसकी मीठी–मीठी खुश्बू वह अनुभव करता.दरअसल वह उसके सौन्दर्य से बहुत अधिक प्रभावित हो उठा था.बहुत देर तक ऐसे ही खड़े रहने के बाद वह स्वयं ही कुर्सी पर बैठ गई और अपने बैग से पीएचडी की सिनोप्सिसर निकाल कर उसे देखने को दी.उसने वे कागज देखे और बोला–"तुम डिपार्टमेंट में ही आकर मुझसे मिल लिया करो,यहाँ मेरा अध्ययन कक्ष है.तुम्हारे यहाँ आने से मुझे असुविधा होती है."वास्तव में वह उसे देखकर असहज हो उठता था.रेवती के जाने के बाद उसे अपने व्दारा उसके प्रति किए गए व्यवहार पर अच्छा नही लग रहा था किन्तु फिर उसे लगता था कि उसने भी तो अपने पिता से मेरे गाईड पर दवाब डलवा कर अच्छा नही किया है."फिर वह अपने काम में लग गया.

रेवती चली तो गई किन्तु भीतर तक आहत होकर.वह अपने मन को शान्तनु के प्रति कितना भी कठोर करती किन्तु फिर अपने आप लायब्रेरी के उसके अध्ययन कक्ष की तरफ मुड़ जाती.

शान्तनु शाम को घर आया.आते समय उसने दरवाजे पर देखा–दादी बैठीं हैं.उनके पास कोई माते बैठा है.दादी उससे कहती है–"माते,बहुत दूर से आऐ हो,गर्मी का समय है,भूख–प्यास लगी होगी."माते ने करुणा भरी निगाह से उन्हें देखा.जैसे दादी ने उसके मन की बात ही कह दी हो.वह दूसरे गाँव से अपने बेर भरका के नीचे वाले गाँव में लगने वाले साप्ताहिक हाट में बेचने हेतु बहुत दूर से आया था.दादी से उसने राम–राम की तो दादी ने उसके सिर का बोझा उतरवा कर थोड़ी देर बैठ कर सुस्ताने के लिए कहा था.वह थक भी गया था.वह थकान के साथ गर्मी के मारे पसीने से भी लथपथ था.उसके मनोभाव समझ कर उन्होंने पास खडी सीता से कहा–"बेटा,कुछ हो तो ले आ,बेचारा भूखा है."सीता दौड़ कर भीतर गई और दो रोटी तथा उसी पर साग रख कर ले आई.पास में ही

पानी का लोटा भर कर रख दिया.माते ने दोनों हाथों से उसे आशीष देते हुए रोटी ली और खाने लगा.फिर भरपेट पानी पिया और वापिस सामान का बोझा सिर पर रख कर हाट के लिए चल दिया.

हाट वाले दिन अधिकतर ऐसे ही घर के दरवाजे के बाहर वे बैठ जातीं.हर आने–जाने वाला उन्हें राम–राम करता,वे उसकी कुशलक्षेम पूॅछतीं और कठिनाई होने पर उसकी मदद करतीं.कुछ न होता तो वे एक डली गुड़ व पानी का लोटा तो पास में ही रखतीं थीं.गर्मी से बेहाल व्यक्ति इन्हें खा–पीकर धन्य हो जाता.

शान्तनु को दादी की यही बात बहुत अच्छी लगती थी.वह उनके पास ही बगल में बैठ गया.उन्होंने उसके सिर पर ममता से हाथ फेरा,फिर बोलीं–''बेटा,घर में मेहमान आए हुए हैं,उनमें जो उनकी लड़की है,उसे देख लो.हम लोगों ने उसके साथ तेरी शादी करने का फैसला किया है.''सुन कर शान्तनु थोड़ा विचलित हुआ.बोला–''दादी,सांसारिक जीवन जीने में कोई रुचि नही है मेरी.मैं तो आध्यात्मिक जीवन जीना चाहता हूॅ.''सुन कर दादी भीतर तक डर गईं.फिर बोलीं–''बेटे,बिना सांसारिक जीवन जिए तुम जीवन के सही अर्थ को समझ ही नही सकते.रिश्ते–नाते,जीवन की कठिनाईयाॅ,उतार–चढ़ाव,संघर्ष,आरोह–अवरोह को बिना समझे तुम जीवन और जगत को कैसे समझोगे?जब तक रिश्तो की बारीकियाॅ,भावनाओं के बंधन को तुम नही समझोगे,आध्यात्मिकता केवल एक कोरी व नीरस एकरसता भरी कहानी होगा.''सुन कर शान्तनु कुछ क्षण चुप रहा.उसके आगे रेवती का चेहरा घूम गया. उसे चुप देख कर दादी बोलीं–''तू मेरा कहा मानता है कि नही?''–''बिल्कुल,जो आप कहें तो मैं अपना जीवन आपको समर्पित कर सकता हूॅ.''–''तूने इतनी बड़ी बात कह दी है,तो सुन, मैं चाहती हूॅ कि तू इस लड़की से विवाह कर,यही मेरी इच्छा है.शाम तक तेरे पिता विवाह पत्रिका छपवा कर ले आऐंगे.''सुन कर शान्तनु कुछ न

बोला.उठ कर भीतर चला गया.वह विचारमग्न था,तय नही कर पा रहा था वह क्या करे?.दादी ने जो कहा, वह उनके जीवन का अनुभव था.उसने आज तक उनकी बात नही टाली थी.क्या करू?खाना खाने के बाद वह बहुत देर तक अपने कमरे में सोचते हुए लेटा रहा.फिर उठ कर कुँएं पर मम्मा के पास चला गया ,अंधेरा—सा हो जाने के बाद वह घर लौट कर आया तब तक पिताजी शहर से आ गए थे.वे उसे पास बुला कर बोले—''ये तेरे विवाह की पत्रिकाऐं हैं,तुम्हारे मिलने—जुलने वालों में भी इन्हें बॉट देना.

दादी के पास से लौट कर उसने ऑगन के पास वाले कमरे में झॉक कर देखा जहॉ मेहमान ठहरे हुए थे.वहॉ उन्होंने उसे पास बुला कर उसका सबसे परिचय करवाया.लड़की से भी उसकी मुलाकात वहॉ हो गई.ठीक थी.दसवीं पास थी,देखने—भालने में भी ठीक ही थी.घरवाले उसकी काफी प्रशंसा कर रहे थे.

उसने पिता के हाथ से पत्रिकाऐं ले लीं.बोला कुछ नही.रात में अपने कमरे में जा कर सो गया.

सुबह उठा और रोज के अनुसार बस में बैठ कर कॉलेज आ गया.वहॉ पढ़ाने के बाद अपने साथियों को वे विवाह पत्रिकाऐं बॉट कर लायब्रेरी चला गया.वहॉ वह कक्ष में बैठा सोच रहा था––रेवती को भी पत्रिका देना चाहिए.उसने एक पत्रिका पर उसका नाम लिखा और वहॉं से उठ कर लायब्रेरी के दर्शनशास्त्र की किताबों वाले खंड में चला गया.उसे पता था,रेवती वहॉ होगी.वह वहॉ जाकर दर्शनशास्त्र की रैकों को देखने लगा.सच में रेवती किसी किताब को पढ़ते हुए उसी में खोई हुई वहॉ खड़ी थी.शान्तनु ने उसके पास जाकर उसे पत्रिका देने हेतु आवाज लगाई.रेवती जैसे नींद से जागी हो,वह पास आकर उसे देखने लगी.उसने रेवती को पत्रिका देते हुए कहा—''मेरी शादी है,जरूर आना.'सुन कर रेवती जड़वत् हो कुछ

देर खड़ी रही.फिर उसकी ऑंखों से झर—झर ऑंसू गिरने लगे.इसके बाद वह अपने—आप को रोक नही सकी और शान्तनु के गले लग गई.शान्तनु भौंचक—सा खड़ा था.वह उसे अपने से अलग करने की हिम्मत नही जुटा पा रहा था.रेवती थोड़ी देर बाद शांत हुई और धीरे—धीरे वहाँ से चली गई.शान्तनु वापिस आकर अपने कक्ष में बैठ कर कुछ देर सोचता—सा बैठा रहा फिर किताबों को उलटने—पलटने लगा किन्तु रेवती की स्थिति देख कर वह भी भीतर तक बैचेन हो उठा.

शाम को घर आकर उसने किसी से बात नही की.दादी ने उससे पूँछा भी किन्तु वह चुप रहा और अपने कमरे जाकर कपड़े वगैरह बदल कर लेट गया.बहुत देर तक लेटा रहा.उसका चित्त अशांत था.कमरे की छत पर एकटक निगााह से देखते हुए वह सोच में डूबा था.उसे समझ में नही आ रहा था कि रेवती चाहती क्या है?अब विवाह की जिस स्थिति में वह और उसका परिवार आ गया है,उसमें वह कुछ भी नही कर सकता.दादी ने उसी से पूँछ कर सब कुछ करवाया है.अब यदि वह पीछे हटता है तो सब लोग उसके बारे में क्या सोचेंगे.फिर पिताजी,गाँव,देहात,शहर और राजधानी के अपने प्रभावशाली नेताओं,मंत्रियों को भी निमंत्रण—पत्र बाँट चुके थे.ऐसे में तो पूरे परिवार की प्रतिष्ठा ही नष्ट हो जाएगी.फिर वह उठा और दादी के पास आ बैठा.दादी ने कुछ पल उसका चेहरा देखा फिर बोलीं—''बेटा,क्या सोच रहे हो,जीवन में ऐसी उहापोह तो चलती ही रहती है.जब हम समस्याओं के चक्रव्यूह फँस जाऐं,उन्हें सुलझा न सकें तो सब कुछ ईश्वर पर ही छोड़ देना चाहिए क्योंकि ——'सबहि नचावत राम गुँसाई......'वही कठपुतलियों—सा सबको नचाता है और दूर से बैठा तमाशा देखता रहता है.''वह शान्तनु के सिर पर अपनी अँगुलियों फिरा रहीं थीं.शान्तनु को यह अच्छा लगा.फिर वह उठ कर कुँऐं पर मम्मा के पास चला गया.

विवाह की तैयारियाँ होने लगी.शान्तनु ने डिपार्टमेंट से अवकाश ले लिया.मेहमानों के आगमन से घर–ऑंगन भर गया.उनके साथ आए बच्चों की किलकारियों से पूरा घर गूँजने लगा.भोजन बनाने के लिए रसोईया रख लिया गया.घर के पीछे वाले हिस्से को साफ कर वहाँ छोटा–सा रसोईघर बना लिया गया.वही रसोई के लिए भट्टी व आवश्यक सामान रख लिया गया.पास में कुँऑ था.अतः वहाँ लगभग सभी सुविधाऐं बना ली गई थीं.

हल्दी पिस कर आ गई.गेहूँ साफ किया गया.शकर,घी वगैरह रसोईघर व इससे सम्बन्धित आवश्यक सामान बाजार से आ गया.इसके बाद निश्चित दिन पक्यात की रस्म हुई.इसके बाद लगुन आई और विवाह की पारंपरिक विधि संपन्न की गई.अंत में रिसेप्सन रखा गया.इस हेतु गाँव से थोड़ी दूर हट कर भरका के बाद वाले गाँव में व्यवस्था की गई क्योंकि हरशरणजी के मिलने–जुलने वाले तथा शान्तनु के शहर के आगत अतिथि अपनी–अपनी कारों से तो गाँव आने से रहे क्योंकि इस बार वर्षात अच्छी हुई थी.अतः तालाब पूरा भरा था तथा इसके पानी ने गाँव को तीन तरफ से घेर–सा लिया था.केवल भरका वाला रास्ता ही बचा था आवागमन के लिए और वहाँ से पहाड़ी चढ़ कर ही आया जा सकता था जो इन लोगों के लिए संभव नही था.अतः भरका के बाद वाले गाँव के मैदान में बड़ा–सा तम्बू लगा कर वहीं रसोई वगैरह की व्यवस्था तथा आगत अतिथियों की बैठक व खान–पान की व्यवस्था की गई.

शाम हुई.रिसेप्शन हॉल पूरी तरह बिजली के बल्बों से चमक रहा था.मेहमान आने लगे .कार–पार्किंग की व्यवस्था भी वहीं थी.धीरे–धीरे पूरा पंडाल मेहमानों से भर गया.दूल्हा–दुल्हन सामने मंच पर लगी कुर्सियों पर बैठे थे.मेहमान आते तथा अपनी–अपनी भेंट दूल्हा–दुल्हन को देते हुए उनके साथ फोटो खिंचवा कर मंच से नीचे उतर जाते थे.अचानक हलचल हुई.रेवती आई थी.एकदम उर्वशी के सौंदर्य वाली

छबि थी उसकी.उसके आने के बाद सब उसी की ओर देखने लगे.उसके साथ तीन नौकर भी थे जो अपने साथ बड़े—बड़े पैकेट लिए हुए रेवती के पीछे चल रहे थे.

रेवती मंच पर चढ़ी.एक नजर उसने शान्तनु को देखा.फिर उसकी ऑंखें भर आईं किन्तु उसने अपनी साड़ी के पल्लू से उन्हें छिपा लिया और नौकरों के हाथ से एक—एक उपहार लेकर शान्तनु तथा उसकी दुल्हन को देती रही.इसके बाद वह एकाएक ही शान्तनु के गले लग कर सुबक पड़ी.फिर उसने एक बड़ा—सा मिठाई का डिब्बा शान्तनु को भेंट करते हुए धीमे से उसके कान में विवाह की शुभकामना दी और फोटो होने के बाद मंच से उतर कर धीरे—धीरे भीड़ से होकर बिना कुछ खाऐ—पिए ही वापिस कार में बैठी और वापिस चल दी.

शान्तनु की बड़ी इच्छा हुई,सोचा उसे रोके,खाना खाने के लिए कहे किन्तु वह न उठ सका.शान्तनु की पत्नि बराबर शान्तनु का चेहरा देख कर वहॉ उभरने वाले भावों को पढ़ने की कोशिश कर रही थी .

रिसेप्सन के बाद देवपूजा हुई.पहली रात को शान्तनु ने अपनी नवविवाहिता पत्नि को देखा.नाम पॅूछा.उसने अपना नाम बताया——मंथरा.अच्छा रंग—रूप था.शरीर से भी ठीक थी.नाक—नक्श तीखे थे.ऑंखें चंचलता चालाकी भरीं.शान्तनु के स्वभाव के एकदम विपरीत ——शान्तनु जहॉ शांत व आध्यात्मिक मनःस्थिति का था वहीं मंथरा एकदम भौतिक व सुखों की वारिश की आकांक्षी.महत्वाकांक्षी व दूसरों पर अपनी सत्ता जमाने की चाह रखने वाली.पहली ही रात एक—दूसरे को समझने में,बातचीत में ही बीत गई. उसके विचार सुन कर शान्तनु भीतर तक हिल गया.उसे अब पछतावा हो रहा था कि शादी के पहिले उसे मिल कर बातचीत वगैरह करके इसके

विचार जान लेना चाहिए थे.केवल रंग रूप वगैरह ही तो अकेले विवाह को सफल नही बना सकते.शान्ति,धैर्य,शालीनता वगैरह भी तो होना चाहिए.उसने उसी रात तय कर लिया था कि वह मंथरा से तटस्थ हो कर ही रहेगा.उसके किसी कार्य में कोई हस्तक्षेप नही करेगा क्योंकि वह जानता था कि इसका परिणाम केवल टूटन में ही होगी.

मंथरा ने जल्दी ही अपना असली रूप सबको दिखा दिया.वह घर की रसोई में पैर नही रखती थी.कहती थी कि चूल्हे के धुँऐं से उसे छींकें आती हैं.वह चूल्हे की ऑंच सहन नही कर सकती.अतः घर की रसोई पूरी तरह सीता पर ही निर्भर हो गई.दिन भर वह छोटी बच्ची इसी में लगी रहती.मंथरा ऊपर से उस पर हुक्म अलग से चलाती.ये बना दे,वह बना दे,मुझे यह अच्छा नही लगता,मुझे वह अच्छा नही लगता.दादी यह सब देख कर भीतर ही भीतर कुढ़ती रहती.

अपनी सत्ता पूरी तरह घर पर जमाने के लिए मंथरा समझ रही थी कि सभी कुछ अपने अधीन करना है तो हरशरणजी को साधना होगा क्योंकि रुपया–पैसा,गहना,खेती–बाड़ी के कागजात,सोना,चाँदी याने पूरी तरह गृहस्थी की चाभी तो उन्ही के पास थी.अतः शान्तनु के गहरी नींद में सो जाने पर वह धीरे से उठती और हरशरणजी के कमरे में चली जाती.वहाँ से घण्टे भर में वापिस आती.दादी देखती तो पूँछती–"क्यों री,वहाँ क्या कर रही थी."वह कहती–"उनके हाथ–पैर दबा रही थी."दादी बोली–"पता नही कहाँ से यह कचरा उठा लाया,कहीं आग और पानी साथ–साथ रह सकते हैं."मंथरा सुनती न सुनती अपने कमरे में जा कर सो रहती.

हरशरणजी का उसके प्रति व्यवहार बदल रहा था.वह उसके लिए नए–नए गहने बनवा कर लाते.नई साड़ियाँ,कपड़े लाते.मंथरा सीता को दिखा–दिखा कर उसे चिढ़ाती क्योंकि उसके पास वही पुराने,मैले

कपड़े होते.पैर में पायजेब तक न होती.कोई त्यौहार होता और सीता मंथरा से पहिनने के लिए साड़ी मॉगती तो वह उसे मना कर देती.

धीरे–धीरे दादी ने देखा हरशरणजी ने मंथरा के सुपुर्द अपने कमरे की चाबी भी सौंप दी.इसी कमरे में उनका पूरा सामान रहता था.अब वे शाम को शहर से लौटते हुए मिठाई वगैरह लाते तो मंथरा को सौंप देते.वह सम्हाल कर उसी कमरे में रख कर ताला लगा देती.फिर फुर्सत में अकेले होने पर आराम से खाती.

दादी को अब अपने लड़के पर भी विश्वास कम होता जा रहा था.उसे लग रहा था.ऐसा ही चलता रहा तो यह सीता की शादी भी नही होने देगी क्योंकि यदि वह शादी होकर चली गई तो घर की रसोई कौन संभालेगा.दादी इतनी बूढ़ी होने के बाद भी रसोई में सीता की मदद कर देतीं किन्तु मंथरा उधर झांकती भी नही.अतः दादी ने ठान ही लिया कि सीता की शादी हो ही जाना चाहिए.अतः एक दिन वह हरशरणजी को बुला कर एक तरफ ले गईं.बोलीं–”क्यों बेटा,मेरे मरने के पहिले मेरी एक इच्छा पूरी नही करेगा?”सुन कर हरशरणजी सन्न रह गए.कुछ भी हो वह दादी के त्याग व तपस्या को नही भूले थे.उनकी बहुत इज्जत करते थे व उनका कहना भी कभी नही टालते थे.अतः बोले–”मॉ,तुम ऐसा क्यों कहती हो,कहो तो क्या इच्छा है तुम्हारी?”दादी बोलीं–” बेटा मैं मरने के पहिले सीता की शादी देखना चाहती हूॅ.मेरा क्या,आज रही,कल न रही,घुटने मेरे पहिले ही खराब हैं,चला फिरा जाता नही.हाथ–पैर भी कभी–कभी सूज जाते हैं.तुम सीता के लिए जल्दी से जल्दी लड़का ढूढ कर उसके विवाह की व्यवस्था करो.”सुन कर वे बोले–”यह कौन बड़ी बात है,तुम सीता के लिए कैसा लड़का चाहती हो?”दादी बोलीं–”गॉव–देहात का लड़का तो ठीक नही,शहर का हो,पढ़ा–लिखा हो,अकेला हो,मॉ–बाप वगैरह न हो.घर की भीड़ में तो मेरी बच्ची पिस ही जाएगी.”सुन कर वे बोले–”ठीक है,मेरे अपने साथी की तबियत खराब है,अतः वह

शहर चलने के लिए कह रहा है.एक–दो दिन में मुझे शहर जाना ही है.वहाँ जाकर देखता हूँ.''सुन कर दादी उठीं और हरशरणजी भी उठे और घर के भीतर आ गए.

रधिया तो कुछ करती नहीं थी.निठाल्ली अपने बच्चे के साथ बैठ कर खेला करती.मंथरा उसे देख–देख कर जल–भुन जाती.वह उसे डाँटते हुए कुछ काम कहती तो वह उठ कर उल्टे–सीधे ढंग से उसे करती.कभी–कभी वह कुछ न होता तो गाँव की गलियों में निकल जाती और बच्चों के साथ खेलने लगती..उसे देख कर मंथरा कहती–''कहाँ से इस पागल को उठा लाए.''वह उससे अपने नहाने के बाद के उतरे हुए कपड़े धुलवाती तो वह पत्थर पर पटक–पटक कर धोती, जिससे कपड़े फट जाते.मंथरा जलभुन कर रह जाती.दो बातें वह करती तो चार बातें मंथरा करती.फलतः घर में दिन भर कलह मची रहती.दादी यह सब देख–सुन कर भी कुछ न बोलतीं.उधर सीता मंथरा की बातों से दुःखी होकर सबकी रसोई बना कर भूखी ही सो जाती.दादी स्वयं उसके लिए थाली परोस कर उसके पास ले जातीं और उसे खाने के लिए मनातीं.

रसोईघर में जब वह रसोई बना कर सबके भोजन करने के बाद स्वयं खाना खाने बैठती तो उसी समय मंथरा उसे किसी काम के लिए कहती, न करती तो वह उसे डाँटने लगती.फलतः सीता कुढ़ कर अपनी भोजन की थाली ऐसी ही छोड़ कर उठ जाती और ऐसे ही अकेली बैठी घुटती रहती.

दिन भर की कलह और काम के बोझ व कुढ़न से वह दिन पर दिन कमजोर हो कर बीमार हो गई थी.ऐसे में भी मंथरा उससे भोजन बनाने को कहती.वह दवाई की गोली खिला कर कहती थोड़ी देर में पसीना आकर सब ठीक हो जाएगा.फिर रसोई का काम देखना.स्वयं कुछ न करती.

इसी बीच हरशरणजी शहर होकर आ गए थे.उन्हें वहाँ अपने बचपन के बनारस अध्ययनकाल के समय साथ में पढ़ने वाला एक साथी मिल गया था.वे उसी के यहाँ ठहरे थे.वे तीन दिन उसके यहाँ ठहरे.जब वह वहाँ से चलने लगे उन्होंने उससे सीता के लिए कोई उपयुक्त रिश्ता देखने को कहा तो वह बोले–"मेरी नजर में एक लड़का है,युनिवर्सिटी में एम ए में पढ़ता है.अकेला है,इस वर्ष उसने पीएससी की परीक्षा दी है.उसकी योग्यता को देखते हुए लगता है कि उसका चयन इसमें हो जाएगा."कह कर उन्होंने उसके रहने का पता भी एक कागज पर लिख कर दे दिया.

वे उस पते पर सुबह ही पहुँच गए क्योंकि इसके बाद वह विश्वविद्यालय पढ़ने निकल जाता.वह जहाँ रहता था,वह एक कच्चा गुँदर मिट्टी से बना कमरा था.उन्हें उसकी हालत देख कर ठीक नही लगा.एक कमरे के एक कोने में उसके पढ़ने से सम्बन्धित किताबों का ढेर लगा था.वहीं कुर्सी–टेबल भी थी किन्तु उनकी हालत भी जर्जर थी.कुर्सी का तो एक पाया तक टूटा–सा था.दूसरी तरफ एक पलंग बिछा था.उसके नीचे एक कोने में खाना बनाने का सामान बिखरा पड़ा था.एक सिगड़ी,एक स्टोव,कुछ दाल–चावल के पैकेट व एक डिब्बे में खाना बनाने हेतु आटा रखा हुआ था.इसे देख कर उन्होंने अंदाज लगा लिया कि लड़का अत्यंत गरीब था.दिन में दो–चार ट्यूशन पढ़ा दिया करता था.उसी से उसका खर्च चलता था किन्तु जब उन्होंने लड़के से बात की तो उससे अत्यंत प्रभावित हुए बिना न रह सके.वे उससे बातचीत करते हुए उसके साथ नदी तक नहाने भी गए.वहाँ उसने बताया कि पीएससी की लिखित परीक्षा में उसका पहला नंबर आया है तथा व्यक्तिगत साक्षात्कार के लिए बुलाया गया है.

मन ही मन हरशरणजी को लग रहा था कि लड़के का चयन निश्चित रूप से पीएससी में हो जाएगा.लड़का अफसर बन गया तो

हाथ से निकल जाएगा क्योंकि ऐसे में बहुत से लोग अपनी बच्चियों के लिए उसके पास रिश्ता लेकर आएँगे.अतः उन्होंने निश्चय कर लिया कि सीता के लिए यही लड़का उपयुक्त है.यह उनके गाँव के पास ही के गाँव का था.

गाँव आकर जब उन्होंने दादी को उसके जन्म स्थान व परिवार के बारे में बताया तो वे बड़ी प्रसन्न हुईं.दादी बोली–''अरे,उसके कुल वंश के बारे में तो वह जानती हैं.वह भी तो उसी गाँव को छोड़ कर यहाँ आ बसी थीं.वह उसके पिता व दादा तक को जानती थीं.वह तो अच्छे भले पैसे वाले थे,किन्तु पता नही वक्त किसके साथ कैसा व्यवहार करता है,आज लड़का गरीबी का सामना कर रहा है.''दादी इस रिश्ते से बेहद खुश थीं.फिर भी हरशरणजी बोले–''महीने–दो महिने बाद लड़के को यहीं बुलवा कर देख लो,पसंद आए तो यहीं उसकी पक्यात कर देंगे,फिर ठीक लगे तो शादी यहीं से कर लेंगे क्योंकि लड़का तो अकेला है,हमें ही सब कुछ करना पड़ेगा.''

कुछ समय बाद लड़के को चिट्ठी भेज कर यहाँ आने के लिए बुलावा भेज दिया गया.लड़के का इन दिनों पीएससी का इंटरब्यू चल रहा था.हरशरणजी उसका रोल नंबर वगैरह ले आए थे और लौटते समय राजधानी के अपने परिचित मंत्री को उसके सम्बन्ध में बात कर उसके पीएससी सिलेक्शन की बात पक्की करते हुए ही आए थे.

निश्चित दिन लड़का आया.मम्मा ,ब्रजलाल तथा शान्तनु ने भी उससे बात की.शान्तनु उसकी बातचीत से विशेष प्रभावित हुआ.सबको ही लड़का पसंद आ गया.अतः वहीं गाँव वालों को न्यौत कर पक्यात की रस्म पूरी कर दी गई.नेग देकर माथे पर हल्दी का टीका लगा कर उसे बिदा किया गया.सीता ऊपर छत से बारीक कनखियों से लड़के को देख रही थीं.उसे ऐसा करते देख मंथरा ने आकर उसे मना किया.बोला–''शादी के पहिले लड़के को नही देखना

चाहिए.''दरअसल वह इस रिश्ते से खुश नही थी.सीता के रिश्ते की बात सुन कर तो उसके पैर के नीचे की जमीन ही खिसक गई.शादी के बाद यदि सीता अपने ससुराल चली गई तो चौका–चूल्हा कौन करेगा.यही सोच कर वह डर रही थी.अतः लड़के के वापिस चले जाने के बाद वह रात में जब हरशरणजी के कमरे में गई तो उनके कान भरने उसने शुरू कर दिए.बोली–''यह रिश्ता अच्छा नही है.लड़के के न आगे कोई है,न पीछे.गरीब लड़का है,पता नही अपनी सीता को वह कैसा रखेगा.''सुन कर हरशरणजी भी सोच में पड़ गए.

हरशरणजी अब बडे पेशोपेश में थे.बात उनके हाथ से निकल चुकी थी.दादी इस रिश्ते को न केवल स्वीकार कर चुकीं थीं अपितु वे उसके साथ सीता की शादी के लिए अडिग थीं.मंथरा के अतिरिक्त सारा घर भी इस रिश्ते के पक्ष में था.अतः कुछ महिनों बाद पंडित से शादी–विवाह का मुहूर्त निकलवा कर विवाह की तैयारियॉ होने लगी.

उधर मंथरा मन ही मन इस विवाह को रुकवाने का यत्न करने लगी.एक दिन उसने रसोई में जब सीता भोजन कर रही थी तब बड़े लाड़ से सीता को समझाने की कोशिश की.बोली–''इस रिश्ते को तुम मना कर दो.अकेला लड़का है,सुना है वहॉ शहर में अवारा–सा घूमता है.गरीब है,तुम्हें भला वह क्या सुख दे पाऐगा.फिर यहॉ से दूर शहर में तुम्हारे साथ वह क्या करता है यह कौन देखने आएगा.''सुन कर सीता भी सोच में पड़ गई.

वह भोजन के बाद नीचे उतर कर ऑगन में आकर दादी से बोली–''भौजाई कह रही है,शादी को तुम मना कर दो.''दादी ने उसकी बात सुनी फिर बोली–''वह तो नटनी है,उसकी बातों पर ध्यान मत दो.अरे, जब लड़के ने गरीबी में रह कर इतना संघर्ष कर इतनी अच्छी पढ़ाई की है और अब अफसर बनने वाला है तो फिर तू ही बता वह गड़बड़ कैसे हो सकता है.''सुन कर वह निश्चिंत हो गई.

निश्चित दिन सीता की शादी हुई.शादी के समय सीता बीमारी से उठी ही थी.अतः बहुत कमजोर थी.शादी के बाद मिलने की रात को उसने पहली बार अपने पति को देखा.मंथरा तो अब भी उसे मना कर रही थी मिलने को.बोली–''ऐसी कमजोर हालत में मिलने मत जा'',पर दादी ने उसे समझाया.वह गई.वह बहुत ही खूबसूरत था.शरीर भी बलिष्ठ व पौरुषपूर्ण लालित्य व गठा हुआ था.दोनों बैठे बातचीत करते रहे.फिर लड़का उठा और बोला–''इस समय मेरे पास तुम्हें देने के लिए कुछ नही है,पर मैं विश्वास दिलाता हॅं कि मैं तुम्हारी झोली खुशियों से भर दूॅंगा.''सुन कर सीता को अच्छा लगा.इसके अतिरिक्त उन्होंने कुछ नहीं किया.थोड़ी देर में दोनों उठे और वे उठ कर नीचे चले गए.सीता भी दादी के पास आ गई.दादी भी भीतर ही भीतर खुश थी.उनका विश्वास सही था.लड़का न केवल समझदार था बल्कि विश्वासी व संयमी भी था.

मंथरा भी सुबह सीता के पास आई और रात की बात पूॅंछने लगी किन्तु सीता ने कुछ नही बताया.

उधर गयादीन घर–बार से एक प्रकार से दूर ही हो गया था.हरशरणजी हमेशा उसके बारे में ही सोचते रहते किन्तु अपने आप को उसके संबन्ध में असहाय ही पाते.कभी–कभी मन में उसके दूसरे विवाह के बारे में विचार करते तो उन्हें लगता उसमें कितनी कानूनी अड़चने थीं.रधिया का पिता भी कम नही था.डाकुओं का गाॅंव था उसका.यदि उसे गया की दूसरे विवाह की बात पता चली तो वह पूरे परिवार की जान के लिए खतरा बन जाऐगा तथा साथ ही एक पत्नि के रहते दूसरे विवाह की बात तो और भी कानूनी उलझनें पैदा करती.अतः वे चुप ही थे.गयादीन जंगल में स्थित मंदिर के संतजी की सेवा में ही लगा रहता.वहीं उसका खाना–पीना व रहना होता.वहाॅं और भी लोग संतजी के पास आते,उन्हें अपनी समस्यायें

बताते.संतजी उनकी अपने विवेकानुसार व ज्ञान की सीमा में रहते हुए उपाय बताते.भक्त संतुष्ट होकर चला

जाता.ऐसे ही एक दिन एक व्यापारी वहाँ संतजी के पास बैठा था,गयादीन भी वहीं था.बाद में वह व्यापारी जब उठने लगा तो गयादीन उसके साथ चलते हुए बोला–''क्या कोई ऐसा व्यवसाय है जो मैं अपने दम पर कर सकता हूँ.'' व्यापारी बोला–''क्यों नही,मैं अनाज का व्यापारी हूँ.थोक में किसानों से उनका अनाज खरीद कर उसे अच्छे दामों पर बाजार में बेच देता हूँ.तुम न हो तो छोटे स्तर से चालू कर सकते हो.क्या है कि गाँव देहात में हाट या मेले के दिन किसान अपने सिर पर अनाज की पोटली या छबड़ा लेकर आता है बेचने के लिए, क्योंकि उसके पास हाट या मेले के लिए नगद देने के लिए पैसे तो होते नही.अतः तुम हाट वाले दिन बाजार के आरंभ में ही एक कोने में बैठ कर उनसे वे जो अनाज लाए हैं उसे खरीद कर इकट्ठा कर मुझे बेच दो.मैं तुम्हें उसके अच्छे दाम दे दूँगा.वहाँ तुम तो उससे कम दामों में खरीदोग ही.इसके लिए मैं तुम्हें थोडी राशि उधार दे दूँगा.''

सुन कर गयादीन को अच्छा लगा.उसने दूसरे दिन सेठ की दुकान पर जाकर कुछ रुपए उधार लिए और हाट,बाजार वाले दिन बाजार के कोने पर बैठ कर किसानों से उनकी लाई हुई उपज खरीदने लगा.शाम तक अच्छी खासी उपज इकट्ठी हो गई थी.उसे उसने अलग–अलग बोरों में भरवा कर सेठ के यहाँ भिजवा दी.उसने उधार के पैसे काट कर उसका बाजार मूल्य दे दिया.

धीरे–धीरे गयादीन का यह बिजनेस चल निकला.अब उसने भरका के पार वाले गाँव में ही जहाँ हाॅट–बाजार लगता था, वहीं एक कोने में बना बनाया मकान खरीद लिया.वहीं एक कमरे में अनाज के बोरे भर कर रखने लगा.यह हिस्सा वह भंडार के रूप में उपयोग

करने लगा तथा आगे के हिस्से में मुख्य दुकान लगा ली, जिसमें बड़ा-सा तौल कॉटा,बॉट और अपनी बैठक बनाई.उसका काम अच्छा चलने लगा.

घर के कामकाज के लिए गॉव की ही एक गरीब महिला को रख लिया.पहिले केवल वह दिन में ही उसके घर के कामकाज करती थी, बाद में उसे उसने चौबीस घंटों के लिए रख लिया.रहने के लिए एक कमरा भी दे दिया.उस महिला के आगे-पीछे कोई था नही,अकेली थी.

अब वह गॉव वाले घर से पूरी तरह कट ही चुका था.रधिया का तो अब वह नाम तक न लेता.कभी-कभी हरशरणजी शहर से लौटते हुए उधर से निकलते तो उसके पास ही रुकते.उसके हालचाल जानते हुए चले जाते.उन्हें इस बात की संतुष्टी थी कि लड़का आवारा लड़कों की संगत से तो बाहर आ गया.

रधिया से हुआ उसका बच्चा-हल्कू अवश्य कभी-कभी भरका पार कर वहॉ आ जाया करता था.वह दिन भर वहीं दुकान में खेलता और शाम को वापिस चला जाता.अब वह बड़ा हो गया था.हरशरणजी ने उसे स्कूल में भी भर्ती करवा दिया था.

शान्तनु को डिपार्टमेंट की तरफ से कॉलेज में विभागाध्यक्ष होने के कारण बंगला रहने के लिए मिल गया था.अतः वह वहीं अधिकतर रहने लगा था.कभी-कभार ही वह घर आता.भोजन उसका कॉलेज का चपरासी बना जाता.शेष उसे किसी की आवश्यकता थी नही.बंगले पर भी वह बहुत कम रहता.अब वह फिर से पुरानी वाली दिनचर्या पर लौट आया था.याने सुबह नहाना फिर देव दर्शन इसके बाद घर आकर खाना खाकर कॉलेज और कॉलेज से विभिन्न मठो,मंदिरों के संतो का सानिध्य.कभी-कभी वह कॉलेज वाले अपने बंगले में

भी नही आता.वहीं मंदिरों में ही रुक जाता.भजन,पूजा आदि में भाग लेता रहता.

चार—छै:माह बीते थे कि सीता को लिवाने उसका पति जिसका नाम सुधीर था, वह आ गया.उसका चुनाव पीएससी में हो जाने के कारण उसे अच्छी—सी पोस्टिंग भी मिल गई थी.अतः अब वह व्यवस्थित रूप से रहना चाहता था.उसे आया देख कर हरशरणजी चौंक गए.उन्हें भय था कि यदि सीता चली गई तो घर की रसोई कौन संभालेगा.इस सम्बन्ध में मंथरा ने उन्हें पहिले ही सचेत कर दिया था.बल्कि वह तो यह चाहती थी कि वह जीवन भर ही यहीं रहे.चाहे इससे उसका अपने पति से रिश्ता टूटता है तो टूटे.घर में क्या कमी है,खाती—पीती पड़ी रहेगी एक कोने में.अतः उसने उन्हें अच्छी तरह समझा दिया था.यद्यपि हरशरणजी सीता के प्रति इतने कठोर नही थे कि रिश्ता ही टूट जाए किन्तु वे इतना अवश्य चाहते थे कि घर की रसोई की कोई व्यवस्था जब तक न हो जाए तब तक सीता यहीं रहे.अतः उन्होंने आते से ही सुधीर से कह दिया कि अभी वह सीता को उसके साथ भेजने के लिए तैयार नही है,न उसने उन्हें अपने आने की कोई पूर्व सूचना दी,ऐसे भी कोई क्या शादी के बाद पहली बार लड़की को बिदा करता है?सुधीर अकेला ही रहा था,उसे लोकाचार की अधिक जानकारी नही थी.अतः नौकरी में सब कुछ व्यवस्थित होते ही वह अपनी पत्नि—सीता को लेने आ गया था.

घर के भीतर जब सुधीर के आने की खबर हुई तो सबसे अधिक खुशी दादी को हुई.वह सीता की पीड़ा को अपने भीतर स्वयं अनुभव कर रहीं थीं.उन्होंने देखा था मंथरा के अभी जब बच्चा हुआ तो उसने इसे कैसे परेशान किया.उसका प्रसव घर पर ही हुआ था.अतः नौ माह तक वह कमरे से निकल पर चौके तक नही आई.वहीं उसी कमरे में सीता को उसका भोजन बना कर देना होता था.उसके पीने के पानी की व्यवस्था,उसके कपड़े धोने आदि सभी वह लड़ते—झगड़ते,उसकी

जली–कटी सुनते हुए करती रही थी और जब उसके प्रसव हुआ तो जब तक वह पूरी तरह ठीक नही हो गई तब तक पूरी तरह देखभाल वही करती रही.इसमें वह बुरी तरह बीमार भी हो गई किन्तु वह उसकी सेवा निरंतर करती रही.

अतः अब वह सुधीर के साथ ही चली जाती तो कम से कम सुख से तो रहती.दो–तीन दिन सुधीर ने हरशरणजी से सीता को साथ में भेजने के लिए अनुरोध किया किन्तु हरशरणजी टस से मस नही हुए तो सुधीर भी अड़ गया.बोला–''शादी के इतने माह हो गए, अब उसे मेरे साथ भेजने में आपको क्या आपत्ति है.''सीता ऊपर कमरे में खड़ी खिड़की की ओट से उसे देख और सुन रही थी.हरशरणजी बोले–'' वह बीमार हो गई थी अतः अभी ठीक से चल फिर भी नही सकती.चार–छः माह बाद आना और ले जाना.''–''नही,मैं अभी साथ में ही ले जाउँगा.मैं कोई साधरण नौकर तो हूँ नही,सरकारी अधिकारी हूँ,सरकार की तरफ से नौकर–चाकर मिलेंगे, वह घर का काम संभाल लेंगे.मैं उसकी देखभाल कर लूँगा.''सुधीर बोला.हरशरणजी कुछ पल चुप रहे फिर बोले–''जिद न करो,नही तो ठीक नही होगा.''–''इसमें जिद की कोई बात ही नही है.उसे मेरे साथ भेजिए,नही तो अब मैं यहाँ दूसरी बार लेने नही आउँगा.''सुन कर हरशरणजी चुप रह गए.फिर बोले–''जैसी तुम्हारी मर्जी.''और उठ कर भीतर आ गए.सुधीर अपना सामान समेट कर जाने लगा तो इसी समय सीता दौड़ती हुई उसके कमरे के भीतर आई,रास्ते में मंथरा ने उसका हाथ पकड़ कर रोकना चाहा पर वह नही रुकी.उसका हाथ एक तरफ झटकते हुए वह सुधीर के पास आकर उसके गले लग गई.बोली–''अकेले मत जाओ,मैं साथ में चलूँगी.''पूरा परिवार और आसपास के गाँव वालों वगैरह सबने सुना,सब चुप हो यह सब घटनाक्रम देख रहे थे.हरशरणजी भी चुप, दादी से बोले–''जब लड़की ही जाना चाहती है,तो मैं कौन होता हूँ उसे रोकने वाला.''उनकी आँखों से आँसू झर

रहे थे.बोले–''आज लड़की ने मुझे मरा मान लिया.''कहते हुए वे ऊपर कमरे में चले गए.

सीता के जाने की तैयारी हुई,दादी ने उसे आशीर्वाद दिया.उसके कान में धीरे से कहा–''बेटा,खुश रहना,दो बातें आपस में हों तो ध्यान मत देना,गृहस्थी की राह बड़ी कठिन होती है.इसमें उतार–चढ़ाव आते ही रहते हैं.मन में एक–दूसरे के प्रति अच्छे भाव रखना.गृहस्थ जीवन कोई मिठाई नही है,इसमें हर प्रकार के स्वाद होते हैं.''सुन कर सीता उनकी छाती से लग कर रो उठी.सुधीर और वह घर के दरवाजे से बाहर निकले,न हरशरणजी बाहर आए,मम्मा और ब्रजलाल तो उस समय घर पर थे ही नही.

दोनों पैदल चलते हुए भरका तक आए.भरका से उतर कर गयादीन की दुकान पड़ती थी.वहाँ गयादीन ने उन्हें अपने यहाँ रोक लिया.घर के घटनाक्रम से वह अवगत था.गाँव वालों ने उसे बता दिया था.बोला–''मेरी बहिन है,ऐसे कैसी रूखी–सूखी बिदाई.बिना व्यवहार के कैसे मेरी बहिन की बिदा होगी.उसने खवासन को बुलवा कर उसके पैरों में हल्दी व महावर लगवाया.उसकी गाँठ में हींग व नेग के कुछ रुपए बाँधे और भीतर से थाली लाकर सुधीर को हल्दी चावल का टीका लगा कर भेंट में कुछ रुपए दिए और दुकान नौकर को संभला कर उन्हें छोड़ने बस–स्टेंड तक गया.गयादीन ने सीता के साथ परंपरानुसार विभिन्न अनाजों की पोटलियाँ बाँधी तथा पठौनी के रूप में बंधवा कर एक बोरे में भरीं और नौकर के हाथ से बस स्टेंड भिजवाई.फिर जब वे बस में बैठ कर जाने लगे तो सुधीर के पैर भी छुए और ऑखों में ऑसू भरते हुए उसे अपनी बहिन का अच्छी तरह ख्याल रखने को कहा.साथ ही सीता से बोला–''बहिन दुःखी मत होना,मैं तुम्हें लेने आउँगा.राखी,दिवाली पर तुम्हें यहाँ लाउँगा.''वह और भी बहुत कुछ कहता किन्तु फिर बस की सीट पर वे लोग बैठ गए और बस चल दी.

सीता जिस समय जा रही थी,चिन्तामनि उधर ही देखता रहा.फिर जब वह चली गई,घर सूना हो गया तो दादी के साथ वह भी कहने लगा—"सीता चली गई,कहाँ गई?"दादी उसे समझाती —"अपने ससुराल गई."तब वह भी दुहराता रहा.इसके बाद वह रोज दादी से कहता—"घर सूना,सूना हो गया."दादी कहती—"हाँ,क्या करें,उसे तो जाना ही था."इसके बाद वह उदास रहने लगा.अब मंथरा ही उसका दाना—पानी करती थी किन्तु साथ ही झुँझलाती भी जाती थी.एक दिन उसने उसका पिंजरा ऐसे ही खुला छोड़ दिया,बिल्ली आई और रात में उसे खा गई,अब घर और सूना हो गया.

00

हरशरणजी का छोटा भाई ब्रजलाल अभी तक घर के गाय,बैल,भैंसों वगैरह की देखभाल करता आया था.उनका गोबर उठाना,सानी—पानी करना,रात को मठा का महुआ डला बॉट बना कर देना तथा सुबह गाय—भैंसों का दूध दुह कर घर में पहुँचाना.इससे घर में घी,दूध,मक्खन की बहुतायत रहती.घर के सभी सदस्यों के अतिरिक्त पास—पड़ौस में भी मट्ठा माँगने आने वालों को दिया जाता.उनके यहाँ का मठा तो पूरे गाँव में प्रसिद्ध था.दादी ही मठा बनाती.इसके लिए वह एक बड़ी—सी चपिया में खूब सारा दही जमातीं.घर के उपयोग से जो दूध बच जाता वह चूल्हे पर चढ़ा कर,उसे अच्छी तरह औंटा कर एक बड़ी—सी दूसरी चपिया में जमा देतीं.सुबह वह जम जाने पर चक्केदार दही को एक बड़ी मटकी में डाल कर बाँस की मथनी से बिलो कर उसमें से मक्खन अलग करतीं और उसमें आवश्यकतानुसार पानी मिला कर उसका पूरा मक्खन निकल जाने पर उसे एक दूसरे पानी से भरे बर्तन में डाल देतीं,बचा हुआ मट्ठा घर के और आस—पड़ौस के माँगने वालों के काम आ जाता.यह मट्ठा अच्छा गाढ़ा होता जिसे आवश्यकता होती वह दादी के पास

आकर गपियाते हुए मॉग कर ले जाता.गर्मी में तो इसकी मॉग और भी ज्यादा होती.दादी किसी को मना न करतीं,जब तक होता देतीं ही थीं.मंथरा ऐसे ही मुफ़्त में बॉटने पर कुढ़ती रहती थी.कभी—कभी तो कहती भी थी कि सारे घर को लुटवा दो तुम तो,किन्तु दादी के आगे उसकी इस मामले में चलती नही थी.दादी उसे जवाब देते हुए कहती—''तू ओछे खानदान की है न इसलिए लेनदेन क्या समझे.''वह चुप रह जाती.दादी के इस मामले में हरशरणजी भी कुछ न बोलते.दादी जो मक्खन ओट—ओट कर घी बनातीं, वह कनस्तर में भर कर रखतीं जातीं जिसे हरशरणजी शहर में जाकर बेच आते.

अभी तक तो ठीक ही चल रहा था किन्तु एक दिन पता नही ब्रजलाल ने शायद ज्यादा ही गॉजा फूंक लिया था अतः उसको खून के दस्त होने लगे.रात भर होते रहे.पहिले सबने सोचा—नशा उतरेगा तो सब ठीक हो जाऐगा किन्तु वे रात में अचानक चल बसे.उनके चले जाने से पूरी व्यवस्था ही चरमरा गई.अब गाय—ढोरों को कौन देखे.अतःधीरे—धीरे एक—एक कर भैंसे बेची जाने लगी.फिर गायें गईं,और अंत में एक जोड़ी बैल खेतों की जुताई के लिए रख कर उन्हें भी बेंच दिया गया.एक गाय हॉ रह गई जिसकी देखभाल दादी करतीं रहीं.दादी मन ही मन सोच रहीं थीं—सीता घर से क्या गई, धीरे—धीरे सब कुछ नष्ट होता जा रहा था किन्तु मंथरा और रधिया का झगड़ा—कलह अपनी जगह बराबर जारी रहा.दिनभर दोनों के बीच यही मचा रहता.

ब्रजलाल की तेरहवीं पर शान्तनु शहर से लौटा.दादी के पास आकर बैठ गया.वह घर की हालत देख कर उदास था.उसे मंथरा और पिता का सीता के प्रति व्यवहार ठीक नही लग रहा था.उसे यह भी दुःख था कि सीता की बिदाई के समय वह घर पर क्यों नही था.वह दादी से बोला—''दादी,क्या रिश्ते ऐसे होते है?स्वार्थी और मतलबी.''दादी कुछ देर चुप रहीं.फिर बोलीं—''जब रिश्तों में

स्वार्थ,ईर्ष्या व भेदभाव का डंक लग जाता है तो ऐसा ही होता है.खैर सीता अपने घर में सुखी रहे, यही अच्छा है.''

इसी समय शान्तनु का बालक जो चलने–फिरने लगा था–आकर उसकी गोद में बैठ गया.दादी उसे कान्हा कह कर बुलाती थी.मंथरा दरवाजे पर थोड़ी देर खड़ी रह कर भीतर चली गई.उसे शान्तनु का दादी के पास बैठना सुहा नही रहा था.उसे डर था कि पता नही दादी मेरे विरुद्ध शान्तनु को क्या–क्या कह कर उसके कान भर देंगीं.––गयादीन का लड़का स्कूल गया था.

शान्तनु ऐसे नाकारात्मक माहौल में एक दिन भी नही रुका.वह शाम की बस से वापिस शहर चला गया.

गाँव में सीता के विदा होते समय हुए घटनाक्रम से हरशरणजी का सम्मान कम हुआ था.अभी तक गाँव के ठाकुर गाँव में सब लोगों व्दारा सम्मानित रूप से देखे जाने के कारण उनसे दूर–दूर रहते थे,किन्तु अब वे खुल कर उनके विरुद्ध हो गए थे.अभी तक हरशरणजी के प्रभाव,अच्छी आर्थिक स्थिति व घर में सभी के साथ सम्बन्धों में सुदृढ़ता के कारण अपने ईर्ष्या–व्देष व उनसे बराबरी न कर पाने की खुन्नस के चलते नाराज हो दूर ही रहते थे.फिर उन्हें यह भी लगता था कि गाँव में अकेला ब्राम्हण का घर है, चलने दो किन्तु अब उन्होंने हरशरणजी को ठिकाने लगाने का तय कर लिया था.हरशरणजी अधिकतर गाँव–देहात के लोगों का काम निपटा कर रात को ही अपनी साईकिल पर घर के लिए वापिसी हेतु बाजार से लाया सामान लाद कर लौटते थे.इस हेतु वे भरका पार कर तालाब का बंधान पार करते हुए तालाब से पानी छोड़ने की कल के पास से होकर आते थे.

ठाकुरों ने यहीं उन्हें ठिकाने लगाने का तय किया था.अतः वे जब रात को उस कल के पास से निकल कर आ रहे थे,तब कल

के पीछे मुँह पर कपड़ा बाँधे ठाकुरों के झुंड ने उन्हें पीछे से पकड़ लिया.सबसे पहिले उनके मुँह में कपड़ा ठूंस कर उनकी आवाज बंद की और फिर जमीन पर पटक कर लाठियों से एक साथ उन्हें पीटने लगे.जब उन्होंने देखा कि अब उनमें प्राण शेष नही है तब उनको उठा कर तालाब के पानी में फेंक कर रात के अंधेरे में भाग गए.

सुबह हुई,जो भी वहाँ से निकला उसने उन्हें तालाब के उथले पानी में निश्चेष्ट पड़ा देखा.गाँव में खबर हुई.मम्मा कुँएं से दौड़े–दौड़े आए.उन्हें तालाब के पानी से बाहर निकाला.देखा अब उनमें प्राण शेष नही थे.वे वहीं दहाड़ें मार कर रोने लगे.दादी भी तब तक वहाँ आ गई थी.वे अपने बड़े बेटे के इस तरह से मरते देख सन्न रह गई.उनसे कुछ बोलते नही बन रहा था.केवल उनकी ऑंखों से अश्रु धारा बह रही थी.फिर उन्हें उठा कर घर लाए.बाँस की टिकिरी बनाई गई.इसके बाद उनकी विधि–विधान से शमशान में अंत्येष्टि कर दी गई.शान्तनु भी आ गया था.वह शोक संतप्त हो जीवन की क्षणभंगुरता पर विचार कर रहा था तथा यह भी सोच रहा था कि अकस्मात ऐसा क्या हो गया कि लोग उनके जान के दुश्मन बन गए.आदमी का कोई ठिकाना नही कब नर से नराधम हो जाए.राक्षसी प्रवृत्ति कब किस पर अपना अधिकार जमा ले, कह नही सकते.

वह तेरह दिनों तक घर पर ही रहा.जब तेरहवीं तक सब संस्कार पूरे हो गए तब वह वापिस अपनी ड्यूटी पर शहर चला गया.अब उसका मन इस घर में लगता भी नही था.

कुछ दिनों बाद मंथरा अपने बच्चे कान्हा को लेकर मायके चली गई.वह सोचती थी कि अब वह घर में रहे ही क्यों.न वहाँ उसका पति था और न घर का मालिक.उस पागल रधिया से तो उसकी बनती ही न थी.किसके भरोसे वह वहाँ रहती.दादी का भी मन उचट गया था.उसके जीवित रहते जवान–जहान दो–दो लड़के चले

गए.बहू अपने मायके चली गई.पोता शहर चला गया.दूसरा पोता भी गाँव छोड़ कर पास के गाँव में रहने लगा था.वह हरशरणजी व ब्रजलाल के अंतिम संस्कार व क्रियाकर्म को छोड़ कर केवल तेरहवीं तक घर में रहा था.इस बीच भी वह रधिया से तो दूर ही रहता रहा था.हाँ अपने बड़े होते हुए लड़के के साथ अवश्य वह घुलमिल कर बातें करता था किन्तु अब इन सबके चले जाने के बाद वह बहुत ही उदास हो गईं थीं.

और तो और घर में अब तो कोई रसोई-चौका करने वाला भी नही था.वही रधिया थी,उल्टा-सीधा कैसा भी काम करते हुए कच्ची-पक्की रसोई बना देती थी.इससे दादी का पेट अधिकतर दुखता रहता.मम्मा वहीं कुँएं पर ही कुछ बना कर खा-पी लेते.रात में वह घर आते तो रधिया का बना-अधबना खाना खाकर सो रहते.

ठंड आ रही थी.इस ठंड में उनके घुटनों का दर्द और भी बढ़ जाता था.इस बार ठंड आते-आते तो हाथ-पैर के जितने भी छोटे-बड़े जोड थे वे सूज गए थे.उनमें दर्द हो रहा था सो अलग.वे लगभग खटिया पर ही पड़ी रहतीं.रधिया ही थी जो जितना उसके समझ में आता उनकी सेवा कर देती थी.उनकी बीमारी ठीक से देखभाल के अभाव में बिगड़ती ही गई.पहिले जाड़ा आने के पहिले वह शहर से हरशरणजी से कह कर खूब सारी सौंठ ठंड के दिनों के लिए मँगवा लिया करतीं थीं.फिर उसे कूट-पीस कर रख लेतीं.उसे वह अपने हर प्रकार के खानपान में उपयोग करतीं थीं जिससे उनका वात दर्द नियंत्रण में रहता था किन्तु अब वह किससे कहें.गयादीन यहाँ आता नही था और शान्तनु शहर में था.ऐसे में ही उन्हें गाय का गोबर,साफ-सफाई,सानी-पानी खुचर-खुचर कर करनी ही पड़ती.वे बड़ी मुश्किल से अपनी खाट से उठ कर यह सब करतीं.मम्मा ने उनसे कहा था कि देखभाल के लिए कोई खवासन घर में रख लेते हैं किन्तु उन्होंने मना कर दिया.दरअसल उनका मन अब इस

संसार से एक प्रकार की विरक्ति व वितृष्णा से भर उठा था.मन ही मन वे निराशा से भर कर ईश्वर से उन्हें उठा लेने के लिए कहती रहतीं थीं.वे घर के काम करतीं हुई अपनी तकलीफ से कराहते हुए काम करती जातीं थीं और लगभग हर वाक्य में यहीं कहतीं थीं कि भगवान क्यों इतनी तकलीफ दे रहा है,अब और क्या—क्या देखना मुझे शेष रह गया है जो यहाँ बीच में लटकाए है,अब तो अपने पास बुला ले.

सच में एक दिन मम्मा ने कुँएं पर जाते हुए सुबह उठ कर उन्हें देखा तो वे जोर—जोर से रो उठे.दादी नही रहीं थीं.शहर से शान्तनु व गयादीन को खबर दी गई.शान्तनु दौड़ा—दौड़ा आया.पहली बार वह उनकी देह से लिपट—लिपट कर दहाड़ें मार कर रोया.गयादीन एक कोने में बैठा रो रहा था.मंथरा अपने मायके से आई ही नही.वहीं से कहला दिया—''आकर मैं क्या करूँगी,सबकी गति यही है,कोई अनोखी बात तो है नही.''मम्मा ने उनका सब क्रियाकर्म किया.

शान्तनु ने मम्मा से कहा—''वह दादी की अस्थियाँ लेकर प्रयागराज जाएगा और स्वयं गंगा में उन्हें विसर्जित करेगा.''वह और मम्मा अस्थिसंचय करने श्मशान गए और एक तांबे के लोटे में उन्हें बीन—बीन कर इकट्ठा किया.फिर दूसरे दिन शान्तनु शहर से रेल में बैठ कर प्रयागराज चला गया.

घर में अब केवल मम्मा और रधिया तथा गयादीन का स्कूल जाने वाला लड़का ही शेष थे.

अब मम्मा की जिम्मेदारियाँ और बढ़ गई.उन्हें न केवल खेत—खलिहान देखना पड़ता बल्कि बाजार व घर भी देखना होता.घर में एक गाय जो दूध हेतु रख छोड़ी थी उसे भी देखना पड़ता.उसकी सानी—पानी ,गोबर व उसे दुहना.रधिया गोबर व साफ—सफाई वगैरह कर देती थी.घर के कामों में भी अब वह कुछ गंभीर हो गई थी.वह

मम्मा को दिन भर कामों में उलझे देखती तो आगे होकर घर के कामों में भी मदद कर देती किन्तु खेती–बाड़ी तो उन्हें अकेले ही देखना पड़ती.हलवाहे थे,उनकी मदद को किन्तु वे उतना ही काम करते थे जितने के लिए उनसे कहा जाता.शेष समय मम्मा को घर गया देख खेतों में सुस्ताते बैठे रहते.

एक दो बार जब वे भरका से उतर कर उसके बाद वाले गॉव में गए तो गयादीन की दुकान के सामने से गुजरे थे.गयादीन ने उन्हें आग्रह पूर्वक बैठाया,नाश्ता वगैरह करवाया किन्तु मम्मा के यह कहने पर कि अब वह घर के कामों में हाथ बॅटाये तो पहिले तो उसने मना कर दिया किन्तु फिर फसल वगैरह बाजार में बेचने सम्बन्धी काम करने के लिए उसने हॉ कर दी.उसके पास अपनी दुकान का ही काम इतना था कि उसे फुर्सत ही नही मिलती थी.उसकी दुकान अब तक बड़ी हो गई थी.उसने घर के जिस हिस्से को गोदाम बना रखा था वह अनाज के बोरों से भरा रहता.अब तो उसे किसी से अपनी फसल उसकी दुकान पर बेचने के लिए कहना ही नही पड़ता था,लोग अपने आप अपनी उपज सिर पर रख कर या बैलगाड़ियों में लाद कर लाते और उसकी दुकान के कॉटे पर तुलवा कर उसकी कीमत उससे नगद में ले जाते.

उसने बाजार में अपनी ईमानदारी से एक अलग ही जगह बना ली थी.फिर वह किसी की उपज खरीद कर उसके रुपए उधार नही रखता था.नगद में भुगतान करता था.किसान को और क्या चाहिए.दूसरे व्यापारी तो उसकी उपज रख कर बाद में पैसे देने को कहते.अतः गयादीन अब अच्छा व इज्जतवाला व्यापारी हो गया था.उसे घर की भी उपज इसीलिए बेचने में असुविधा नही थी क्योंकि इस सम्बन्ध में केवल उसे गाड़ी में भरवा कर अपनी दुकान पर मॅगवाने का ही काम करना था.इसके बाद तो पूरी दुकान के बेचने वाले अनाज के साथ सभी अनाज के बोरे ट्रक में भरवा कर शहर

की मंडियों या व्यापारियों को सौंपना थी.वह घर की फसल बेच कर जो भी मिलता उसका एक पैसा भी अपने पास न रखता,पूरे हिसाब के साथ वह सब मम्मा के हाथों में रख देता,किन्तु वह घर नही जाता.उसे रधिया से चिढ़-सी हो गई थी.जब वह इतनी बड़ी हो जाने के बाद भी बच्चों जैसी हरकतें करती तो वह उसे अजीब-सी नजरों से देखता रह जाता..

गयादीन का मम्मा को बाजार सम्बन्धी सब काम अपने हाथ में लेने का आश्वासन देने के बाद वे बड़े खुश हुए थे.उन्होंने सोचा चलो एक भार तो उनके कंधों से कम हुआ.अब उन्हें केवल खेत-खलिहान ही देखना था.वह घर का थोड़ा बहुत काम देख ही लेते थे.

00

शान्तनु प्रयागराज पहुँचा.माघ महीना था.संगम तट पर माघ मेला लगा था.कल्पवास करने वाले विधि-विधान से गंगा स्नान ध्यान आदि कर्म इन दिनों वहीं किनारे रह कर करते.एक माह निरंतर यह कार्यक्रम चलता.

शान्तनु ने पूर्ण श्रद्धा के साथ दादी की अस्थियाँ गंगा में प्रवाहित कीं और स्वंय संगम स्नान हेतु चल दिया.जब वह वहाँ पहुँचा तब वहाँ संतों का स्नान चल रहा था.इसके बाद वह भी नहाने नदी में उतरा.यहाँ तीन नदियों के मिलन की अनुभूति पृथकतः होती है.गंगा का पानी बर्फ की तरह ठंडा व जमना का अलग तरह का व लुप्त सरस्वती अपने सूक्ष्म रूप में अपनी उपस्थिति का आभास कराती है.विधि-विधान के साथ स्नान कर वह बाहर आया.कपड़े पहिने और संत मंडली के साथ ही चल दिया.संत-मंडली अपने-अपने डेरों में जा कर रुक गई.वह भी एक डेरे में जाकर साधुओं की बातें सुनने लगा.उसने देखा वहाँ अव्देती भी थे,व्देती भी और शुद्धाव्देतवादी,विशिष्टाव्देतवादी,पुष्टिमार्गीय,वैरागी,आदि

सभी थे.उनके सत्संग से वह दर्शन की व्याख्या नए रूप में अनुभव कर रहा था.किताबों के व्दारा तो उसने बहुत पढ़ा था–यह सब ब्रम्ह व आत्मा पर आधारित वाद थे.कोई आत्मा को अव्दैतवादी मानते हुए उसे ब्रम्ह से साक्षात जुड़ाव की परिणति मानते थे,कोई आत्मा को माया के वशीभूत हो उसे ब्रम्ह से विलग होने के कारण व्दैत मानता था.इसी तरह इन्ही दोनों की स्थितियों के अनुसार विभिन्न विचारधाराऐं थीं तथा उनको मानने वाले सब दर्शनों वाले संत थे.कोई सगुण उपासक,कोई निर्गुण उपासक,कोई कहता –"अहं ब्रम्हास्मि," "एको अहं व्दितीयो नास्ति–"कोई कहता–"न कश्चित जाएतो ....".यह सब जान–समझ कर शान्तनु को बहुत आनंद आ रहा था.वह मन ही मन इन सब दार्शनिक विचारधाराओं की पाश्चत्य दर्शन के अस्तित्ववाद,व्यक्तिवाद,उपयोगितावाद और भी न जाने किन–किन वादों के विचारों की तुलना एक दूसरे से करता और मन ही मन कहता–एक सूक्ष्म की बात कहता है तो दूसरा स्थूल की,जबकि जीवन दोनों के सम्मिलन का प्रतिफल है.उसको लौटना तो जल्दी था किन्तु इस सब में वह इतना रम गया था कि कभी वह रामानंदियों से मिल कर उनके विचारों को सुनता तो कभी वैष्णवों की तो कभी शैवों के विचारों में रम जाता.मनुष्य कितना विचारशील प्राणी है,विचारों की दृष्टि से जीवन–जीने के तरीकों में वह कितना विविधापूर्ण है,यह उसने यहीं जाना.वह नागा साधुओं से भी मिला उनकी विचारधारा को भी उसने जाना.उसको लगभग पंद्रह–बीस दिन हो गए थे.रेवती के फोन आ रहे थे.डिपार्टमेंट वाले अलग छात्रों की पढाई के नुक्शान कह कर उससे जल्दी लौटने का कह रहे थे.वह था कि इन साधुओं की संगत में ही तल्लीन था.

आखिर वह वापिस लौटा.गॉव नही गया.सीधे शहर में अपने बंगले पर आया.वह जाने के पहिले बंगले की चाबी रेवती को देकर गया था.जिससे वह उसके ठाकुर जी की पूजा अर्चना करती रहे.

जब से वह शहर के इस बंगले में रहने लगा था उसकी दिनचर्या पहिले जैसी ही महात्माओं जैसी हो गई थी.वही सुबह नहाना,मंदिर जाना,फिर डिपार्टमेंट में छात्रों को पढ़ाने के बाद विभिन्न मठ–मंदिरों में जाकर पूजा–पाठ में हिस्सा लेना.

पीले वस्त्र पहिने वह सिर पर शिखा भी रखता,माथे पर चंदन का तिलक लगाए वह अपने आप को शांत व सुखद महसूस करता.केवल डिपार्टमेंट में पढ़ाने जाते समय पेंट–शर्ट पहिनता.शेष समय वह पंडितों जैसी धोती–कुर्ता ही पहिनता.उसने अपने बंगले के एक कमरे में बालमुकुन्द व शालिगराम जी की पूजा भी विस्तार रखी थी.रोज नहा कर उनकी पूजा भी करता.

उसकी अनुपस्थिति में रेवती यह सब करती रही थी.उन्होंने अब उसे अपनी थिसिस के सिलसिले में घर आकर बात करने के लिए कह दिया था.अतः अब वह न लायब्रेरी के अध्ययन कक्ष में उससे मिलती न डिपार्टमेंट में.वह थिसिस सम्बन्धी अपनी पढ़ाई लायब्रेरी में पूरी कर अपनी शोध–सामग्री को लिख कर शान्तनु को दिखाने बंगले पर ही आ जाती.

आकर वह उसके लिए भोजन भी बना देती व साफ–सफाई भी कर देती.शान्तनु उसे देख कर एक अजीब–सी खुशबू से भर कर आनंदित–सा हो उठता.वह जब तक बंगले में रहती, शान्तनु विशेष शांति का अनुभव करता.इसके बाद वह कॉलेज के अपने डिपार्टमेंट चला जाता,रेवती अपने घर.उसकी कार दिन भर शान्तनु के बंगले पर ही खड़ी रहती.

रेवती को शान्तनु का शांत व भक्तिपूर्ण रूप बहुत ही अच्छा लगता.उसकी धीरता,शालीनता,सहनशीलता से भी वह अभिभूत थी.उसका शोध–कार्य लगभग समाप्त होने को था.वह जब अपने विषय से सम्बन्धित सामग्री पर शान्तनु से विचार–विमर्श करती

तो उसे जीवन के नए अनुछुए पक्षों से साक्षात्कार होता.जीव क्या है,अन्नमय कोष,आत्मा–परमात्मा,आत्मा से परमात्मा का विलग होकर अन्नमय कोष में आना.

उसका जीव के साथ मिल कर एकाकार होना,बाद में यथासमय इसे छोड़ कर चले जाना और ब्रम्ह से मिलने की उसकी तड़प,तलाश,तपस्या,याने दर्शन की सूक्ष्मतम व्याख्या विभिन्न विचारधाराओं के परिप्रेक्ष्य में वह शान्तनु के विचारों से समझ पाती.जब शान्तनु उससे बातें करता ,उसके विषय पर विचार करते हुए अपने विचार रखता तब उसकी ऑंखें बंद रहतीं,उस समय वह उसे किसी ऋषि के समतुल्य लगता.वह अपनी शोध–सामग्री में शान्तनु व्दारा कही गई बातों को अपने शब्दों में लिखती जाती.

जल्दी ही उसका शोध कार्य पूर्ण हो गया.वह कार से अपने गाईड के दस्तखत कराने जाने लगी तो शान्तनु बोला–''मैं भी बहुत समय से उनसे मिला नही हूँ,मैं भी साथ ही चला चलूँगा.इस बहाने उनसे भी विचार–विनिमय व कुछ जीवन के सम्बन्ध में मार्गदर्शन मिलेगा.कुछ दिनों बाद वे दोनों रेवती की कार से ही वहॉ चल दिए.रेवती कार चला रही थी.कनखियों से वह शान्तनु को देखती भी जाती थी.उसके गाईड का कार्यस्थल आने में अभी देर थी.रेवती ने रास्ते में खाने वगैरह का सामान भी साथ में रख लिया था.रास्ते में दोपहर होने पर एक नदी के किनारे उसने कार रोकी.बोली–''थोड़ा खा–पी लेते हैं.जल्दी में मैं सुबह कुछ अधिक नाश्ता करके भी नही चली हूँ.

कार रोक कर रेवती उतरी.शान्तनु भी साथ ही कार से बाहर आया.बड़ी सुन्दर प्रवहमान नदी थी.चौड़ा पाट,शीतल जल किन्तु इसके किनारे कोई पक्का घाट नही था.नदी के दोनों तरफ घना वन था.सागौन,गूलर,झरबेरी की झाड़ियॉ और नदी के किनारे रेतीली धरा

पर गोल–गोल,छोटे–छोटे पत्थर, सीपियाॅ वगैरह बिखरे पड़े थे.रेवती और शान्तनु दोनों उसी रेतीली सतह पर चलते हुए नदी के पास पहुॅचे.रेवती सीपियाॅ बीनने लगी.उसे यहाॅ अच्छा लग रहा था.शान्तनु शांत,धीर नदी के बहते जल को देख रहा था.फिर रेवती उसके पास आई,दोनों ने नदी के पानी से अपने चेहरे पर छींटे मारे,अच्छा लगा.रेवती को लग रहा था इस शीतल जल में नहा ले किन्तु वहाॅ ऐसी कोई व्यवस्था ही नही थी.

शान्तनु वहाॅ से वापिस लौटने ही वाला था कि रेवती बोली–"यहीं नदी किनारे बालू रेती की सतह पर दरी बिछा कर कुछ खा लेते हैं.वह कार से सब सामान उठा कर ले आई.शान्तनु ने भी इसमें उसकी मदद की.फिर रेवती ने दो प्लेटों में खाना परोसा.शान्तनु बोला–"तुम खा लो,मुझे कुछ अधिक भूख नही है."––रेवती बोली–"कोई बात नही,मेरा साथ तो दो."दोनों बैठ कर भोजन करने लगे.वे लोग नदी के दोनों किनारों पर स्थित सघन वन को देख रहे थे.कितना एकांत व सूना तथा शांत वातावरण था.शान्तनु विचारों में खोया था.रेवती ही बोली–"पापा कह रहे थे,बहुत पढ़ लिया अब अपने विवाह के बारे में सोचो.आगे कुछ करने की जरूरत नही है."कहती हुई वह शान्तनु की ओर देखने लगी.शान्तनु ने कुछ जवाब नही दिया.वह विचारों में खोया था.रेवती उसके पास आकर उसकी ऑखों के भीतर झांक कर अपनी बात के असर का प्रतिबिंब उसकी ऑखों में देखने लगी किन्तु वहाॅ उसे कुछ न दिखा.फिर वह कुछ न बोली.

दोनों ने खाने–पीने का सामान वापिस कार में रखा.फिर थोड़ा आगे चल कर नदी के किनारे के पास घने वन में घुसते चले गए.पक्षियों का कलरव ही केवल वहाॅ की शांति को भंग कर रहा था.फिर शान्तनु बोला–"चलना चाहिए,नही तो वहाॅ पहुॅचते–पहुॅचते रात हो जाएगी."दोनों लौट कर वापिस कार के पास आए और फिर उसमें बैठ कर वापिस आगे चल दिए.

शाम ढलने लगी थी.वहॉ पहुँच कर शान्तनु ने अपने गुरूजी के चरण–स्पर्श किए और उनसे बातचीत करने लगा.गुरूजी उसे रेवती के साथ देख कर बड़े खुश हुए.बोले–"तुमने यह अच्छा किया जो इसे साथ ले आई.मैं भी शान्तनु से मिलने को बहुत इच्छुक था.

रात में वे लोग वहीं रुके.रेवती के शोध–प्रबंध पर उनके हस्ताक्षर हुए और दूसरे दिन सुबह वे लोग वापिस चल दिए.वापिस आते समय वे शान्तनु से बोले–"शोध–कार्य डिपार्टमेंट हेड से बात करके जल्दी से इसके लिए वायवा की तारीख तय करवाना नही तो फिर मैं बहुत समय तक व्यस्त रहूँगा."शान्तनु ने स्वीकृति में सिर हिलाया.

दोनों वापिस शहर आ गए.जल्दी ही रेवती का शोधकार्य परीक्षकों से स्वीकृत हो कर आ गया.इसके बाद उसके वायवा की तैयारी हुई.वायवा वाले दिन शान्तनु स्वयं गुरूजी को स्टेशन से लेने गया.रेवती भी साथ में ही थी.वायवा में शान्तनु भी विभागाध्यक्ष के नाते बैठा.रेवती का अध्ययन अच्छा था.उसने पूरी मेहनत कर शोधकार्य किया था.गुरूजी ने भी निष्पक्ष हो कर वायवा में उससे शोध कार्य के सम्बन्ध में प्रश्न पूँछे.विषय विशेषज्ञ भी बाहर से ही आए थे.वे भी रेवती के कार्य से संतुष्ट हुए और वायवा सम्पन्न हुआ.इसके बाद परंपरानुसार सभी छात्रों व प्रध्यापकों हेतु रेवती की तरफ से भोज रखा गया.रेवती ने इस हेतु वहीं नदी के तट पर यह कार्यक्रम रखा था जहॉ वह और शान्तनु गुरूजी से मिलने जाते समय रुके थे.अच्छी प्राकृतिक जगह थी.रसाईया वगैरह तथा अन्य भोज में लगने वाला सामान आदि की व्यवस्था उसने पहिले ही कर दी थी.छात्रों व सभी को लाने–ले जाने हेतु वाहन की व्यवस्था भी उसने की थी.उसके लिए रुपया–पैसा कोई अर्थ नही रखता था.इस हेतु उसने खुल कर खर्च किया था.

भोजन के समय सभी लोग वाहनों व्दारा वहाँ पहुँच गए.भोजन में दाल,बाफले व लड्डू तथा आलू मटर व गोभी की पनीर के साथ साग रखा गया था.अभी बाफले सिकने में देर थी.अतः सभी लोग नदी किनारे व आसपास के जंगल की तरफ घूमने निकल गए.शान्तनु व रेवती साथ–साथ चल रहे थे.गुरूजी वगैरह पीछे किसी चर्चा में व्यस्त थे.थोड़ी देर तक उस एकांत जंगल में घूमने के बाद एक जगह रेवती रुक गई व शान्तनु की आँखों में झाँकते हुए बोली–''अब इसके बाद मैं पिता के पास राजधानी चली जाउँगी.आपसे अब मुलाकात न हो पाएगी.''सुन कर शान्तनु को भी अच्छा तो नही लगा किन्तु वह चुप रहा.यह तो था कि रेवती के पास रहने से उसे एक प्रकार का भावनात्मक सहारा था.अकेलापन खालता नही था किन्तु ऐसी स्थिति में वह कर भी क्या सकता था.रेवती को अपनी आँखों में झाँकते देख कर बोला–''क्या करें,नियति ही संसार की ऐसी है,मिलना–बिछुड़ना चलता रहता है.अपना इस पर बस क्या है.''सुन कर रेवती भीतर तक दुःखी हो उठी.उसकी आँखों से आँसू फूट पड़ रहे थे. किन्तु फिर उन्हें उसने अपनी साड़ी के पल्लू से छिपा लिया और फिर दोनों वापिस नदी के किनारे भोजन स्थल की ओर लौट पड़े.गुरूजी तथा छात्र वगैरह भी वहीं आ गए.इस बीच शान्तनु नदी किनारे गया.उसके जल को अंजुरी में लेकर अपने चेहरे पर पानी के छींटे मारे व फिर उसके बहते पानी को एकचित्त हो देखते हुए सोच में डूब गया.सभी लोगों ने उसे भोजन के लिए बुलाया तो उसका ध्यान भंग हुआ और वह आकर सभी के साथ भोजन के लिए बैठ गया.

भोजन बहुत ही सुस्वादु था.पेट भर सबने भोजन किया.इसके बाद थोडी देर तक हल्की चहल कदमी करते हुए नदी की रेतीली सतह पर घूमे,शंख,सीपियाँ आदि छात्र देखते व बटोरते रहे और फिर क्रमशः संध्या आगमन की प्रत्याशा में सब वाहनों में बैठ कर वापिस शहर आ गए.

सबके अपने–अपने स्थान पर चले जाने के बाद रेवती पुनः शान्तनु के बंगले के फाटक तक आई और उसे भीतर तक छोड़ते हुए वापिस लौटने लगी तो वह फिर शान्तनु की ओर मुड़ी,कुछ देर ऐसी ही खड़ी रही फिर वापिस अपनी कार में बैठी और चल दी अपने घर.

उसके चले जाने के बाद शान्तनु कुछ देर तक तो कुर्सी पर बैठा–बैठा कुछ सोचता–सा रहा.उसे लगा जैसे अब वह दुनिया में बिल्कुल अकेला हो गया है.भीतर तक उसे खालीपन महसूस हो रहा था.जैसे कोई अंग शिथिल हो कर निष्किय हो गया हो.बाद में वह उठ कर बंगले के बगीचे में खिले विभिन्न रंगों के फूलों को देखता रहा किन्तु मन अशांत था.उसे रेवती के बंगले पर आने,उसके दिन भर वहाँ रहने और फिर विभिन्न प्रकार से उसकी सहायता करने से उसके साथ एक प्रकार का भावात्मक लगाव हो गया था.उसने यह कल्पना भी नही की थी कि ऐसा होगा.फिर उसने सोचा जीवन का यही तो नियम है,आना,जाना,मिलना,बिछुड़ना वगैरह किन्तु इसके बाद भी वह अपने आप को समझा नही पा रहा था.

आज उसे दादी की बहुत याद आ रही थी.कितने लाड़ से वह उसके सिर पर उँगलियाँ फिराती थी, जैसे उसे आशीर्वाद दे रही हो.वह उनसे अपनी छोटी से छोटी बात बता सकता था.वह ध्यान से सुनती भी थी और उसे विभिन्न प्रकार से समझातीं भी थीं.अब वह नही रहीं,पिता नही रहे,चाचा भी चले गए,वह बिल्कुल अकेला हो गया.पत्नि उसे छोड़ कर अपने मायके में बैठी है.वह पिता के जाने के तत्काल बाद ही चली गई थी.जब वह चली गई तो वह क्या करता.वह भी तो उससे एक तरह से विरक्त ही रहा.कभी भी उससे जुड़ नही सका.न भावात्मक न अन्य किसी तरह,बस एक काम चलाउु समझौता–सा था उसके साथ, किन्तु उसे कान्हा का ध्यान आया तो लगा कि कान्हा के प्रति उसके भीतर उत्तरदायित्व का

भाव आज भी विद्यमान है.आज उसे लगा बहुत दिन हो गए एक बार कम से कम उससे मिल तो ले,देख ही आए.फिर विचार आया कि वह तो मंथरा के साथ है,दूसरे गॉव में.यदि वह वहॉ गया तो मंथरा से भी मिलना होगा जो वह नही चाहता था.हॉ एक बात अवशय थी कि अब वह बड़ा हो गया होगा.अतः स्कूल तो आता–जाता ही होगा.वहॉ वह उससे अवश्य मिल सकता था.उसने तय किया कि वह अगले दिन उससे मिलने अवश्य जाएगा.रात को वह सो गया.सुबह उठ कर तैयारी कर कान्हा से मिलने चल दिया.बस स्टेंड पहुॅच कर वह बस में बैठा किन्तु रास्ते भर वह यही सोचता रहा कि उसका ऐसा करना क्या सही होगा.बच्चे से मिलेगा और बच्चे ने मंथरा से कहा तो ठीक नही लगेगा.क्या करूॅ,उसे कुछ समझ में नही आ रहा था किन्तु मन में कान्हा से मिलने की उत्कट इच्छा होने से उससे रहा नही गया.बस उस गॉव पहुॅची.वह उतरा,बस स्टेंड से पैदल ही कान्हा के स्कूल की तरफ चला.स्कूल बिल्डिंग गॉव के बीच थी.यद्यपि मंथरा का घर गॉव के एक तरफ कोने में था किन्तु पता नही उसे क्यों लग रहा था कि मंथरा कहीं स्कूल के आसपास ही मिल जाएगी.मिली तो वह क्या करेगा,उसे क्या जवाब देगा,उससे बोलेगा तो बिल्कुल नही.

सोचता –सोचता वह स्कूल की बिल्डिंग के सामने तक आ गया था.स्कूल में दोपहर के भोजनावकाश की घंटी होने वाली थी.वह स्कूल के सामने पेड़ों के पीछे खड़ा हो स्कूल से निकलते बच्चों को देख रहा था.बहुत देर इंतजार करने के बाद कान्हा भी स्कूल से निकला.अच्छा गोरा चिट्टा,सुन्दर शरीर था उसका,उसे लगा वह जाकर अभी उसे गले लगा ले किन्तु उसी समय पीछे से मंथरा भी स्कूल से निकली और कान्हा की ऊॅगली पकड़ कर घर की ओर उसे ले जाने लगी.शायद वह इस भोजन की छुट्टी में उसे घर ले जा रही थी.

उसकी कान्हा से मिलने की बलवती इच्छा अब जाती रही थी.वह मंथरा के सामने तो कान्हा से मिलना ही नही चाहता था.बहुत दूर तक उसे जाते हुए देखते रहने के बाद वह वापिस उसी सड़क से चलते हुए बस स्टेंड आया और बस में बैठ कर अपने बंगले पर आ गया.

वह निराशा में डूब गया.अब उसका इस दुनिया में कोई नही रहा था.वह नितांत अकेला हो गया था.वह यही सब सोचता रहा.फिर उठा और नदी की तरफ चला गया.मन में बैचेनी थी.कुछ भी अच्छा नही लग रहा था.जीवन के प्रति अब उसके मन में कोई मोह नही बचा था.नदी के बहते पानी, उसमें आती–जाती,मिटती,बनती लहरों को वह देख रहा था.लहरें हैं तो जीवन है, याने चंचलता या गति है तो जीवन है,ठहराव ही तो अंत है,मृत्यु है.बहुत देर तक ऐसे ही बैठे रहने बाद वह उठा और नदी के किनारे स्थित मंदिर के भीतर चला गया.वहाँ ठंडक और अंधेरा था.भगवान शिव का मंदिर था.वह वहीं अंधेरे में बैठ गया.संहार के देवता,सारी कठिनाईयों का विष इन्हीं ने पिया है.सबको सुखी जीवन का आशीष भी यही देते हैं.थोड़ी देर वहाँ बैठने पर उसे अच्छा–सा लगने लगा.उसने भगवान शिव के वर्तमान स्वरूप को स्पर्श किया.इससे उसमें नवजीवन का संचार होता हुआ अनुभूत हुआ.वहाँ से उठ कर नदी के जल से आचमन कर वह वापिस चल दिया.सामने वासुदेवाचार्यजी का मठ था.बहुत दिनों से इधर वह आया नही था.उसे लगा कि व्यर्थ की बातें सोच कर वह अपने आप को परेशान कर रहा है.माता के गर्भ में भी बालक अकेला ही रहता है.इसके बाद ही वह इस संसार में आता है.उस समय उसकी सहायक,पोषक माँ होती है तो यहाँ भी तो ईश्वर उसका सहायक है.सबके परमपिता होने के साथ ही वह सबके पोषक व रक्षक हैं.अकेलेपन से घबराना नही चाहिए.सोचते हुए वह मंदिर में आ गया.सामने गादी पर आचार्यजी बैठे थे.बोले–''बहुत दिनों बाद

आए हो,शान्तनु, क्या बात है?"उसने कुछ उत्तर नही दिया.वह उनके पैरों के पास बैठ गया.–"तुम्हारी मनःस्थिति मैं समझ रहा हूँ.अपने आप को किसी रचनात्मक काम में क्यों नही लगाते.तुम श्रीमद्भागवत का अध्ययन,मनन करो.उस लीलाधारी की लीलाओं को महसूस करो,जो स्वंय परात्पर परब्रम्ह है."सुन कर शान्तनु बोला–"आचार्यजी व्यवस्थित रूप से इसका अध्ययन करने में सहयोग दें तो मैं तैयार हूँ."शान्तनु बोला.आचार्यजी कुछ क्षण चुप रहे,फिर बोले–"कल से सुबह आरती–पूजा के बाद यहीं आ जाया करो,मैं स्वंय तुम्हें इसका मर्म समझाउँगा.इससे तुम्हारा मन शान्त होगा."शान्तनु को पता था कि आचार्यजी श्रीमद्भागवत् के परम विव्दान हैं.बहुत देर तक वह ऐसे ही उनके सामने बैठा रहा.फिर अपने बंगले पर लौट आया.दूसरे दिन से अपने घर की व्यवस्था हेतु उसने विभाग से दो चपरासी बुलवा लिए.,विभागाध्यक्ष होने के नाते यह सुविधा उसे मिलनी ही थी किन्तु अभी तक उसने इसकी मॉग नही की थी.उनके आ जाने के बाद उसके भोजन,घर की साफ–सफाई वगैरह की उसे चिन्ता नही रही.एक व्यक्ति उसने रात की चौकीदारी के लिए भी रख लिया.

अब वह प्रतिदिन वासुदेवाचार्यजी के पास जाकर श्रीमद्भागवत् का अध्ययन–मनन करने लगा.उनसे वह एक–एक श्लोक का शाब्दिक,लाक्षणिक व व्यंजनात्मक अर्थ समझने लगा.लगभग एक माह तक वह वहॉ जाता रहा.उसे भगवान कृष्ण की लीलाओं में संपूर्ण जगत का साक्षात्कार होता महसूस होता..जहॉ गोपियॉ आत्म तत्व की प्रतीक थीं व श्रीकृष्ण स्वयं परब्रम्ह परमात्मा का स्वरूप.गोपियॉ परमात्मा से मिलने हेतु बैचेन हो उनके चारों ओर परिक्रमा लगाती हैं,रास का आयोजन होता है.इसके व्दारा उनकी परमात्मा के प्रति या परब्रम्ह से मिलन की अभिलाषा पूरी होती है.वे उद्दिव को भी इस विषय में निरुत्तर कर देतीं हैं.उसे इसमें आत्मानुभूति होती थी.

एक माह बाद जब श्रीमद्भागवत् का अध्ययन—मनन उसका पूरा हुआ तो उसने मठ में सभी के लिए भोजन का आयोजन करवाया.श्रीमद्भागवत् का पूजन हुआ.भगवान को विशेष रूप से बनवाया गया भोग अर्पित कर सभी ने प्रसाद रूप में उसे ग्रहण किया.फिर शाम को वह बंगले पर वापिस लौट आया.

अचानक दूसरे दिन वह डिपार्टमेंट से पढ़ा कर घर आया.उसने देखा उसके बंगले का दरवाजा खुला था.नौकर तो इस समय तक घर का काम निपटा कर घर चला जाता था,कौन होगा?सोचता हुआ वह घर के भीतर आया—रेवती थी.उसने आज नौकर को छुट्टी दे दी थी तथा स्वयं शान्तनु के लिए भोजन वगैरह बना रही थी.उसे देख कर शान्तनु बोला—"तुम तो राजधानी चली गईं थीं?"——"हॉं,किन्तु पीएचडी अवार्ड होने का आदेश आया तो उसे लेने चली आई.अब डिग्री लेकर वापिस चली जाउुँगी."

शान्तनु भीतर तक खुश हो उठा.उसे लगा जैसे उसका जीवन का उल्लास लौट आया हो.रेवती अंदर का काम छोड़ कर शान्तनु के सामने ही आकर बैठ गई.वह मन ही मन अनुमान लगा रही थी कि उसकी अनुपस्थिति में शान्तनु का समय कैसे बीता होगा.वह उसकी ऑंखों में भीतर तक झॉंक रही थी.जैसे उसके भीतर गहराई तक जाकर सब कुछ जान लेना चाहती थी.शान्तनु कुछ देर तक ऐसे ही बैठे रहने के बाद बोला—"रेवती,आदमी ऊपर से कितना ही कठोर दिखे,भीतर से वह भावना के रेशमी बंधन में ही बॅंधा होता है और वह हल्के से अवरोध से ही विखर जाता है."कुछ देर तक उसकी ओर देखने के बाद बोला—"तुम्हारे जाने के बाद दुःखी था,ऐसे में सोचा गॉंव जाकर अपने बच्चे से मिल कर अपने भीतर की तपन को बुझा लूँ किन्तु यह संभव नही हुआ.मैं जाकर भी उससे बिना मिले ही वापिस लौट आया.सच में भावात्मक संबन्ध बहुत गहरे व कोमल होते हैं.मुझे मेरा बच्चा ऐसे मोह में बॉंधे है कि मैं हर पल उससे मिलने

की ललक रखता हूँ.किन्तु हम दोनों के बीच पत्नि ऐसी दीवार है जो बड़ी कठोर व दुर्निवार है.''कह कर वह चुप हो गया.रेवती पहिले तो चुप हो उसके चेहरे के भाव पढ़ती रही,फिर बोली–''मैं भी वहाँ राजधानी में मॉ के पास इसी दुविधा में उलझी रही.वे लोग मेरी शादी–ब्याह की तैयारियों में लगे हैं.लड़के देख रहे हैं.मैं उन लोगों से कह कर आई हूँ कि मैं आगे भी पढ़ूँगी.डीलिट करूंगी फिर कॉलेज में नौकरी भी करूंगी किन्तु वे लोग मानते ही नही.कहते है–इस सब की क्या आवश्यकता है,हमारे पास सब कुछ तो है,तुम राजनीति में आ जाओ,इसमें कैरियर बनाओ.हमारे बाद तुम्ही तो हमारी सब कुछ हो.''दोनों ऐसी कुछ बातें करते बैठे रहे.बीच में रेवती उठी और किचन में चली गई.फिर थोड़ी देर बाद आकर बोली–''डिग्री लेकर मुझे वापिस एक–दो दिनों में राजधानी निकलना होगा.उन लोगों से बड़ी मुश्किल से निकल कर आई हूँ.कहते थे कि तुम्हें वहाँ जाने की जरूरत नही,युनिवर्सिटी के वीसी उनके परिचित हैं,वह उनसे कह कर यहीं डिग्री मॅगवा लेंगे.इस बार दीक्षांत समारोह तो होना नही है फिर क्यों वहाँ जा रही हो, फिर भी मैं चली आई.''मुझे तुम्हारा आना अच्छा लगा,यदि चाहो तो पीएचडी के बाद यहीं कॉलेज में अस्थाई रूप से नौकरी कर सकती हो.तुम्हारी इच्छा हो तो मैं बात आगे बढ़ाउँ.''शान्तनु बोला.सुन कर रेवती बोली–''मुझे जाना ही होगा.बाद में इस विषय पर विचार करेंगे.''

दो दिनों तक रेवती शान्तनु के साथ ही रही.वह भीतर वाले कमरे में सो जाती थी और शान्तनु अपने अध्ययन कक्ष में ही किताब पढ़ते–पढ़ते सो जाता.

इसके बाद रेवती अपनी पीएचडी की डिग्री युनिवर्सिटी से निकलवा कर वापिस जाने लगी.वह अपना सूटकेश तैयार कर बाहर खड़ी हो टैक्सी में सामान रखवा कर वापिस शान्तनु के पास आई.शान्तनु बंगले के दरवाजे से निकल कर बाहर टैक्सी के पास ही आ गया

था.वह भीतर तक दुःखी था.जैसे कोई उसका अपना उससे दूर जा रहा हो,उसकी आँखें सजल हो उठीं.रेवती जब पास आई तो वह भी लगभग रो ही रही थी किन्तु उसने अपने आँसू साड़ी के पल्लू में समेट लिए थे.दोनों एक–दूसरे के भाव समझ रहे थे किन्तु कुछ बोल नही पा रहे थे.रेवती ऐसे ही कुछ पल उसे देखती खड़ी रही.फिर साड़ी के पल्लू से अपने आँसू पौंछते हुए टैक्सी में बैठ गई.टैक्सी चल दी.शान्तनु अब भी वहीं खड़ा था.जब तक टैक्सी आँखों से ओझल न हो गई वह खड़ा ही रहा.फिर भारी पैरों से बंगले के भीतर आया.कुर्सी पर बैठा कुछ सोचने लगा.

शान्तनु ने टैक्सी में बैठते समय जब उसे देखा था तो उसके चेहरे की भाव–भंगिमा उसे बैचेन कर रही थी.वह सोच रहा था–उसने दौड़ कर उसे गले लगा कर वापिस जाने से रोका क्यों नही.सम्बन्धों की मर्यादा के बंधन बहुत कठिन होते हैं.वह किस अधिकार से ऐसा करता.कुछ–कुछ पछतावा–सा उसे हो रहा था.फिर अपने को समझाते हुए सोचता रहा कि रेवती ने भी तो उससे स्पष्ट कुछ कहा नही.कहती भी तो वह क्या कर सकता था.सोचते–सोचते वह उठ कर बाहर आया.इसी समय घर का काम करने वाला चपरासी वहाँ आ गया.वह दो–तीन दिनों तक ऐसे ही अन्यमनस्क–सा हो शहर की सड़कों पर घूमता रहा.रात में घर आकर सो जाता.उसके बाद सुबह होते ही बाहर निकल जाता. ऐसे में एक दिन बगीचे में घूमते हुए,अपने मन को बहलाने का बहुत प्रयास कर रहा था किन्तु उसके भीतर का खोखलापन एक अनाम शून्य की ओर उसे धकेल रहा था.न उसे दर्शन सम्बन्धी जीव–जगत की व्याख्या शान्ति प्रदान कर रही थी न ही ईश्वर का आत्म तत्व,जो उसके भीतर है,चैन लेने दे रहा था.ऐसी बैचेनी की हालत में वह अपने अध्ययन कक्ष में गया और कागज पर कुछ लिख उसे चपरासी को देते हुए बोला–"इसे कॉलेज के प्रिंसीपल को दे देना.मेरा अवकाश आवेदन है.घर की चाबी तुम

अपने पास रखना.इसके बाद वह बाहर निकल गया.न उसका कुछ खाने का मन था और न ही आराम करने का.यद्यपि नौकर उसका भोजन बना कर टेबल पर रख गया था.

बाहर आकर वह निरुद्देश्य ऐसे ही सड़कों पर घूमता रहा.नदी पर भी गया.वहाँ उसके किनारे घूमा,वहाँ स्थित मंदिरों पर भी उसका मन न लगा.यहाँ तक कि वासुदवाचार्यजी के मठ के पास से निकलते हुए वह बाहर से ही चलते हुए दूर चला आया.उसका मन भीतर जाने का न हुआ.बस कुछ था भीतर जो उसे चैन नही लेने दे रहा था.वह चलता गया.शहर की गलियों से होता हुआ,उसकी चहल—पहल,भीड़—भाड़ से होते हुए अब वह मुख्य सड़क पर चल रहा था.यहाँ गाड़ियों की आवक—जावक बहुत अधिक थी.कभी—कभी वह सड़क पर चलते हुए बीच सड़क तक पहुँच जाता तो गाड़ियाँ तेज हार्न देते हुए पास से निकल जातीं.कोई—कोई तो उसे अपशब्द भी कहता हुआ निकल जाता किन्तु वह इन सबसे बेपरवाह हो चलता चला जा रहा था.सामने रेल्वे—स्टेशन था.वह उधर ही चल दिया.टिकिट काउन्टर से सामने खड़ी रेल जो चैन्नई जा रही थी——उसका टिकिट लेकर उसमें जाकर जनरल क्लॉस में बैठ गया.

भीड़ अधिक तो नही थी.वह थोड़ी जगह बना कर ऊपर की बर्थ पर जहाँ सामान रखने की जगह होती है,वहाँ जाकर बैठ गया.थोड़ी देर में लोग आते गए और पूरा डिब्बा लोगों की भीड़ से भर गया.वह विचारों में खोया था,इसलिए उसे पता ही नही चला कि रेल कब चल दी.वह सोच रहा था—स्त्री आकर्षण है,साथ ही जगत की केन्द्रबिन्दु भी वही है.वही व्यक्ति को परिवार,समाज व राष्ट्र से जोड़ती है.एक विशेष प्रकार का स्थायित्व प्रदान करती है.नही तो पूरी व्यवस्था ही छिन्न—भिन्न हो जाए.फिर उसने सोचा उसे इस प्रकार नही सोचना चाहिए,वह पक्ष तो मेरे लिए लगभग समाप्त ही हो गया

था.उसके जीवन में अब कोई नही है.वह अकेला है.उसे अपनी राह स्वयं चुननी होगी.मनुष्य भी क्या है,जन्म के बाद से कितने बंधनों में जकड़ा रहता है.अच्छा हुआ ईश्वर ने मुझे अवसर दिया है कि सारे बंधन अपने–आप दूर हो गए,किन्तु इस संसार में आदमी बिना लक्ष्य के तो जिन्दा नही रह सकता.उसके जीवन का कोई न कोई तो उद्देश होना ही चाहिए.उसे श्रीमद्भागवत् का रास वाला दृश्य याद आ गया.जहॉ भगवान कृष्ण सबके केन्द्रबिन्दु हैं और जीवात्माऐं उनके चारों ओर नृत्यरत हैं.यही सत्य है,शेष सब भटकाव है.मुझे अब पारिवारिक जीवन के बारे में सोचना ही नही चाहिए.जो मिला सो ठीक,न मिला सो ठीक.अब तो ईश्वर ही सत्य है,वही हमारा ध्येय है.एक प्रकार की विरक्ति उसके मन में संसार के प्रति हो उठी थी.इसी बीच पता नही कब उसकी नींद लग गई.

दूसरे दिन सुबह उसकी नींद खुली तो रेल में ही नित्यकर्म से निपट कर बाहर आकर चाय नाश्ता किया और फिर अपनी जगह आ बैठा.अब उसे अच्छा लग रहा था.वह नीचे बैठे सभी यात्रियों को तटस्थ भाव से देख रहा था.रेल का वह थोड़ी ही देर का हाल्ट था.इसके बाद गाडी वापिस अपनी स्पीड से चल दी.वह लेट गया.चैन्नई स्टेशन आने में अभी पॉच–छै घंटे थे.अतः वह फिर ऐसे ही विचारों में खो गया.मन में आया कि जब वह बिना लक्ष्य के रेल में सवार हो ही गया है तो संसार को अच्छी तरह देखना चाहिए,समझना चाहिए.विभिन्न जगहों पर घूमना चाहिए.इसके बाद भविष्य के बारे में निर्णय करे.इसी तरह सोचता हुआ वह हल्की–सी नींद की झपकी में सो गया.

उसकी नींद खुली,चैन्नई स्टेशन आ गया था.वह उतरा.लोग डिब्बे से उतर कर इधर–उधर आ–जा रहे थे.वह भी उतर कर स्टेशन से बाहर निकलने के दरवाजे की तरफ चल दिया.स्टेशन के बाहर निकल कर उसने अंगड़ाई ली.वह लेटे–लेटे थक चुका था.दोपहर

होने को आई थी.वह नहाया–धोया भी नही था.लगभग दो दिन का
रेल का सफर था,थक भी चुका था.उसे पैर–पैर चलना अच्छा लग
रहा था.अतः ऐसे ही चलता रहा.बड़ा विशाल शहर था.नए प्रकार के
लोग,भाषा अलग,बातचीत का तरीका अलग.वह लोगों से शहर के
बारे में पूॅछना चाहता था,बातें करना चाहता था किन्तु उससे बात
करने में किसी को रुचि नही थी.फिर भी वह चला जा रहा था.उसे
पैदल चलते देख ऑटो वाले अपना ऑटो रोक कर कहाॅ जाना
है,पूॅछते भी थे.वह उन्हें कुछ भी जवाब नही देते हुए अपनी चाल से
चला जा रहा था.

चलते–चलते एक मंदिर का शिखर उसे दिखा,उसे अच्छा
लगा.पास जा कर देखा,एक विशाल शिव मंदिर था.प्रवेश व्दार के
आसपास दुकानें ही दुकानें.भगवान के पूजा–प्रसाद की व अन्य प्रकार
की.उसे लगा कि जब मंदिर के प्रवेश व्दार से बहुत दूर तक ऐसी
ही दुकानें हैं तो निश्चित ही बड़ा व प्रसिद्ध मंदिर होगा.वह मंदिर
के प्रवेश व्दार से उसके भीतर गया.उसने देखा–एक विशाल परकोटे
के भीतर बहुत बड़ा ही विस्तृत क्षेत्र था.जिसमें एक ओर–जालियों
से घिरा शुभ्र जल से भरा एक विशाल पानी का कुण्ड था, जिसके
चारों ओर पक्के घाट बने हुए थे.लोग नहा भी रहे थे.वहाॅ उसे ठीक
लगा.कुण्ड के एक ओर एक विशाल शिखर था जिसके अंदर विस्तृत
सभामंडप व गर्भ–गृह था जिसमें भगवान का विशाल शिवलिंग
स्थापित था.इस सभामंडप के चारों ओर बहुत से कमरे बने हुए
थे,जिसमें शायद मंदिर की रसोई,कर्मचारी आवास तथा बहुत से
धर्मशाला के कमरे बने हुए थे.एक कमरा इनका ऑफिसनुमा था.वहाॅ
तमिल व अंग्रेजी में ऑफिस लिखा हुआ था.कुछ लोग वहाॅ भीतर
बैठे कुछ लिखा–पढ़ी कर रहे थे.लोग उसके अंदर बाहर आ जा
रहे थे.शायद वे मंदिर के प्रशाद हेतु धनराशि की रशीदें मैनेजर से
कटवा कर बाहर आ रहे थे.जब कुछ भीड़ कम हुई तो वह भी भीतर

जाकर खड़ा हो गया.उसने अंग्रेजी में बात कर उनसे कुछ धनराशि की रशीद कटवाई और फिर वहाँ ठहरने के लिए धर्मशाला में एक कमरे की माँग की.मैनेजर जैसे उस व्यक्ति ने उसे ऊपर से नीचे तक देखा फिर उसके पहिने केशरिया वस्त्र देख कर आश्वस्त हो उसे एक कमरा रहने के लिए दे दिया और उस कमरे की चाबी नौकर को देते हुए उसके साथ उसे जाने के लिए कहा.वह उसके पीछे–पीछे चल दिया.

उसे मंदिर के दरवाजे से लगा कमरा रहने के लिए दे दिया गया.उसने देखा कमरा साफ–सुथरा व सभी सुविधाओं से युक्त था.फिर उसने अपने बारे में सोचा,वह कुछ भी सामान अपने साथ लाया नही था.अतः नौकर से कमरे की चाबी लेकर दरवाजे से निकल कर बाहर ही लगी दुकानों से आवश्यक कपड़े वगैरह लाकर कमरे में वापिस आ गया.वहाँ नहाया व फिर मंदिर के सभा मंडप में जाकर रुद्राष्टक का पाठ करने लगा——''नमामि शमी शान् निर्वाण रूपम्,विभुं व्यापकं ब्रम्ह स्वरूपं............''उसे भगवान की स्तुति करते देख कर मंदिर का पुजारी उसके पास आया और उसके मस्तक पर चंदन का त्रिपुंड लगा कर वापिस चला गया.जब वह भगवान की स्तुति कर गर्भगृह में जाकर शिवलिंग को स्पर्श कर अपनी आँखों को दोनों हाथों से ढँक कर ध्यान कर रहा था तभी वही पुजारी दोना भर प्रशाद लाया और उसके हाथों में रख दिया.उसने कमरे में आकर उसे ग्रहण किया तथा वहाँ लगे पानी के नल से पानी पिया.

.अब उसे अच्छा लग रहा था.शरीर में थकान थी.वह बिस्तर पर लेट गया.पता नही कब उसे नींद आ गई.उसकी नींद तब टूटी जब उसके कमरे के खुले दरवाजे पर कोई खटखटाहट हुई.उसने देखा वही नौकर जो उसे कमरे की चाबी देकर गया था,सामने खड़ा था.बोला–''सभामंडप में आपको पुजारीजी बुला रहे हैं.''वह उठा और

उसके पीछे–पीछे चल दिया.दोपहर का भोग भगवान को लग चुका था.अब सभी आगत् साधु–सन्यासियों व वहाँ निवासरत आश्रम के कर्मचारी भोजन के लिए सभामंडप के बाहर की खाली लंबी–चौड़ी जगह में बैठे थे.उन्हें पत्तल दे देकर भोजन परोसा जा रहा था.भोजन में चावल व एक रसादार सब्जी थी.उसे भी दिया गया.उसने गो–ग्रास निकाल भगवान का स्मरण कर भोजन को पहिले हाथ जोड़ कर प्रणाम किया और फिर उसे ग्रहण करना आरंभ किया.बहुत ही स्वादिष्ट था वह.

वह तृप्त होकर पंगत से सबके उठते समय वह भी उठा और कमरे में आ गया.शाम को वह घूमने निकल गया.जब वह आया तो लगभग सात–आठ बजने को थे.भगवान की संध्या आरती व भोग का समय था.इसके बाद फिर सबने भोजन ग्रहण किया तथा इसी के साथ सभामंडप के एक ओर बना मंच सजने लगा.महिलाएँ अपनी–अपनी बच्चियों के साथ वहाँ आकर बैठ गईं.वाद्ययंत्र वादक अपने–अपने वाद्ययंत्र तैयार कर बैठ गये.थोड़ी देर में दर्शक भी एकत्र होने लगे और फिर मंच पर बैठी बच्चियों व्दारा भारतीय नृत्य विधाओं की विभिन्न शैलियों के नृत्यों का मंचन आरंभ हो गया.प्रदर्शन के समय यदि उनके प्रदर्शन में कुछ कमियाॅ दिखतीं तो वहीं पास में ही बैठे गुरूजी उन्हें उन कमियों को सुधारने को कहते.बीच–बीच में वे भरतमुनि के नाट्यशास्त्र की व्याख्या भी करते जाते.अंत में एक थोड़ी बड़ी बच्ची ने भरतनाट्यम का प्रदर्शन किया.रात के ग्यारह बज रहे थे.यह कार्यक्रम अब समाप्त हुआ.सब अपने–अपने घर चल दिए.मंदिर के पट बंद कर दिये गए.

दूसरे दिन सुबह वह उठा और उसने सभामंडप तथा आसपास झाड़ू एवं साफ–सफाई करना शुरू कर दी.उसके यह करने के बाद वहाँ के कर्मचारी ने पूरा गर्भगृह व सभामंडप पानी से धोया–पौंछा.वह

कुण्ड में नहाने चला गया.वहाँ से आकर उसने कपड़े पहिने और सभामंडप में आकर भगवान के सामने खड़े होकर 'शिवमहिम्न' का पाठ किया........''महिम्ना पारंते परमविदुषी यद सदृशा....''.महामृत्यंजय मंत्र का उच्चारण किया'....'.ऽुँ त्र्यंबकम् यजामहे......'.'और इसके बाद वहीं ध्यान लगा कर बैठ गया.आरती–पूजा हुई,उसने प्रसाद हाथ में लिया और कमरे में आकर खाया.

उसे यहाँ अच्छा लग रहा था.शाम के सात बजे वह मंच पर कभी शंकराचार्यजी की गादी से आया कोई सन्यासी अव्दैत दर्शन पर अपना व्याख्यान देता और कभी संगीत–सभा होती.धीरे–धीरे उसका संपूर्ण राग धुलता जा रहा था.वह भक्ति रस में रम गया था.

अब वह शाम को समुद्र के किनारे चला जाता.समुद्र में डूबता हुआ सूरज देखना उसे अद्भुत सुन्दर लगता.समुद्र की ऊँची–ऊँची उठती लहरें किनारे बैठे–बैठे उसके पाँवों को पखार रही होतीं.वह उसके पानी का नन्हा व सुहाना स्पर्श उसे नई ही अनुभूति देता.इस समय वहाँ लोगों की अच्छी भीड़ हो जाती.कोई समुद्र की उन लहरों से खेलता,कोई वहाँ उसके किनारे की बालू रेती पर अपना नाम लिखता और फिर लहरों व्दारा उसे मिटाना देखता बैठा रहता.उस गीली रेत पर चलना,गीली रेत को अपने पैर के पंजों पर संजो कर घरौंदा बनाना और लहरों व्दारा उसे मिटा देना,यह सब देखना उसे अच्छा लगता.

इस समय तक वहाँ बड़ी संख्या में विभिन्न खाने–पीने की सामग्रियों से भरे हाथ ठेले लग जाते.इन ठेलों पर लगी दुकानों की सजावट बड़ी ही अच्छी लगती.बाद में वह मंदिर के कार्यक्रमों में सम्मिलित होने हेतु वापिस लौट आता.समुद्र के किनारे बैठ कर उसकी उठती हुई ऊँची व विशाल लहरों को किनारे से टकरा कर जाते समय उनकी आवाज को सुन कर वह बुदबुदा उठता——

ओ,सागर सुनो,

तुम्हारे अकेलेपन की हाहाकार,

क्यों कचोटती है मुझे?

ओ विराट!

ओ गंभीर!

ओ धैर्य के प्रतिमान!

कुछ तो कहो.

00

तेरे हृदय से,

उठती हर हूक,

किनारे से टकरा कर,

हजार—हजार,

खंडों में टूट—टूट कर बिखर जाती है.

00

सोचता हूँ

यहाँ न आया होता मैं,

तो,

ओ समुद्र,

तुम कितने अकेले होते.

कभी—कभी लहरें इतनी ऊँची न होतीं किन्तु उनका झागदार पानी
जब उसके पैरों से टकरा कर वापिस लौटता तो वह बुदबुदा उठताः

तेरे इस फेनिल,

सौंदर्य को मैंने,

कितनी ही बार,

अंजुरी में भरा,

किन्तु हर क्षण,

रीता!

00

तुम्हारे किनारे आकर,

खड़ा हूँ

तुम्हें निहारता,

और तुम हो कि बार–बार,

मेरे पैर पखार जाते हो.

दूसरे दिन जब वह सुबह–सुबह सूर्योदय के समय समुद्र किनारे पहुँचा तो वह उसके सौंदर्य को देख कर अभिभूत हो उठाः

आज देखा,

अगणित स्वर्ण–राशि,

की चमक,

से आभूषित,

तुम्हारा बदन,

00

तेरी लहरों ने,

चुपके से ,

मेरे कानों में,

    कहा!

        सुनो तो!

          इसके बाद भी वह कहता रहाः

लो विहान हो चुका,

सूरज उनींदा–सा,

ॲंगड़ाई लेता,

आ रहा,

पूरब की ओर से!

        00

ओ सागर!

लो उकेर दिया,

मैंने अपना अस्तित्व

तुम्हारे सीने पर,

अब आओ,

और मिटा दो,

इसे.

वह सुबह के उस एकांत में उगते सूर्य के प्रकाश को देखते हुए ऐसे ही समुद्र से बातें करता बैठा रहता.मन ही मन का उसका यह वार्तालाप उसे एक असीम आनंद देता.वह अब सुबह के समय घूमते हुए रोज ही वहॉ आने लगा था.

वहाँ मंदिर में रहते हुए उसे बहुत समय हो गया था.एक बँधी बँधाई दिनचर्या से वह ऊबने लगा था और फिर वही पुराना सब दिमाग में आने लगा था.एक दिन सुबह–सुबह उसने मंदिर के पुजारी को बुला कर कमरे की चाबी सौंपी और बाहर निकल गया.इधर–उधर शहर में घूमता रहा.वहाँ एक जगह बड़े–बड़े अक्षरों में पोस्टर लगे हुए थे.जिनमें पास के शहर में स्वामी रामानुजाचार्य की भव्य जयंति समारोह मनाने की बातें लिखी थीं.इसमें पूरे देश से विभिन्न संतो के आगमन और इसमें होने वाले व्याख्यानों में हिस्सा लेने की बातें थीं.उसके पुराने शहर के वैष्णव संत आचार्य वासुदेवाचार्यजी के आगमन की भी बात उसमें थी.उसे उनसे मिलने की इच्छा बलवती हो उठी.वह वहाँ से सीधे बस स्टेंड पहुँचा और उस शहर की ओर जाने वाली बस में बैठ गया.एक–दो घंटे का वहाँ पहुँचने का सफर था.

वह वहाँ पहुँचा.शहर से दूर एक तरफ वह आयोजन स्थल था.उसने ऑटो पकड़ा और उधर चल दिया.उसने बाहर से ही देखा बड़ा भव्य मंदिर था.जब वह उसके भीतर पहुँचा तो उसे एक विस्तृत मंदिरों की श्रंखला उस परकोटे के भीतर दिखी.उस परकोटे के प्रवेश व्दार पर एक विशाल ऊँचा शिखर था जिस पर विभिन्न देवी–देवताओं के कथा रूपों की क्रियात्मक आकृतियाँ बनीं थीं तथा सबसे ऊपर स्वर्ण–कलश सूरज के प्रकाश में चमक रहे थे.

इसके बाद एक विस्तृत प्रांगण था.जिसके एक तरफ पुष्पहारों व पताकाओं,वंदनवारों से सजा मंच था.पूरे प्रांगण में नीचे जमीन पर नारियल की बुनी चटाई तथा उस पर चादरें बिछीं हुई थीं.एक तरफ कई कुर्सियाँ भी लगीं हुई थीं.मंच से शायद प्रवचन होते होंगे तथा वहाँ की बैठक व्यवस्था भी गरिमा पूर्ण थी.इस प्रांगण के चारो ओर आवासीय परिसर था,यहाँ यात्रियों के ठहरने हेतु धर्मशालाऐं थीं.मंच के पीछे वंदनवारों व फूलों के हारों से सजा संत निवास

था.जहॉ कार्यक्रम में पधारे विभिन्न संत ठहरे हुए थे.इन्ही से थोड़ा आगे एक और परकोटा था,जिसके भीतर एक शुभ्र जल से भरा पानी का कुंड था.इसमें चढ़ने–उतरने के लिए पत्थरों की सीढ़ियॉ थीं.इस कुंड के चारों तरफ बहुत से छोटे–छोटे मंदिर थे और आगे जाने पर मुख्य मंदिर तथा उसका परिक्रमा पथ था.सभामंडप तथा सुन्दर मूर्तियों से सज्जित गर्भगृह था.उसने नहाया नही था.अतः वह वहॉ न जाकर कुंड की सीढ़ियों पर बैठ कर मंदिर की भव्यता,वास्तुकला व सुन्दरता को निहारता रहा,तभी उसे कुंड से नहा कर निकलते स्वामी वासुदेवाचार्यजी आते दिखे.वो गीले वस्त्रों में ही कुंड से निकल कर अपने आवास की ओर जा रहे थे.अचानक उन्होंने कुंड की ऊपरी सीढ़ियों पर पैर रखने हेतु ज्यॉहि सिर उठाया,वे शान्तनु को देख कर ठिठक कर खड़े हो गए.–''अरे,शान्तनु !तुम यहॉ कहॉ?बहुत दिनों से वहॉ मंदिर में भी नही आए.मैं तुम्हारे बारे में ही सोचता रहा.तुम्हारे डिपार्टमेंट से भी पता लगाया.उन्हें भी तुम्हारे यहॉ होने की जानकारी नही थी.''वे आकर उसके पास रुक गए.शान्तनु ने दूर से उनके चरण–स्पर्श किए.वासुदेवाचार्यजी उसे अपने साथ अपने निवास–स्थल पर लेकर गए.उसने अपने बारे में उन्हें सब कुछ बताया.बोला–''अब संसार में सार नही लगता.इसलिए भटकता फिर रहा हॅू.''वासुदेवाचार्यजी पहिले उसकी बात सुन कर चुप रहे, फिर बोले–''अच्छा हुआ,तुम बड़ी अच्छी जगह मिले हो.जाओ नहा कर आओ,तब तक मैं अपना पूजा–पाठ,ध्यान,योग वगैरह निपटाता हॅू.फिर तुम्हारा यहॉ आए अन्य संतों से भी परिचय करवाउॅगा.''सुन कर वह उठा और नहाने हेतु उसी कुंड की तरफ चला गया.जब वह नहाने हेतु कुंड में उतरा तो कुंड के स्वच्छ व निर्मल जल में तैरती विभिन्न रंगों की मछलियॉ उसे बहुत अच्छी लग रहीं थीं.वे उसके बदन को अपनी थूथनी से छूती–सी निकल रहीं थीं.इससे उसे बदन में गुलगुली हो रही थी.कुछ देर उन्हें ऐसे ही देखने के बाद उसने कुंड में डुबकी लगाई.वहॉ साबुन का उपयोग प्रतिबंधित था.गीले कपड़ों

में ही वहाँ से निकल कर संत जी के कमरे में आ गया.वहाँ उसने कपड़े बदले और संतजी के पूजा स्थल पर बैठ कर उन्हें पूजा–पाठ करते हुए देखने लगा.

संतजी ने पूजा–पाठ किया और उठ कर मंदिर के सभामंडप में आ गए.शान्तनु भी उनके साथ ही था.वहाँ उन्होंने गर्भगृह में स्थित विग्रहों के दर्शन कर साष्टांग–दण्डवत की और एक ओर चल दिए.शान्तनु अभी भी विग्रहों की सजावट,उनके हारफूल,वस्त्र और मोगरे के फूलों की खुशबू से सुवासित उस स्थान पर मंत्रमुग्ध–सा खड़ा था,तभी उसने संतजी व्दारा उसे पुकारे जाने की आवाज सुनी.उसने जल्दी से भगवान को साष्टांग–दण्डवत की और संतजी के पास पहुँच गया.वे मंदिर के गादीपति संतजी के पास खड़े थे.उन्होंने शान्तनु का उनसे परिचय कराया.शान्तनु ने उन्हें दण्डवत–प्रणाम किया.उन्होंन उसे आशीर्वाद दिया.फिर सब भोजन कक्ष में जाकर नाश्ता वगैरह करने लगे.वहाँ से आकर संतजी बोले–"मुख्य कार्यक्रम श्रीसंत रामानुजाचार्यजी का जयंति समारोह तथा उनका चल समारोह कार्यक्रम तो समाप्त हो गया है.यज्ञ,हवन–पूजन भी संपन्न हो ही चुका है,संध्या समय विभिन्न संतों का प्रवचन होगा,उसी में शाम को सभी संत एक जगह एकत्रित होंगे,तब मैं तुम्हारा परिचय सभी से करवाउँगा."इसके बाद वे अपने अध्ययन–कक्ष में चले गए.वह वहीं बैठा मंदिर को चारों ओर से देखने लगा.यहाँ आकर उसे लगा जैसे उसने सही निर्णय लिया है,कितने दिनों बाद उसे अपने मनोनुकूल विव्दत्तापूर्ण लोगों का साथ मिला है.

दोपहर के भोजन के बाद सभी ने विश्राम किया.इसके बाद संध्या काल में वहाँ ठहरे सभी संत–महात्मा व्याख्यान हेतु बाहर प्रॉगण में लगे पंडाल में पहुँचे.सभी ने अपना–अपना आसन ग्रहण किया.श्रोता वर्ग भी बहुत बड़ी संख्या में एकत्र हो चुका था.वासुदेवाचार्यजी शान्तनु को भी अपने साथ लेकर मंच पर पहुँचे और उन्होंने शान्तनु

का परिचय एक–एक संत से कराया.फिर वे अपने नियत स्थान पर जा बैठे.उनके पास ही केशवाचार्यजी भी बैठे थे.वे बहुत ही वृद्ध थे.बिना सहायक की सहायता के वे उठ–बैठ भी नही सकते थे.अभी व्याख्यान–प्रवचनों में देर थी.वे स्वंय अपने सहायक की सहायता से उठकर वासुदवाचार्यजी के पास गए और शान्तनु की ओर देख कर बोले–''आपने इनका बहुत ही संक्षिप्त परिचय कराया है,कृपया विस्तार से इनकी शिक्षा,परिवेश,रुचियॉ वगैरह के बारे में भी तो बताऐं''.वासुदेवाचार्यजी ने उन्हें शान्तनु के बारे में बताया कि ये श्रीमद्भागवत् का वाचन व कथा की व्याख्या बहुत ही विव्दत्तापूर्ण ढंग से करते है.शिक्षा की दृष्टि से ये दर्शनशास्त्र में एमए व पीएचडी हैं.मेरे कार्यक्षेत्र के कॉलेज में प्रोफेसर हैं किन्तु आध्यात्मिकता की खोज में निकले हैं.मैं बचपन से ही इनकी इस अभिरूचि के बारे में जानता हूँ,कह कर वे चुप हो गए.''अभी तक आपने गुरूदीक्षा ली या नही.''केशवाचार्यजी ने शान्तनु से पूँछा.''अभी तक तो नही.''इसकी इच्छा तो है.''बीच में ही वासुदेवाचार्यजी बोले. फिर थोड़ा रुक कहने लगे–''आप जैसा विव्दान व महान संत यदि दीक्षा दे तो कितना अच्छा हो.''–''नही ,वह तो ठीक है,पहिले इनकी भी तो इच्छा पता चले.''केशवाचार्यजी बोले.शान्तनु बोला–''आप मेरे गुरू बने तो मुझे बड़ी प्रसन्नता होगी.''सुन कर केशवाचार्यजी बोले–''तो ठीक है,कल आश्रम में और भी दीक्षाऐं दीक्षा कार्यक्रम में होंगी,उसी में तुम्हें भी सम्मिलित कर लेंगे.''

उधर पंडाल में संतो के प्रवचन आरंभ हो चुके थे.अतः सभी चुप हो ध्यान पूर्वक उन्हें सुनने लगे.ईश्वर के सगुण व निर्गुण रूपों पर प्रवचन हो रहे थे.

दूसरे दिन मंदिर के सभामंडप में गुरूदीक्षा कार्यक्रम रखा गया था.बहुत से संत अपने–अपने भक्तों को गुरूदीक्षा देते हुए गुरूमंत्र दीक्षित व्यक्ति के कान में बोलते हुए दे रहे थे.शान्तनु का नंबर

आया.यज्ञवेदी के पास जाकर वह बैठ गया.वहीं केशवाचार्यजी व वासुदेवाचार्यजी भी बैठे हुए थे.केशवाचार्यजी ने यज्ञवेदी से तपाए हुए शंख व चक्र पान के पत्ते पर कुछ देर तक रखे और फिर उसके कान में गुरूमंत्र दिया....सर्वधर्मान् परित्यज मामेकं शरणंब्रजः,अहं त्वयं सर्व पापेभ्यो मोक्षयिष्यामि तः मा शुचिः" और फिर पान के पत्ते पर थोड़े ठंडे होने को रखे शंख और चक्र क्रमशः उसके दोनों कंधों पर रख दिए.थोड—सी जलन हुई और फिर ठीक हो गई.उसके बाद उन्होंने शान्तनु को नाम दान भी दिया.बोले—"अब से तुम्हारा नाम —शान्तनु नही,राघवाचार्य मधुर कवि रामानुज दास होगा."इसके बाद थोड़ी देर और कार्यक्रम चला,फिर सब संत वहाँ से उठ कर भोजन कक्ष में चले गए.भोजनोपरांत सब अपने—अपने कमरों में जाकर विश्राम करने लगे.

वहाँ के कार्यक्रम लगभग समाप्त हो चुके थे.अब सभी संत—महात्मागण अपने—अपने स्थान जाने की तैयारी कर रहे थे.वासुदेवाचार्यजी भी वापिस जाने की तैयारी करने लगे.शान्तनु से उन्होंने अपने साथ चलने को कहा.इस पर वह बोला—"स्वामीजी,मैं वहाँ नही जाना चाहता,पुरानी स्मृतियाँ मैं पूरी तरह भूल जाना चाहता हूँ."——"फिर और क्या करना चाहते हो?कहाँ जाने का विचार है?ऐसा करो न हो तो तुम अपने गुरू श्री केशवाचार्यजी के साथ ही चले जाओ.उन्हें एक अपना सहारा भी मिल जाएगा."आचार्यजी ने उसे सुझाव दिया.शायद उन्होंने केशवाचार्यजी से पहिले से ही बात कर ली थी क्योंकि शान्तनु के इस विषय में सहमत होते ही उसे उन्होंने उनके साथ कर दिया.

केशवाचार्यजी भी दूसरे दिन वहाँ से चल दिए.शान्तनु उनके साथ था.उनके साथ उन्हीं के आश्रम में आकर शान्तनु को अच्छा लगा.नया माहौल,नये लोग.शहर से कुछ दूर एकांत सघन वन क्षेत्र के पास यह आश्रम था.सामने की सड़क से चलते हुए आश्रम आ जाता था.थोड़ी

दूरी पर शांत–प्रशांत एक नदी भी बहती थी.शान्तनु को ऐसी ही जगह की तो तलाश थी.जहाॅ वह हो तथा प्रकृति अपनी संपूर्ण छटा के साथ वनप्रांतर से मौनालाप करती हो.ऐसे में ही वह आनंद की अनुभूति महसूस करता था.

आश्रम बहुत विशाल था.यहाॅ सभामंडप से दूर हट कर प्रांगण के आसपास ही रहवासी क्षेत्र था.जिसमें सैकड़ों लोग किराये से रहते थे.इसी के किराये से आश्रम का दिन–प्रतिदिन का कार्य चलता था.वैसे आश्रम से थोड़ी दूर एक गाॅव में खेती की जमीन भी आश्रम के पास थी.जहाॅ से प्रतिवर्ष फसल पक जाने पर गेहूॅ,ज्वार,दालें वगैरह आश्रम हेतु आतीं थीं.वह सब खेती आश्रम व्दारा ही अपने किसी शिष्य को सेवाकार्य के रूप में फसल तैयार करने हेतु दे दी जाती थी.

आश्रम में मंदिर की पूजा वगैरह हेतु पुजारी,स्टोर की देखभाल हेतु कोठारी व रसोई व्यवस्था हेतु रसोईया रखा गया था.विभिन्न विधाओं में अध्ययनरत विद्यार्थी भी यहाॅ रहते थे.केवल भोजन और आवास की व्यवस्था उनकी आश्रम की ओर से की जाती थी.शेष व्यवस्था जैसे कपड़े,दैनंदिनी खर्च की व्यवस्था स्वयं विद्यार्थी को करनी होती थी.सुबह–शाम भगवान की स्तुति के रूप में विभिन्न संस्कृत के श्लोकों का पाठ सम्मिलित स्वर में वहाॅ पढ़ने वाले विद्यार्थी करते.पूजा–आरती में आसपास रहने वाले रहवासी,विद्यार्थी,आश्रम में आगत संत–जन भाग लेते.अच्छा आनंदित करने वाला माहौल था शान्तनु के लिए यहाॅ.

शान्तनु को स्वामी महाराज व्दारा अपने कमरे के पास वाला कमरा ही रहने को दिया गया.उसमें आवश्यक सब सुविधाऐं थीं.आरती–पूजा पाठ के बाद मंदिर में आए भक्तों के सामने वह भावमय स्वर में श्रीमद्भागवत कथा का पारायण करता,उसकी विव्दत्तापूर्ण ढंग से

हिन्दी में व्याख्या भी वह करता जाता.श्रोता शांत व एकाग्र भाव से इस भक्ति रस का पान करते.

आश्रम के सामने प्रांगण के पास ही एक गोशाला थी.पाँच–छै: गिर नस्ल की गायें इसमें थीं.इसी में स्थित एक कोठे में उनके लिए घास,भूसा आदि भरा रहता.ज्वार की कड़वी काटने की मशीन भी गायों के बँधने के स्थान पर एक कोने में रखी थी.

आश्रम के विद्यार्थी शाम के समय नियम से प्रतिदिन गोशाला की गायों के लिए इस मशीन पर ज्वार के सूखे डंठलों से बारीक कड़वी काटते थे जिसमें हरी व ताजी घास मिला कर गायों के आगे डाल दी जाती थी.वे बड़े चाव से उसे खातीं.उनके अच्छे खान–पान से वे दूध भी बहुत देतीं.यह दूध आश्रम के विद्यार्थियों,संतों एवं स्वामीजी हेतु पर्याप्त होता.

जब शान्तनु श्रीमद्भागवत् कथा का पारायण करता तो स्वामी श्रीकेशवाचार्यजी भी अपनी गादी पर सामने बैठे–बैठे शान्तनु के मुखारविन्द से झरती भक्तिरस की महती रसधारा में डूबते–उतराते हुए सोचते जाते––मेरी गादी का सही उत्तराधिकारी वासुदेवाचार्यजी ने मुझे सौंप दिया है.उन्हें हृदय से मन ही मन धन्यवाद देते हुए वे शान्तनु के चेहरे को देखते रहते.

कालांतर में स्वामी श्रीकेशवाचार्यजी का स्वास्थ्य गिरता ही गया,उनके शरीर की हालत बिगड़ती गई.अब वे सहायक होते हुए भी असहाय से लगते.वृद्धावस्था भी उसमें सहज रूप से शरीर के क्षय होने का स्वाभाविक कारण थी.उनका शरीर धीरे–धीरे क्षीण होता जा रहा था.हालांकि उनकी देखभाल के लिए सहायक था किन्तु शान्तनु स्वयं भी अपनी ओर से भरसक प्रयास करता कि उन्हें अपने किसी कार्य को करने में परेशानी न हो.उनके पास के कमरे में होने से रात

में भी उनकी देखभाल के लिए आता–जाता रहता.उनकी तबियत के बारे में खबर लेता रहता.

एक दिन जब इसी तरह आधी रात को वह उनको देख कर वापिस अपने कमरे में आ रहा था तो स्वामीजी ने उसका हाथ पकड़ कर उसे अपने पास ही रोक लिया.उसे अपने पास ही बैठने के लिए उन्होंने कहा.फिर उससे बोले–''राघवाचार्य,अब तुम्हें ही मेरा एक भार सम्हालना होगा.''सुन कर शान्तनु ने उनके चेहरे को एक पल देखा,वह उनके चेहरे पर आने–जाने वाले भावों को समझना चाहता था.स्वामीजी ने फिर उसे उसके दीक्षित नाम से पुकारते हुए कहा–''तुम्हें मेरे बाद मेरी गादी का भार भी संभालना होगा.''सुन कर शान्तनु चुप रह गया.फिर बोला–''स्वामीजी, आप दीघार्यु हों,ऐसी बातें अभी से क्यों सोच रहे हैं.''——''नही,मुझे मेरी मृत्यु का आसन्न आभास हो रहा है,ज्यादा समय नही है इसमें.यह ज्योति अब बुझ कर परम ज्योति में विलीन होना ही चाहती है,इसलिए कहता हूँ कि मेरे जीते जी इस आश्रम की गादी का भार किसी योग्य व्यक्ति को सौंप कर मैं निश्चिंत हो उस परम तत्व में विलीन होउँ.''शान्तनु फिर भी कुछ न बोला.उसके मन में उहापोह की स्थिति थी.उसके मन के किसी कोने में रेवती के प्रति आसक्ति अब भी थी,पता नही जीवन के कौन से मोड़ पर वह आकर मिले तो वह अपने–आपको रोक नही पाएगा.अगर महंतजी ने यह जिम्मेदारी उसे सौंपीं तो एक समस्या खड़ी हो जाएगी.''उसे चुप देख कर स्वामीजी बोले–''राघव क्या मेरी इतनी–सी बात भी न मानोगे?''सुन कर वह असहाय हो गया.बोला–''जैसा आप चाहें.''केशवाचार्यजी उसकी यह बात सुन कर मन ही मन प्रसन्न हुए.उन्हें लग रहा था कि कहीं वह इसके लिए मना न कर दे,क्योंकि इतने समय तक साथ रहने के बाद वह शान्तनु के स्वभाव को समझने लगे थे.वह किसी उत्तरदायित्व के बंधन में बँधने से बचता था.बस इधर–उधर अतृप्त सा भागा–भागा

फिरता था.श्रावणी का त्यौहार आनेवाला था.इसके एक दिन पहिले श्रीकेशवाचार्यजी ने आश्रम के सभी ट्रष्टियों की बैठक बुलाई और राघवाचार्यजी को अपनी गद्दी सौंपने की इच्छा बताई.ट्रष्टियों ने पहिले तो अपनी–अपनी आपत्तियॉ बताईं किन्तु उन्होंने उनकी किसी बात पर ध्यान नही दिया और अपना अंतिम निर्णय सुनाते हुए बोले–'' राघव ही मेरी गद्दी का उत्तराधिकारी होगा.मैं जल्दी ही उसे गद्दी सौंपने हेतु आश्रम में विशेष आयोजन करूँगा.''इसके बाद ट्रष्टियों के पास प्रस्ताव को स्वीकृत करने के अलावा और कोई रास्ता ही नही था.प्रस्ताव सर्वसम्मति से पास हो गया.व्यवस्था के अनुसार ट्रष्टियों को ट्रष्ट अध्यक्ष की इच्छानुसार ही कार्य करना था.श्रीकेशवाचार्यजी इस ट्रस्ट के अध्यक्ष थे.

शीघ्र ही शान्तनु को केशवाचार्यजी व्दारा अपनी गादी सौंपने की विधि प्रक्रिया आरंभ हुई.इस हेतु विभिन्न मठों के संतों को निमंत्रण–पत्र भेजे गए.

उनके आगमन पर यज्ञ,हवन–पूजन आदि के समाप्त होने के बाद केशवाचार्यजी ने सभी संतों,विव्दतजनों की उपस्थिति में उसे शाल–श्रीफल व अपना दण्ड सौंपते हुए अपने हाथों का सहारा देकर अपनी गादी पर बैठाया.चंदन,अक्षत,रोली–कुँकू का तिलक उसके मस्तक पर लगा कर उसके हाथों में श्रीफल भेंट किया गया.आगत संतों ने भी उसे तिलक लगा कर तथा श्रीफल भेंट कर व शाल ओढ़ा कर अपना आशीर्वाद दिया.

इस तरह शान्तनु अब राघवाचार्य के रूप में इस आश्रम का अधिपति बन गया था.आश्रम की सारी गतिविधियॉ,उसकी व्यवस्थाओं को चलाने का उत्तरदायित्व अब उसे ही सम्हालना था.थोड़े दिनों बाद केशवाचार्यजी अपने कमरे से बाहर निकलने में भी असमर्थ हो

गए.शान्तनु बड़े जतन से उनकी सेवा करता.उनके हर सुख–दु:ख का ध्यान रखता.

एक दिन फिर आधीरात को केशवाचार्यजी ने सेवक व्दारा शान्तनु को अपने पास बुलवाया और आश्रम की तिजौरी की चाबियाँ उसे सौंपते हुए बोले–''अब बस हो गया,अब इस दीपक की बाती का तेल समाप्त होने को ही है,बुझने में अधिक देर नही है.तुम मेरे पास ही बैठो,अच्छा लगता है.''शान्तनु ने देखा,उनकी आँखे अर्धनिमीलित सी अवस्था में हैं.जैसे वे स्वप्नों में खोए हों.शायद उनका सारा जीवन–चक्र उनकी आँखों के सामने से गुजर रहा हो.जन्म से लेकर अभी तक.फिर उन्होंने आँखें खोलीं.

शान्तनु को उन्होंने अपनी दोनों भुजाओं से अपनी ओर करने की कोशिश की,जैसे वे उसे अपने गले लगाना चाहते हों और फिर अर्धनिमीलित उनकी दोनों आँखें हमेशा के लिए बंद हो गईं.पिंजरे से पंछी उड़ चुका था.सारे आश्रमवासी जाग उठे.

सुबह उनकी अंतिम क्रिया संपन्न हुई.आश्रम वासियों के अतिरिक्त शहर के लोग भी भारी संख्या में उसमें सम्मिलित हुए.उनका अंतिम संस्कार समाप्त होने के बाद सभी दोपहर बाद आश्रम लौट आए.

अब शान्तनु संतश्री राघवाचार्यजी हो गए थे.आश्रम की व्यवस्था पूजा–पाठ,भजन–कीर्तन,प्रवचन व भागवत् कथा में पूरी तरह रम गए थे.अपना पिछला सब कुछ अब उनसे दूर था.जब आगत संतो के साथ उनका संवाद होता,विचार–विनिमय होता तो उन्हें बहुत अच्छा लगता.वे बड़े ही स्नेह व प्रेम पूर्वक उनका आश्रम में स्वागत करते.उनकी सुख–सुविधा,आराम वगैरह का अच्छी तरह ध्यान रखते.किसी–किसी संत के सानिध्य में उन्हें जीवन,जगत आदि के बारे में बहुत ही रोचक जानकारी मिलती.वह संत एक जगह तो ठहरते नही थे.उनका तो पूरा जीवन ही नदी के पानी की धार की

तरह बहता रहता था.आज यहाॅं तो कल और कहीं,ऐसे में उनका जीवन के प्रति अनुभव बहुत ही बहुमूल्य होता.वह अमूल्य अनुभव सुन कर राघवाचार्यजी विपुल आनंद से भर उठते.उन्होंने अभी जीवन में देखा ही क्या था.अब सब कुछ देख सुनकर उन्हें अपना अनुभव व ज्ञान उनके सामने अति तुच्छ लगता.फिर अभी उनकी उम्र ही कितनी थी.

उन्होंने मंदिर व आश्रम की देखभाल,उसकी आर्थिक व्यवस्था सब कुछ आश्रम के ही संत श्री माधवचार्यजी को सौंप दी थी.उन्होंने भी इस सबका हिसाब रखने के लिए एक मुनीम रख रखा था.इससे आय–व्यय का हिसाब आसानी से हो जाता था.राघवाचार्यजी तो केवल ट्रस्ट की मीटिंग्स के दिन जब माधवाचार्यजी पूरे माह का हिसाब–किताब उनके सामने रखते तो वे केवल सरसारी निगाह से देख कर ट्रस्टियों की बैठक में रख देते.वे तो केवल आध्यात्मिक चिंतन में ही अधिकतर लीन रहते.

00

नाश्ता करने के बाद स्वप्न में खोए राघवाचार्यजी का ध्यान भंग हुआ.कोई दरवाजे पर दस्तक दे रहा था.शायद उसे उनसे कोई काम होगा.अपना सबकुछ पिछला आज क्यों याद आ रहा था,यह उन्हें समझ में नही आ रहा था.ऐसा आज नया क्या हुआ कि पूर्व का पूरा जीवन उनकी ऑंखों के सामने आ खड़ा हुआ.फिर उन्हें दरवाजे की खटखटाहट का आभास हुआ तो उसे भीतर आने के लिए कहा– माधवाचार्यजी थे.वे कोई रजिस्टर लिए हुए थे.साथ में कोई कागजों का पुलिंदा भी था.पास में आकर उन्होंने वह कागजों का पुलिंदा उन्हें सौंपते हुए कहा–"वृन्दा के अस्पताल के खर्च का बिल आया है.आप देख लें."सुन कर उन्हें ध्यान आया.–"वृन्दा का क्या हुआ?वह कैसीं हैं?"उन्होंने माधवाचार्यजी

से पूँछा.-"ठीक हैं,उन्हें होश आ गया है,महिना-पंद्रह दिनों में वे पूरी तरह ठीक हो जाऐंगीं.एक-दो दिनों बाद उन्हें अस्पताल से छुट्टी भी मिल जाऐगी."सुन कर उन्हें अच्छा लगा.बोले-"बिल का भुगतान कर दो,बाद में इस सम्बन्ध में सोचेंगे.मानवता के नाते यह तो करना ही होगा."सुन कर कुछ देर और वे बैठे और फिर बाहर आ गए.

माधवाचार्यजी लगभग पचास की उम्र के होंगे.वे उसके यहाँ आने के पहिले से ही यहीं पर थे,जो काम अभी कर रहे है,वही पहिले से ही वे करते आ रहे थे.पढ़े-लिखे थे,विव्दान थे.वेदपाठी थे.उन्होंने वेद-उपनिषद पर कुछ पुस्तकें भी लिखीं थीं.जीवन में उन्हें निस्सारता अनुभव हुई और केशवाचार्यजी के सानिध्य में आकर रहने लगे.बाद में उन्हीं से गुरूदीक्षा लेकर यहीं रह कर आश्रम की देखभाल करते थे.

00

चार-पाँच दिन बाद वृन्दा को अस्पताल से छुट्टी दे दी गई.उन्हें सभामंडप के बाद प्रांगण के एक ओर बने हिस्से में एक स्वतंत्र रसोईघर की व्यवस्था सहित दो कमरों का भवन रहने के लिए दे दिया गया.आश्रम की सेविकाएं उनकी सेवा के लिए रख दी गईं.राघवाचार्यजी ने उन्हें उनके पूरी तरह ठीक हो जाने तक उन्हीं के साथ रहने के लिए कह दिया.वे आश्रम के कार्यों के बाद उन्हीं की सेवा-सुश्रिषा में लगीं रहतीं.सेविकाएं ही उनका भोजन,पथ्य वगैरह बनातीं.कमरे की साफ-सफाई वगैरह भी वे ही करतीं.दोपहर में संत श्रीराघवाचार्यजी भी उन्हें देखने कमरे में आए.खड़े-खड़े ही उन्होंने वृंदा से उनके हाल जाने फिर उन्हें माँ के अवसान के कारण दुःखी देख कर बोले-"वृंदा दुःखी मत हो,आप तो ज्ञानी हो,मायामय संसार है,प्रारब्ध की पोटली बाँधे जीव इस संसार में आता है और उसके लिखे अनुसार ही जीवन जी कर चला जाता है.तुम ठीक हो

जाओ फिर उनका विधिवत सब कार्य कर्मकांड की व्यवस्थानुसार हो जाएगा."संतश्री की वाणी सुन कर वृंदा को थोड़ा संतोष हुआ किन्तु मॉं तो मॉं ही होती है,उसका अभाव व्यक्ति को भीतर तक तोड़ देता है.

लोगों को ज्यों–ज्यों वृंदा की कार दुर्घटना की खबर मिल रही थी,वे लोग वृंदा से मिलने आश्रम आने लगे थे.उनका भक्त संसार भी व्यापक ही था.उनके प्रवचनों में अपार भीड़ होती थी.अतः जब उनकी दुर्घटना की खबर उन्हें लगी तो उनका यहॉं आना स्वाभाविक था.सबसे पहिले तो जिस कार्यक्रम के लिए घर से निकली थीं,जब वह वहॉं न पहुॅंचीं तो कार्यक्रम के आयोजकों ने उनके न आने के कारणों का पता लगाने का प्रयास किया.फिर जब उन्हें उनकी कार दुर्घटना की खबर लगी तो वे लोग बेचेन होकर दुर्घटना स्थल की ओर चल दिए.इसके बाद वृंदा के अस्पताल में भर्ती होने के समय भी उनकी खोज खबर लेते रहे किन्तु अब वृंदा के ठीक होकर यहॉं आश्रम में रहने की खबर जानने के बाद वे उनसे मिलने आए.संतजी श्रीराघवाचार्यजी के आदेश से वृंदा से मिलने आने वालों के लिए आश्रम की धर्मशाला खोल दी गई.वे आए,वृंदा के स्वास्थ्य के बारे में उनके हालचाल जाने और फिर संतजी से मिल कर उनके इलाज हेतु अस्पताल में हुए खर्च के बारे में पूॅंछा.माधवाचार्यजी ने जो वहीं संतजी के पास ही बैठे थे,राघवाचार्यजी कुछ कहें इसके पहिले ही अस्पताल के बिल उन्हें बता दिए.वे लेन–देन के मामले में एकदम व्यवहारिक थे.उन लोगों ने उसी समय उन बिलों के हिसाब से चैक बना कर उन्हें सौंप दिया.दो –एक दिन वे लोग और यहॉं रुके फिर दुबारा वृंदाजी को कार्यक्रम के लिए लेने के लिए आने का कह कर चले गए.

इसी तरह पूरे देश से रोज, दस–पॉंच लोग–अच्छी–अच्छी पहुॅंच वाले,सरकारी अधिकारी,उद्योगपति,राजनीतिक नेता व मंत्री वगैरह

वृंदा से मिलने आते रहे.मिलने के बाद वे थोड़ा समय रुकते और चले जाते.

एक दिन रेवती के पिता भी जो वृंदा के बहुत ही प्रशंसक व भक्त थे,उनके प्रवचनों को वे बड़े ध्यान व मनोयोग से सुनते थे,वे भी आए.धर्मशाला में ठहरे.उनके साथ रेवती की मॉं व सेवक वगैरह के साथ रेवती भी आई थी.

वे वृंदा का हालचाल व सुविधा–असुविधा पूँछ कर जल्दी ही चले गए.उन्हें किसी काम से जल्दी ही लौटना था.शायद उन्हें संसद सत्र आरंभ होने के कारण उसमें भाग लेना आवश्यक था.उनके साथ रेवती की मॉं व सेवक भी चला गया था.रेवती वहीं रुक गई थी.उसने उनसे वृंदा की पूरी तरह ठीक होने तक उनकी सेवा–सुश्रुषा की इच्छा जताई थी.अपनी प्रिय लाड़ली पुत्री की यह इच्छा शायद उसके पिता ठुकराना नही चाहते थे तथा यह काम भी उसका पवित्र था क्योंकि साध्वी की सेवा से बढ़ कर और क्या धर्म हो सकता है.अतः उन्होंने उसे वृंदा के सुपुर्द कर वापिस राजधानी लौट जाना ही श्रेयस्कर समझा.

रेवती ने भी वृंदा की सेवा–सुश्रुषा की पूरी जिम्मेदारी अच्छी तरह सम्हाल ली थी.वह उन्हीं के साथ उनके कमरे के पास वाले कमरे में रहने लगी थी.उनकी रसोई वगैरह भी वह सेविकाओं की सहायता से तैयार करवाती.उनकी दवा देने के समय की सावधानी से तथा पथ्य वगैरह का भी वह ध्यान रखती.

00

वृंदा अब लगभग ठीक ही हो गई थीं.रेवती की देखभाल व सेवाभाव से वह बहुत प्रभावित हुई.अब वह उठने–बैठने भी लगीं थीं.वह रेवती से जीवन के विभिन्न पहलुओं पर बात भी करतीं.दर्शन,इतिहास,धर्मशास्त्र

वगैरह के कितने ही विषयों पर वह रेवती के ज्ञान व विषय पर उसकी पकड़ से प्रभावित थीं.अधिकतर समय वह किताबें ही पढ़ती रहती थी.संतश्री राघवाचार्यजी इस भवन में अधिकतर अतिविशिष्ट अतिथियों को ही ठहरने की अनुमति देते थे.अतः इसमें इतिहास,दर्शन,विज्ञान आदि विषयों की प्याप्त पुस्तकें थीं.वृंदा इतने दिनों से इन सब विषयों से दूर रही थीं,अतः उनका इन पुस्तकों के प्रति आकर्षण स्वाभाविक था किन्तु रेवती उन्हें अधिक लिखने–पढ़ने से मना करती.कभी–कभी तो वृंदा न मानती तो आग्रहपूर्वक उनके हाथ से पुस्तक छीन कर भी रख देती.कहती–''यदि आपको पढ़ना इतना ही आवश्यक है तो कौन–सी पुस्तक का कौन सा अध्याय पढ़ना है,वह उसे बता दें.उन्हें वह पढ़ कर सुना देगी.''वृंदा को पहिले नहाने से डॉक्टर ने मना किया था,तब रेवती गीले तौलिये से पूरा बदन पौंछ देती किन्तु अब वे नहाने लगीं थीं.अकेली तो नहा नही पातीं,रेवती उन्हें नहाने में सहायता करती.नहाने के बाद वे रामायण खोल कर बैठ जातीं.उन्हें सुन्दरकाण्ड पढ़ना बहुत अच्छा लगता था.वैसे तो बालकाण्ड को भी वे पढ़तीं किन्तु सुन्दरकाण्ड में उनका मन विशेष अनुरक्त था.

रेवती को अब उनकी देखभाल से समय मिलने लगा था.अतः वह सुबह–शाम आश्रम के मंदिर की आरती में भी सम्मिलित होने लगी थी.उस समय राघवाचार्यजी अपने कमरे में ध्यान लगाए बैठे रहते.यह उनके ध्यान,प्राणायाम का समय होता.इसके बाद पुष्पांजलि व भजन–प्रवचन,कथा–वाचन के समय वे बाहर निकलते.तब प्रथम दिन रेवती ने उन्हें देखा तो क्षण भर अचंभित हो, देखती ही रह गई.जैसे उन्हें पहचानने का प्रयास कर रही हो.सिर पर घुंघराले काले सुन्दर बाल जो पीछे जूड़े के रूप में बंधे थे.माथे पर वैष्णव तिलक,बलिष्ठ सुन्दर बदन पर ब्रजवासियों की तरह केशरिया बंडी व उसके बाद लाल रंग की शोले वाली धोती पहिने वह बहुत ही आकर्षक लग

रहे थे.पहली बार तो वह उन्हें पहचान ही नही सकी.आश्रम में सब उन्हें संतश्री राघवाचार्यजी के नाम से जानते व पुकारते थे.वे सबके स्वामीजी थे. विद्यार्थी,कोठारी,रसोईया,पुजारी या भक्तजन को उन्हें संबोधित करना हो तो स्वामीजी कह कर ही संबोधित करते.अतः वह एक क्षण को तो समझ ही नही पाई किन्तु फिर दो–तीन बार उन्हें ध्यान से देखने पर उसे पूर्ण विश्वास हो गया कि वह शान्तनु ही है.एक दिन जब श्रीराघवाचार्यजी पूजन–अर्चन,भजन वगैरह से निवृत्त हो अपनी गादी पर बैठे थे,अकेले थे तथा वहीं पास ही छोटी–सी रैक में रखी किताबों में से कोई किताब निकाल कर पढ़ रहे थे,तब वह जाकर उनके सामने जमीन पर सुखासन में बैठ गई.राघवाचार्यजी अभी भी पुस्तक पढ़ने में व्यस्त थे.रेवती के थोड़ी देर और सामने बैठे रहने से उनका ध्यान पुस्तक से भंग हुआ और उसे सामने बैठे देख कर वे चौंक गए.फिर सामान्य होते हुए बोले–"कुछ कहना है मुझसे?"ऐसा उन्होंने उससे इसलिए पूँछा था क्योंकि इस समय बहुत से भक्त अपनी समस्यायें लेकर उनके पास आकर उनका समाधान पूँछने का प्रयास करते थे.वे इसी तरह आकर उनके सामने नीचे जमीन पर बैठ जाते थे.रेवती कुछ न बोली,बस बैठी–बैठी उन्हीं की ऑंखों में झॉंकती रही.राघवाचार्यजी बैचेन–से हो उठे.वही रूप,लावण्य,चंचलता से भरी उसकी ऑंखें,शरीर से फूट–फूट कर आ रही सुगंध.वे अपने आपको संभाल न पाए और उठ कर अपने कमरे में जाने लगे.रेवती उन्हें जाते हुए देखती रही.बोली कुछ नही.जब वे चले गए तब वह भी वहॉं से उठी और वापिस अपने भवन लौट कर आ गई किन्तु उसका मन अशांत व चित्त व्याकुल था.

शान्तनु के अचानक वहॉं से चले आने के बाद उसने उन्हें कहॉं–कहॉं नही ढूढा.कॉलेज में पूँछा,शायद उन्हें ही उसके जाने वाले स्थान के बारे में पता हो किन्तु नही,यहॉं तक कि उसके गॉंव,उसकी ससुराल व सभी जगह पता लगाया किन्तु सब उसके जाने व गंतव्य

के बारे में अनजान थे तथा चिन्तित भी थे.उनकी अपनी–अपनी समस्यायें भी थीं जिनमें वे लोग उलझे हुए थे.

घर आकर जब उसके पिताजी ने उसकी शादी की बात की.रिश्ते तय करने की कोशिश की तो उसने उन्हें मना कर दिया.माँ तो बहुत ही पीछे पड़ी रही किन्तु वह न मानी,अकेली ही शान्तनु का इंतजार करती रही.

आखिर जब वृंदा की कार दुर्घटना की खबर अखबार में पढ़ी और पिताजी ने उसे भी साथ चलने को कहा तो वह उनके साथ यहाँ आ गई थी.उसके पिताजी वृंदा का हाल जानने के लिए बैचेन थे.उन्हीं के साथ यहाँ आकर व शान्तनु को देख कर और उसे देखने के बाद भी उससे बात तक न कर सकने के कारण भीतर से अशांत थी,एक जबर्दस्त मंथन चल रहा था उसके भीतर.वह शान्तनु से मिली तो किन्तु उसने उससे बात क्यों नही की.वह सोचने लगी कि आगे होकर उनसे बात करे,किन्तु उसे यह उचित नही लगता था.इसी तरह वह सोचे जा रही थी.तभी वृंदा ने उसे कमरे में आवाज लगा कर बुलाया.वह गई.उसका उतरा हुआ चेहरा तथा उसे चिन्तित व उदास देख वे बोलीं–"क्या बात है,तुम उदास क्यों हो?पिता,माँ की याद आ रही है क्या?जाना चाहती हो उनके पास?"वह उनसे उस समय कुछ न बोली,केवल उसकी आँखों से आँसुओं की धार बह कर जमीन पर गिरने लगी.उसे ऐसा रोते देख वृंदा भी भीतर तक दुःखी हो उठीं.बोलीं–'रेवती,केवल दुःख ही है जो बाँटने से कम होता है,मुझे अपने मन की बात नही बताओगी?रेवती कुछ क्षणों तक उनका चेहरा देखती रही फिर विषय बदलने के लिए उनसे बोली–"आपकी दवा का वक्त हो गया है."कह कर वह वहाँ से उठ कर जाने लगी.वृंदा ने उसे जाने से रोका,बोलीं–"दवा तो मैं खा लूँगी किन्तु अपने मन की बात तो तुम्हें बतानी ही होगी." कह कर उन्होंने उसे हाथ पकड़ कर अपने पास बैठा लिया.रेवती को राघवाचार्यजी के

बारे में सब कुछ बताना पड़ा.आरंभ से अंत तक सुनने के बाद वे भी चुप हो सोच में पड़ गईं.फिर कुछ देर बाद संयत होकर बोलीं—''इस मामले में तो तुम्हें आगे होकर स्वयं ही बात करनी होगी.आखिर पता तो चले कि उनके मन में क्या है.क्यों ऐसे भागे—भागे फिरते हैं किन्तु वास्तव में अब तो यह दोनों के लिए ही बहुत बड़ी समस्या बन गई है.वह संत हैं,इतने बड़े आश्रम के मठाधीश हैं,बड़ा मुश्किल होगा यह सब उनके लिए.पहिले ही यह सब स्पष्ट रूप से तुमने उनसे तय क्यों नही कर लिया.''कह कर वे रुक गईं.—''मैंने यह नही सोचा था कि वे इतनी जल्दी वह सब छोड़ कर इधर—उधर भटकने लगेंगे.मेरे पीछे मेरे माता—पिता शादी के लिए दवाब बना रहे थे .इसलिए मुझे पहिले उन्हें समझाने हेतु उनके पास जाना पड़ा.बाद में वहाॅं से वापिस आकर मैं इन्हें भी समझाती किन्तु इसके पहिले ही वे सब कुछ छोड़ कर अज्ञात की ओर चल दिए.'' इसके बाद उसने उठ कर उन्हें दवा वगैरह दी.वे भी इस सब को सुन कर गहन सोच में पड़ गईं.रेवती उनके पथ्य वगैरह की व्यवस्था हेतु किचन में चली गई.

00

दूसरे दिन रोज की ही भाॅंति राघवाचार्यजी स्नान हेतु नदी की तरफ चले.रेवती भी पीछे—पीछे चल दी.राघवाचार्यजी अपनी ध्यानस्थ अवस्था में चले जा रहे थे किन्तु जबसे उन्होंने रेवती को देखा था,वे विचलित हो उठे थे.न मंदिर की पूजा—पाठ में और न ही वहाॅं की अन्य गतिविधियों में उनका मन लग रहा था.बस हर समय रेवती का चेहरा ही सामने आ जाता था.वे चलते—चलते नदी के रास्ते में पड़ने वाले एकांत में स्थित राजाओं व्दारा अपने लिए बनवाए घाट व वहाॅं लगे विस्तृत आमृकुंज तक आ गए थे.वे वहीं घाट की सीढ़ियों पर बैठ कर सोचने लगे,तभी थोड़ी देर में उनके पीछे—पीछे रेवती भी आ गई.रेवती को वहाॅं देख कर वे फिर चौंक कर उठे और नदी की

ओर नीचे उतरने लगे.रेवती ने उन्हें पुकारा—''शान्तनु इतने निष्ठुर तो न बनो.'' वह रुक गए.रेवती के पास आ जाने पर बोले—''देखो रेवती पहिले मैं सामाजिक बंधनों में बॅधा था और आज आध्यात्मिक बंधन है,मैं चाह कर भी कुछ नही कर सकता.''पहिले मेरी बात तो सुनो,मुझे अपने मन की बात तुम्हें पहिले ही बतानी थी.मैंने अपना जीवन तुम्हें ही समर्पित किया है,इसी कारण माता—पिता व्दारा इतना दवाब बनाने पर भी मैंने विवाह नही किया.अब सब कुछ तुम पर निर्भर है.'रेवती बोली.सुन कर राघवाचार्यजी भीतर तक विचलित हो उठे.—''मेरी स्थिति समझ कर भी तुम जिद क्यों ठाने बैठी हो,मैं वैष्णव संत हूॅ.परमार्थ की राह पर चल पड़ा हूॅ,जहॉ स्वयं को तथा समाज को परमार्थ के मार्ग पर ले जाना ही मेरा कर्तव्य है,जीवन का उद्देश्य भी यही है.मै और मेरा जीवन अब मेरा नही रहा है,वह समाज व भगवान के चरणों में समर्पित है.'' कह कर वह उठे और नदी पर नहाने चल दिए.रेवती वहीं बैठी रह गई.

00

दस—पंद्रह दिनों बाद वृंदा लगभग पूरी तरह ठीक हो गई.अब वह अपने भवन से निकल कर आश्रम के भीतर भी जाने लगी थी.मंदिर के क्रियाकलापों में भी भाग लेती थी किन्तु मर्यादा का बंधन ऐसा था कि अपने स्वास्थ्य लाभ में राघवाचार्यजी के योगदान के कारण वह रेवती के बारे में उनसे कुछ न कह सकीं.वे अन्य विषयों पर उनसे बात करतीं थीं किन्तु रेवती की बात उनके ओठों तक आकर रुक जाती थी.

थोड़े दिनों बाद उनके प्रवचन कार्यक्रम होने शुरू हुए.सबसे पहिले तो दुर्घटना के पहिले वाले स्थान के लोग ही उनके प्रवचनों हेतु उन्हें लेने आ गए.वहॉ जाने के पहिले वे रेवती को साथ लेकर

राघवाचार्यजी के पास गईं और बोलीं–"मैं तो अब अपने कार्यक्रमों हेतु जा रही हूॅ,रेवती की जिम्मेदारी मैं आपके सुपुर्द करती हूॅ,क्योंकि इसके पिता इसे मुझे सौंप कर गए थे.अब आप जानो,इसे अपनी शिष्या बना कर आश्रम में साध्वियों की तरह रखो या सामान्य कामकाज करवाओ."उनकी बातें सुन कर राघवाचार्यजी ने एक बार उन्हें देखा,फिर रेवती की तरफ देखते हुए बोले–"उसी निवास में जब तक रहना चाहो रहो, फिर मैं तुम्हारे पिता को सूचित कर उन्हें तुम्हें वापिस लिवा जाने के लिए कह दूॅगा."रेवती कुछ न बोली,चुपचाप वृंदा का चेहरा देखते हुए उन्हीं की ओर चल दी.उनकी गाड़ी तैयार थी.वे उसमें बैठीं और चली गईं.

राघवाचार्यजी ने वृंदा से रेवती के बारे में उसे उसके पिता के पास भेजने की बात कह तो दी थी किन्तु उनका मन रेवती के कारण बैचेन था.जो राग इतने दिनों में भक्ति में परिवर्तित हो चुका था,वह मोह–राग उन्हें अपनी ओर जकड़ रहा था,किन्तु जिन परिस्थितियों में वे थे उसमें इस सबके लिए जगह ही नही थी.इसी उधेड़बुन में रह कर वे वहॉ अधिक देर तक बैठे न रह सके.उठे और अपने कमरे में जाकर ध्यानमग्न हो बैठ गए.मन अशांत था,विचारमग्न थे,क्या करें? जो कुछ वह वहॉ छोड़ कर आए थे आज पुनः वह सब उनके सामने था.स्थितियां ऐसी नही थी कि उसे सहज रूप में स्वीकार कर लिया जाय.यहॉ आकर उन्होंने अपने आप को आश्रम की गतिविधियों,छात्रों की शिक्षा,उनकी उन्नति तथा भगवान वेंकटेश्वर के चरणों में अपने आपको समर्पित कर दिया था किन्तु अब क्या हो?ऐसी स्थिति में बहुत देर तक बैठे रहने के बाद लगा–कोई कमरे के दरवाजे पर खड़ा उन्हें पुकार रहा है.उन्होंने उसे अंदर आने के लिए कहा तो सेवक भीतर आकर बोला–"कोई भक्त आपसे मिलना चाहता है."उन्होंने उसे भीतर बुलवाया–कोई दानी था.आश्रम की व्यवस्था हेतु कुछ आर्थिक रूप से दान करने का कह रहा था.उन्होंने

कुछ देर उससे बातचीत की,फिर माधवाचार्यजी को बुलवा कर उनके साथ उसे रवाना कर दिया.

दोपहर का वक्त हो रहा था.भगवान को भोग लगने का समय था,अतः वे उठे और और बाहर अपनी आरामकुर्सी पर आकर बैठ गए.

उधर रेवती अपने कमरे में बैठी किताबों की आलमारी में से किताबें निकाल कर कुछ पढ़ने की कोशिश करती रही,किन्तु उसके मन में कुछ और ही चल रहा था."उसे उनसे स्पष्ट रूप से बात करनी होगी.ऐसे नही चलेगा.जब यहाँ तक आकर उन्हें उसने ढूढ ही लिया है तो फिर बिना कुछ बात किए तथा तय किए,वह कही नही जाऐगी.इसके लिए मिलने का समय उसे तय करना होगा.कोई एकांत स्थान हो.उसने सेवक से पता किया था कि शाम के समय वे घूमने आश्रम के पास की सड़क से होकर दूर जंगल के एकांत में जाते हैं.बहुत देर तक घूमते हैं.क्यों न वहीं उनसे बात की जाय".यही सोच कर वह उठी.रसोई में जाकर उसने अपने लिए दोपहर का भोजन बनाया और खा–पीकर आराम करने लगी.नींद लग गई.शाम के लगभग चार बजे होंगे,ठंड का समय था.मौसम में धीरे–धीरे ठंडक घुलने लगी थी.वह उठी, तैयार हुई और चल दी.

00

राघवाचार्यजी का आज दिन भर से मन उव्दिग्न था.भोजन भी वह ठीक से न कर सके थे.दोपहर को थोड़ी देर लेटे और फिर करवट बदलते हुए कुछ देर किताबें देखते रहे.आश्रम की व्यवस्था सम्बन्धी कुछ समस्यायें लेकर इसी समय माधवाचार्यजी आ गए,उनसे विचार–विनिमय कर उन्हें सुलझाया और फिर जब वे बैठक से उठ कर जाने लगे तब उन्हें रोकते हुए उनके हाथ में एक सीलबंद लिफाफा दिया और बोले–"किन्ही भी परिस्थितियों में यदि मैं उपलब्ध न होउ तो ट्रस्ट की बैठक बुला कर उसमें यह रख देना."उसमें

उनका उस आश्रम के महंत की गादी से त्यागपत्र स्वीकार कर श्री माधवाचार्यजी को महंत पद सौंपने का उल्लेख था.फिर वे लेट गए.नींद नही आई.कहीं भी मन नही लग रहा था.सोच रहे थे कहीं एकांत सूनेपन में चले जाऐं.वे अपने कक्ष से बाहर निकले और ऐसे ही चल दिए.आज सेवक को भी साथ में नही लिया.चलते चले गए.

वही रोज घूमने की जगह वाला जंगली एकांत आ गया था.गहन वन की एकांत नीरवता अब उन्हें सुकून दे रही थी.वे एक बड़ी–सी चट्टान पर बैठ गए.ऑखें बंद थी उनकी.जैसे ध्यानमग्न हों.तभी किसी स्त्री आवाज ने उन्हें पुकारा–"शान्तनु!" उन्होंने अपनी ऑखें खोलीं.–रेवती थी.वह उसे देख कर चौंक–से गए. बोले–"इस एकांत सूनेपन में तुम क्या कर रही हो?"–"भीतर का सूनापन जब बहुत गहरा गया हो,तब बाहरी नीरवता व सूनापन तुच्छ लगता है."रेवती ने उत्तर दिया.फिर कुछ रुक कर बोली–"शान्तनु,भगवान के इस अनोखे प्रसाद रूपी जीवन को ऐसे ही खो देना क्या उचित है?ये भटकाव कहीं तो समाप्त होना ही चाहिए."सुन कर राघवाचार्यजी बोले–"शान्तनु अब नही है,राघवाचार्य ही जीवन का सत्य है.मैं चाह कर भी इससे बाहर नही आ सकता.तुम मेरे पीछे अपना जीवन क्यों नष्ट कर रही हो."–"अब ये जीवन मेरा कहॉ रहा.मैंने तो उसी दिन अपने आपको तुम्हारे सुपुर्द कर दिया था.जब आप पहली बार एमए की कक्षा के पहिले पीरियेड में पढ़ाने आए थे.अब जहॉ आप वहॉ मैं."रेवती बोली.–" यौवनावस्था के व्यर्थ कच्चे,कोमल व आधार रहित प्यार की बातें न करो.अब तुम परिपक्व हो,अपने बारे में सोचो."राघवाचार्यजी बोले.फिर एकाएक चुप हो कुछ देर तक ऐसे ही बैठे रहे दोनों.इसके बाद वह उठे और वापिस आश्रम की ओर चल दिए.रेवती वहीं बैठी सूने आसमान की ओर ताकती रही.

00

दूसरे दिन प्रातः होने में देर थी.राघवाचार्यजी उठे.वे रात भर सो न सके थे.मन में चैन नही था.उन्होंने तय कर लिया था कि मन की शान्ति के लिए उन्हें यह स्थान भी छोड़ना ही होगा.उन्हें फिर अज्ञात की ओर निकलना होगा.

वे उठ कर बाहर के मुख्य दरवाजे तक आए.सेवक से बाहरी बड़े दरवाजे को खुलवाया और ऐसे ही चल दिए.सेवक ने साथ में चलने का आग्रह किया किन्तु उन्होंने उसे मना कर दिया.वे अंधेरे में चले जा रहे थे.सुबह होने में अभी देर थी.

उधर रेवती भी रात भर जागती रही थी.जब उसने बाहरी दरवाजा खुलने की आवाज सुनी तो वह भी उठी और बाहर आकर राघवाचार्यजी को दरवाजे से बाहर निकलते देखा तो वह भी उन्हीं के पीछे–पीछे चल दी.

दोनों एक दूसरे से अनजान चले जा रहे थे.सुबह की पहली सिन्दूरी आभा पूर्वांचल में उभरने लगी थी.इसके बाद सूरज की किरणें गहरी लालिमा लिए हुए छा गई थीं.सुबह हो गई थी.महीन रश्मियों का पुंज लिए सूर्य पूर्व दिशा में पूरी तरह खिल उठा था.

यही सुबह का सूरज तो नवजीवन का संदेशवाहक व जीवन में खुशियों व इच्छाओं की पूर्ति का प्रतीक था.राघवाचार्यजी विचारों में इतने खोए थे कि उन्हें पता ही नही था कि किन राहों पर चल रहे हैं,ऐसे ही बहुत देर तक चलने के बाद उन्होंने पीछे देखा–रेवती भी पीछे–पीछे चली आ रही थी.अपने विचारों में खोए रहने से उन्हें उसका अहसास ही नही हुआ किन्तु इस बार वे उसे देख कर भाव–विव्हल हो उठे.वह उनसे बहुत दूर नही थी,जल्दी ही पास आ गई.कुछ देर तक दोनों ने एक–दूसरे को देखा, फिर ऐसे ही देखते हुए खड़े रहे.राह सुनसान थी,आवागमन अभी आरंभ नही हुआ था.फिर राघवाचार्य ही बोले–'रेवती यह क्या करती हो.'रेवती कुछ

न बोली.बस आकर गले लग कर बोली–''अब से तुम मेरे शान्तनु ही हो.''वह रोती जा रही थी.ऑखों से ऑसू टपाटप गिरते जा रहे थे.बोली–''अब बस,जहाँ तुम,वहाँ मैं.मैं अब तुम्हारे बिना नही जी सकती.तुम जैसा मुझे रखोगे,रहूँगी.''सुन कर शान्तनु विचारों में खो गया.उसके आगे जीवन में अजीब–सी परिस्थिति बन गई थी.वह रेवती को चाहता तो था किन्तु इस परिस्थिति में वह क्या करे,न हाथ में रुपया–पैसा,न कोई पद,वह सड़क पर खड़ा था.ऐसे में उसे लग रहा था कि रेवती उसके साथ चल कर बहुत दु:खी होगी.वह कह जरूर रही थी कि जैसी भी स्थिति होगी,वह साथ ही रहेगी किन्तु व्यवहारिक रूप में जब भूख–प्यास,धूप–छाँह वगैरह वास्तविक परेशानियाँ आएंगी तब क्या होगा.फिर उसके पास अब कोई आश्रय भी नही था,जहाँ वह रुक सकें.वह तो आश्रम से अज्ञात के अंधेरे में अपने–आप को खोने के लिए निकला था.

उसे चुप देख रेवती बोली–''आप दूसरी बातों की चिंता न करें.मेरे खाते में पर्याप्त रुपया जमा है.कहीं भी ठिकाना बना लेंगे.फिर अपनी योग्यता के अनुसार कुछ भी कर लेंगे.नौकरी या व्यवसाय,कुछ भी.''शान्तनु चुपचाप सुनता रहा.फिर कुछ रुक कर बोला–''और तुम्हारे पिता,पता है वे कितने प्रभावशाली व्यक्ति हैं.वे देश के किसी भी कोने से हमें ढूँढ निकालेंगे.इसके बाद पता नही वे कैसा व्यवहार हमारे साथ करेंगें.''

रेवती कुछ पल चुप रही.फिर उसकी ऑखों में झांकते हुए बोली–''वह सब तुम मुझ पर छोड़ो,मैं उन्हें मना लूंगी.''अब वे साथ–साथ ही चलने लगे थे.

जल्दी में चलते हुए शान्तनु ने वही महंत वाली लुँगी व बंडी ही पहिन रखी थी.ऐसे में जब लोग दोनों को एक साथ देखते थे तो उनकी ऑखों में लाखों प्रश्न भर उठते थे.अतः शान्तनु बोला–''ऐसे

कपड़ों में आगे जाना ठीक न होगा तथा इस शहर में मुझे जानने वाले भी अधिक ही होंगे.पहिले कुछ टैक्सी वगैरह करके दूसरे शहर चलते हैं,बीच में ठीक से कपड़े भी खरीद लेंगे,फिर आगे देखा जाएगा.''रेवती उसकी बातों से सहमत लगी.

इसके साथ ही शान्तनु के दिमाग में एक बात और चल रही थी कि क्या साधुत्व का त्याग इतना आसान है.कहीं उसे इसका धार्मिक रूप से प्राचश्चित न करना पड़े किन्तु फिर भी रेवती का संग–साथ उसे अपने जीवन से भी अधिक प्रिय लगा.सुबह के बाद अब तक आठ–नौ बजे होंगे.

बाजार खुलने लगे थे.ट्रेवल एजेन्सी का कार्यालय सामने ही आ गया था.शान्तनु ने रेवती से कहा–''मैं यहीं ठहरता हूँ,तुम ऐजेन्सी वाले से टैक्सी तय करके ले आओ,फिर देखेंगे.कहते हुए वह एक मकान के ओटले पर बैठ गया.रेवती टैक्सी लेने ऐजेन्सी की तरफ चल दी.थोड़ी ही देर में एजेन्सी वाले की दुकान खुली.रेवती ने उससे टैक्सी लेने की बात की,एजेन्सी वाले ने सब बातें तय कर टैक्सी हेतु ड्रायवर को फोन लगा कर बुलाया,वह आया,रेवती टैक्सी में बैठी और शान्तनु के पास आ गई.शान्तनु भी उसमें बैठा और टैक्सी चल दी.थोड़े समय बाद जब टैक्सी मुख्य बाजार से गुजर रही थी तब एक रेडीमेड कपड़ों की दुकान खुली देख कर रेवती ने टैक्सी रुकवाई और शान्तनु के लिए पेंट,शर्ट वगैरह खरीद कर ले आई.टैक्सी फिर चल दी.टैक्सी में ही शान्तनु ने बंडी निकाल कर बुशर्ट व बैठे–बैठे ही लुँगी की जगह पेंट पहिना और फिर कुछ पल इधर–उधर देखने के बाद वह रेवती की ओर देखने लगा.वह लगातार उसका चेहरा देख रहा था.उसे अपनी ओर इस तरह देखते हुए देख कर रेवती मुस्कुराई.फिर उसने साड़ी के पल्लू से अपनी मुस्कुराहट छिपाने की कोशिश की.उसे ऐसा करते देख शान्तनु बोला–''इतने दिनों बाद आज तुम्हें भरपूर निगाह से देख रहा हूँ.सच्चाई तो यह है कि जिस

समय तुम पीएचडी के लिए मेरे पास लायब्रेरी के केबिन में मुझसे मिलने आई थीं,तभी लगा था कि यह तुम्हारे प्रति मेरा आकर्षण इतना अधिक क्यों है,लगा था कि तुम्हें इसी समय गले से लगा लूँ किन्तु मर्यादा के बंधन होते हैं.इसी कारण मैं तुमसे एक दूरी बनाने का प्रयास करता रहा.’’रेवती कुछ बोली नही.वह टैक्सी से दूसरे शहर पहुँचने का लगभग एक से डेढ़ घंटे का समय ऐसे ही एक—दूसरे को देखते हुए ही कटा.रेवती भी कनखियों से शान्तनु को देखती रही थी.

जब दूसरा शहर आ गया तो टैक्सी वाले ने टैक्सी रोकी.इन लोगों ने उसका किराया चुकाया.वह चला गया,तब शान्तनु रेवती को देखते हुए बोला—’’अब आगे क्या?’’सामने समुद्र का किनारा था.अभी सुबह के दस बजे होंगे.समुद्र के किनारे सुबह घूमने वाले,व्यवसाय करने वाले अभी भी वहाँ थे.कुछ लोग समुद्र के किनारे बैठ कर उसकी लहरों की किलकारियाँ देख रहे थे.रेवती ने शान्तनु का हाथ पकड़ा और समुद्र के किनारे की ओर चलने लगी.वहाँ जाकर वह बैठ गए.समुद्र की लहरें आतीं थीं,उन दोनों के पैरों को छूकर चली जातीं थीं.रेवती वहीं किनारे की रेती को अपने पैरों के आसपास इकट्ठा कर घरौंदा बनाने लगी.इसी समय समुद्र की एक बड़ी—सी लहर आई और उसे बहा कर ले गई’’.बस यही जीवन है.’’शान्तनु बोला.रेवती उठ कर उसके और पास आई.बोली—’’अब हमें हमारे आगे के बारे में सोचना चाहिए.’’’’यही मैं कह रहा था.’’शान्तनु ने कहा.’’इसके लिए पहिले हम एक—दो दिन आराम कर लें,फिर सोचते हैं.’’रेवती बोली.—’’ठीक है,कहाँ रुकना है,मंदिर,होटल या धर्मशाला में?’’—’’मंदिर वगैरह में हम बहुत ठहर लिए अब किसी हॉटल में ही ठहर कर आराम से आगे के बारे में सोचते हैं.’’रेवती ने कहा.दोनों उठ कर चल दिए.वहाँ पीने के लिए नारियल पानी का ठेला लगा था,उससे लेकर दोनों ने उसे पिया और आगे चल दिए.समुद्र के किनारे ही एक हॉटल था,दोनों उसके भीतर गए और रेवती ने एक

कमरा देने के लिए वहॉ के रिसेप्सन पर कहा.उसे ऐसा करते देख शान्तनु ने धीरे से उसके कान में अलग–अलग कमरा लेने के लिए कहा.–"अभी इतना पैसा खर्च करने की जरूरत नही है.आगे के बारे में भी तो सोचो."रेवती बोली. सुन कर वह चुप हो गया.डबल बेडरूम था.वे अपने रूम में आए.शान्तनु ने रेवती से बेड दूर–दूर करने के लिए कहा.–"इसकी क्या जरूरत है?"रेवती बोली.–"नही यह उचित नही होगा.पहिले विधिवत विवाह करेंगे फिर यह सब ठीक रहेगा."शान्तनु ने कहा.सुन कर रेवती चुप हो गई.दोनों ने हाथ–मुॅह धोया,ताजा होकर नाश्ते के लिए आर्डर दिया.नाश्ता कर वे लोग आगे के बारे में सोचने लगे.रेवती बोली–"पापा को सब कुछ बताना पड़ेगा,नही तो वे आसमान सिर पर उठा लेंगे.पता नही क्या मुसीबत खड़ी करें वे."सुन कर शान्तनु बोला–"वे यह सब सुन कर तो नाराज होंगे?"–"नही,मैं उन्हें समझा कर मना लूॅगी."कह कर उसने वहीं से राजधानी में अपने पापा को फोन लगाया.मॉ ने फोन उठाया.

वास्तव में वहॉ बहुत चिन्ता हो रही थी,क्योंकि आश्रम से उनके पास फोन गया था कि रेवती आश्रम में नही है तथा कुछ बता कर भी नही गई है.अतः उसके पिता ने अपने सूत्रों को सभी जगह उसे ढूढने के लिए कह दिया था.

जब उन्हें पता चला कि रेवती यहॉ है तो वे स्वयं तथा रेवती की मॉ–दोनों ही अगली फ्लाईट से वहॉ आ गए.हॉटल में उन दोनों को वहॉ देख कर एक पल को उसके पिता चकित रह गए.यह उन्हें अनुचित भी लगा किन्तु फिर वे सामान्य होकर रेवती से बोले–"यह क्या है,तुमने इस बारे में मुझे आज तक बताया भी नही.राजनीति में मेरे कैरियर पर इसका क्या असर होगा,तुमने एक पल को भी यह नही सोचा."मॉ को तो बस इसी बात से सांत्वना थी कि उनकी बेटी सही सलामत थी.वे सीधी–सादी घरेलू महिला थीं.व्यर्थ के पचड़े से दूर रहतीं थीं.बेटी के सिर पर हाथ फेर कर बोलीं–"ठीक है,बेटी तो

मिल गई न,यही बहुत है.बाद की चीजें हम वहाँ चल कर सुलझा लेंगे.''सुन कर उसके पिता बोले–''नही,पहिले हमें शान्तनु की भी इच्छा जाननी होगी.क्या विचार है आगे तुम्हारा?''शान्तनु से उन्होंने पूँछा.शान्तनु चुप रहा.बीच में रेवती बोली–''हम शादी करना चाहते हैं.''–''तुम्हारी तो बात हमने सुन ली,शान्तनु को भी तो कुछ कहने दो.''कह कर वे शान्तनु की तरफ देखने लगे.अपनी ओर उन्हें देखते देख कर शान्तनु बोला–''यह जीवन नदी–नाव संयोग है,किसी को अपने कर्मों से पीड़ा न पहुँचे,यही हमारा प्रयास होना चाहिए.मैंने रेवती की बहुत उपेक्षा की,यह तो पढ़ते समय से ही मेरे प्रति अपना रुझान बता चुकी थी किन्तु मैं इससे दूर भागता रहा.सोचता रहा–मेरी इस उपेक्षा से ही शायद वह अपना विचार बदल देगी किन्तु अब उसके समर्पण व त्याग को देख कर मैं भी चाहता हूँ कि उसी के साथ सांसारिक जीवन जिउँ.''सुन कर रेवती के पिता बोले–''और गाँव में जो तुम्हारा लड़का व पत्नि है,उसका क्या.''उनकी आवाज में थोड़ी तल्खी भी थी.सुन कर शान्तनु बोला–''भावात्मक रूप से उसका मेरे साथ कभी रिश्ता रहा ही नही.वह स्वार्थी,कपटी व ईर्ष्यालु महिला है.इसके बाद वह मेरा गाँव वाला घर भी छोड़ कर अपने मायके में रहती है.कभी उसने घर वापिसी की बात तक नही की.वह वहीं सुखी है,और क्या.''–''नही,फिर भी कानूनी समस्याये तो आऐंगी ही.कल से वह भी बीच में आकर खड़ी हो गई तो.''रेवती बीच में ही बोली–''तो क्या,लालची है ही वह जो माँगेगी,देकर मामला समाप्त कर देंगे.''सुन कर वे सोच में पड़ गए.उसकी माँ तो अभी भी उसके पास ही खड़ी हो उसके बाल सहला रही थी.–''नही,दोनों की शादी के पहिले इस झंझट को समाप्त करना होगा.नही तो यह मेरे राजनीतिक कैरियर पर प्रभाव डालेगा.''वह बोले.शान्तनु व रेवती चुप थे.उन्हें चुप देख रेवती के पिता बोले–''तय रहा,रेवती तुम हमारे साथ चलो,शान्तनु घर जाकर कॉलेज की नौकरी ज्वॉईन करे व पहली पत्नि से तलाक ले,फिर आगे की देखेंगे.''सुन कर शान्तनु तो कुछ

न बोला.रेवती बोली–''नही मैं शान्तनु के साथ ही जाउँगी.''–''यह सामाजिक रूप से उचित नही होगा''.उसकी मॉ बोली.फिर कुछ रुक कर बोलीं–''थोड़े समय की ही तो बात है,तलाक होते ही हम दोनों की शादी करवा देंगे.फिर जैसी तुम्हारी मर्जी वैसा करना.''उसके पिता चुपचाप सुनते रहे.अचानक रेवती बोली–''जाउँगी तो मैं शान्तनु के साथ ही,चाहे जो हो.मैं किसी की परवाह नही करती.''कुछ देर तक कोई कुछ न बोला.फिर रेवती के पिता बोले–''अच्छा ठीक है,जाओ दोनों साथ किन्तु वहॉ पहुँच कर तुम शहर वाले बंगले पर रहोगी व शान्तनु अपने कॉलेज के क्वार्टर में.अब तो ठीक है.''रेवती बोली–''हॉ यह ठीक है.''इसके बाद वे सब अपने–अपने काम में लग गए.शान्तनु व रेवती समुद्र किनारे घूमने चले गए व रेवती के पिता व उसकी मॉ रेस्त्रा में भोजन करने चले गए.

रेवती और शान्तनु जब वहॉ से घूम कर लौटे तो उसके पिता वहॉ से वापिस राजधानी जाने हेतु तैयार बैठे थे.उन्होंने ऐजेन्ट से अपनी और इन दोनों की वापिसी की फ़्लाईट की टिकटें भी बनवा कर मॅगवा ली थी.थोड़ी देर में वे लोग टैक्सी में बैठ कर चले गए.रेवती और शान्तनु अपने हाथ में अपनी वापिसी की टिकटें लिए बैठे थे.अचानक शान्तनु बोला–''हम पहिले तिरूपति भगवान वैंकटेश के दर्शन करने जाएँगे फिर आगे की देखेंगे.''रेवती बोली–''ठीक है.''कह कर उसने ट्रेवल एजेन्ट को बुलवा कर पहिले तिरूपति जी की और फिर वहीं से अपने शहर जाने की टिकिट बुक करने के लिए कहा.थोड़ी देर में वह टिकिट बना कर ले आया.रेवती ने अपने क्रेडिट कार्ड से उसका भुगतान किया और दोनों नहाने चले गए.

उनकी तिरूपति की टिकिट दूसरे दिन की थी.अतः वे दिन भर शहर में घूमते रहे.वहॉ के विशेष प्रसिद्ध मंदिर,समुद्र तट तथा अन्य दर्शनीय स्थानों पर घूमते रहे और दूसरे दिन सबेरे उठ कर हॉटल

छोड़ कर सीधे हवाई अड्डे पहुँचे और तिरूपति बालाजी के लिए चल दिए.

तिरूपति शहर भी सामान्य शहरों जैसा ही था.मंदिर के पास जाकर वे वहाँ के रजिस्ट्रेशन काउन्टर पर पहुँचे.उन्होंने रजिस्ट्रेशन पर्ची पकड़ा दी जिसमें दर्शन का समय तथा दिन लिखा था.रेवती ने शायद यह रजिस्ट्रेशन हॉटल से निकलने के पहिले ही करवा लिया था.मंदिर ऊपर पहाड़ी पर था.बहुत ऊँची चढ़ाई थी.वहाँ जाने के लिए बस की व्यवस्था थी.दोनों जाकर बस में बैठे.बस चल दी.जैसे–जैसे बस पहाड़ी सड़क पर चढ़ती थी,एक घबराहट–सी होती थी.आसपास रमणीय क्षेत्र था.

वहाँ पहुँच कर देखा–भक्तों भीड़ बहुत थी.वहाँ धर्मशाला,अन्नक्षेत्र वगैरह सब कुछ था.दोनों नहा धो कर हॉटल से चले थे.रजिस्ट्रेशन के अनुसार उन्हें जल्दी ही भगवान के दर्शन का लाभ मिल गया.मंदिर के भीतर बहुत ही भव्यता थी,भगवान की सुन्दर मूर्ति को देख शान्तनु कुछ देर तक वहाँ ध्यानमग्न हो खड़ा रहा,फिर दोनों दर्शन कर वापिस चल दिए.

नीचे आकर टैक्सी ली और फिर अपने शहर जाने के लिए हवाईअड्डे पहुँच गए.फ्लाईट में देर थी.अतः वहाँ बैठे रहे.उड़ान का समय होने पर उसमें बैठे और अपने शहर आ गए.

अभी तक चुप बैठी रेवती बोली–"मैं घर नही जाउँगी.तुम्हारे साथ ही क्वार्टर में रहूँगी" "––नही यह अनुचित होगा,फिर गाँव घर में खबर पहुँची तो मंथरा विवाह–विच्छेद पेपर पर दस्तखत करने से मना कर देगी.अतः तुम अभी अपने बंगले पर ही रहो,फिर बाद में आगे की देखेंगे."सुन कर शायद उसे भी यह अच्छा लगा.अतः वह रास्ते में ही अपने बंगले पर उतर गई.शान्तनु अपने क्वार्टर में आ गया.अभी सेवक वहाँ नही था.उसे फोन कर क्वार्टर खुलवाया

और उससे चाबी लेकर अपने पास रख ली.उसने कॉलेज की सारी गतिविधियाँ बताईं.उसने यह भी बताया कि उसकी छुट्टी की एप्लीकेशन वाला लिफाफा उसने ऑफिस में दे दिया था.

दूसरे दिन जब वह डिपार्टमेंट पहुँचा तो वहाँ उसे देख सभी कानाफूसी करने लगे.एक ने तो उसे यह भी कह दिया कि हम तो समझ रहे थे कि अब तुम कभी नही आओगे.वैसे तुम्हारी छुट्टियाँ मंजूर हो गई हैं.उसने ज्वाईनिंग कॉलेज ऑफिस में दी और अपने विभाग में आकर अपनी कक्षा के छात्रों को पढ़ाने चला गया.

अगले दिन रेवती,शान्तनु व मंथरा के सम्बन्ध विच्छेद वाले पेपर अपने वकील से बनवा कर ले आई.शान्तनु को वे पेपर देते हुए बोली–''अब तुम आज ही कॉलेज के बाद गाँव चले जाओ और इन कागजों पर उसके दस्तखत करवा कर ले आओ,बदले में वह जो कुछ माँगे उसे देने के लिए हाँ कर देना.मैं सब व्यवस्था करवा दूँगी.वहाँ के दस्तखत हो जाने के बाद मजिस्ट्रेट से भी स्वीकृति लेनी होगी.तब पूरी तरह यह काम ठीक से होगा.कल दिन भर मैं अपने वकील से इसी विषय पर बातचीत करती रही और कागज तैयार करवा कर ले आई हूँ.''शान्तनु ने उन कागजों को अपने हाथ में लेकर सोचा–''क्या रिश्ते–नाते कागज पर उकेरे और मिटाए जा सकते हैं.मेरा बच्चा है उसके पास,मैं दिल से उसे चाहता हूँ.भाव ही तो सम्बन्धों के वाहक होते हैं.''उसे चुप देख रेवती बोली–''क्या सोच रहे हो,यहाँ से अब वापिस नही लौटा जा सकता.अब आगे ही चलना है,उसी का सोचो.''शान्तनु बोला–''ऐसी क्या जल्दी है इस सब में?चार–आठ दिन रुक जाते है,शान्ति पूर्वक विचार कर फिर देखते हैं.''——''अब विचार क्या करना,पापा के सामने हम सबने निर्णय कर ही लिया है.तुम्हारी भी उसमें स्वीकृति थी,फिर सोच–विचार कैसा.मंथरा से दस्तखत करवाने में झिझक हो तो मैं चली जाती हूँ.इसके लिए,किन्तु यह ठीक नही रहेगा.वैसे भी वह तुम्हें तो चाहती

भी नही.कब से तो उसने तुम्हारी सुध नही ली.”कह कर वह चुप हो गई.इसके बाद रेवती घर के काम देखने लगी.शान्तनु थोड़ी देर बाद डिपार्टमेंट चला गया.आज वह कुछ उखड़ा हुआ लग रहा था. उसके भीतर एक व्दंद—सा चल रहा था.अग्नि को साक्षी मान कर जिसे उसने अपनी पत्नि माना,क्या कागज पर दस्तखत उस रिश्ते को समाप्त कर देंगे.फिर दूसरे पल सोचता––उसके मन में मेरे लिए किंचित मात्र भी तो स्नेह नही है.उसने कभी मेरी फिक्र की नही.दूसरी बात वह स्वयं तो मंथरा के पास इस काम के लिए जाएगा नही.मम्मा से कह कर देखता है.वह जैसा कहेंगे,वैसा वह करेगा.

वह घर आया.रेवती ने भोजन वगैरह बना लिया था.खा कर आराम करने जा ही रहा था कि रेवती बोली–”अब आराम छोड़ो,गाँव चलने की बात करो.तुम बस से न जाना चाहो तो मैं कार से ले चलती हूँ.”सुन कर शान्तनु बोला–”नही,मैं बस से ही चला जाता हूँ.”कह कर वह थोड़ी देर के लिए कुर्सी पर बैठ गया.उसे लग रहा था जैसे कोई उसे किसी अनर्थ की तरफ धकेल रहा हो.फिर उठा और बाहर की ओर चलने लगा.इसी समय रेवती बोली–”जब तक तुम गाँव से वापिस आओगे नही,मैं यहीं तुम्हारा इंतजार करूँगी.”बाहर चलते हुए ही शान्तनु ने उसकी बात सुनी, फिर रेवती ही कार लेकर उसके पीछे—पीछे आ गई.बोली–”मैं कार से बस स्टेन्ड तक तुम्हें छोड़ देती हूँ.”दोनों कार में बैठे और बस—स्टेन्ड की तरफ चल दिए.

शान्तनु बस में बैठ कर भी शांत नही था.वह यह सब कैसे कर सकेगा.यही वह सोच रहा था.फिर उसे अपने मम्मा का ध्यान हो आया.वे तो गाँव भर की समस्यायों में मध्यस्थ बन कर सही सलाह देकर सुलझाते हैं,वह इस समस्या का भी कुछ न कुछ हल तो निकलवा ही देंगे.बस उसके गाँव के पास पहुँच ही गई थी.बस के रुकने पर वह उतरा और भरका की तरफ चल दिया.भरका की पहाड़ी के मुहाने पर ही तो गयादीन की दुकान थी.अब तक

वह अनाज का बड़ा व्यापारी बन गया था.आसपास के गॉव के किसान उसी को अपनी फसल बेचते थे तथा वह उनका एकमुश्त नगद में भुगतान कर देता था.बाजार में उसकी अच्छी साख बन गई थी.शहर में भी उसका कारोबार फैल गया था.शान्तनु को देख कर गयादीन अपनी दुकान की गादी से उठ कर बाहर आया और बोला–"भईया,बहुत समय हो गया आपसे मिले,क्या गॉव–देहात अब आते ही नही,शहर में ही रहते हो?"–"नही,ऐसा तो कुछ नही,इन दिनों व्यस्त था."कह कर शान्तनु आगे जाने लगा.गयादीन ने उसे बीच में ही रोक लिया.–"भईया इतने दिनों बाद तो दिखे हो,घर पर ठहर कर कुछ खा–पीकर ही जाओ."उसने जब बहुत आग्रह किया तो शान्तनु दुकान के अंदर उसके साथ जाकर एक तरफ बैठ गया.गयादीन ने उसके लिए जलपान मॅगवाया.जल–पान के बाद गयादीन ने उससे पूॅछा–"इधर का कोई विशेष काम निकल आया क्या?"गयादीन के यह पूॅछने पर शान्तनु पहिले कुछ भी बताने पर झिझका.फिर उसने वह कागज उसे देते हुए कहा–"इन पर मंथरा के हस्ताक्षर करवाने हैं.अब जब वह अपने मायके में जाकर ही बैठ गई है तो रिश्ता रखने से ही क्या फायदा."सुन कर कुछ पल गयादीन चुप रहा, फिर बोला–"ठीक कह रहे हैं आप,उसके पिता मिश्राजी अभी पिछले गुरुवार को ही तो अपनी फसल लेकर मेरे पास बेचने आए थे,अभी उसके पैसे भी उनके मेरे पास ही पड़े हुए हैं.तुम्हारे बारे में भी वे पूॅछ रहे थे.कुछ चिन्तित से थे.पूॅछने पर बोले–"क्या करें,मंथरा तो बीच में पड़ी है,अभी उसकी उम्र ही क्या है,शान्तनु का कोई पता ठिकाना है नही,वह भी यहॉ आना नही चाहती,कुछ निकाल हो तो मेरी जान छूटे.कुछ फैसला हो जाता तो मैं भी इस तरफ से निश्चिंत हो जाता."–"मैंने उस समय कुछ जवाब नही दिया था.तुम्हारा यह काम मैं करवा दूॅगा.आज ही उनके पास संदेशा भिजवा कर बाप–बेटी को बुलवा लेता हूॅ.उनकी फसल के पैसे देने ही है,अतः दौड़े–दौड़े आऍगे."गयादीन ने यह कह कर अपने एक

नौकर को पास बुलाया और मिश्राजी के गाँव के किसी आदमी को बुला कर उन्हें मिलने आने के लिए कहलवाया.

इस बीच शान्तनु बोला–''भैया,मैं यहाँ आया ही हूँ तो मम्मा से भी मिल ही लूँ,मैं गाँव होकर आता हूँ.कह कर वह चलने लगा तो गयादीन बोला–''आप आराम से उनसे मिल कर आओ,मिश्राजी और मंथरा आएँगे तो मैं उनसे इन कागजों पर हस्ताक्षर करवा कर रख लूँगा.शान्तनु को भी यह ठीक लगा.वह मंथरा से आमने–सामने मिलना भी नही चाहता था.वह बाहर आकर भरका की पहाड़ी चढ़ कर गाँव की तरफ चल दिया.

गाँव पहुँच कर उसकी गलियों से होकर चलते समय जो भी उससे मिलता राम–राम होती.घर के सामने पहुँच कर उसे लगा घर जाकर क्या करूँगा,मम्मा तो कुँएँ पर होंगे,अतः वह वहाँ से सीधे कुँएँ पर ही चल दिया.

कुँएँ पर पहुँच कर उसने देखा,मम्मा गन्ना चरखी पर थे.चरखी चल रही थी और गन्ने का रस निकल–निकल कर बड़े–बड़े मटकों में इकट्ठा हो रहा था.मटकों का रस पास में जल रही बडी–सी भट्टी पर चढ़े कढ़ाव में डाला जाता था.जहाँ इसे ओट कर गुड़ बनाया जा रहा था.उसे देख कर मम्मा सब कुछ छोड़ कर उसके पास आए और गले लग कर रो–से पड़े.–''तूने तो हमें भुला ही दिया,इतने दिनों बाद आया है.''मम्मा बोले.शान्तनु ने इसके बाद घर–व्दार के हालचाल पूँछे.वह वहाँ बैठा रहा.मम्मा ने कढ़ाव पर बन रहे उटते हुए गन्ने के रस से बने गुड़ के उपर की पपड़ी ठंडी कर खाने को दी.बड़ी ही स्वादिस्ट थी.

वह वहाँ अधिक देर नही रुका.वापिस चल दिया.रास्ते में ठाकुरों की बस्ती पड़ती थी.वहाँ से गुजरते हुए उसे सुम्मेरसिंह मिल गए.वे ठाकुरों में सबसे असरदार व्यक्ति थे.सब उनका सम्मान करते

थे,उन्होंने उसे अपनी पौर में बैठा लिया.उसके हालचाल जानने के बाद बोले’–"गाँव में यह फैला है कि मम्मा ने रधिया को अपना लिया है.अब सच्चाई भगवान जाने."उसने इस बात का कोई जवाब नही दिया.वह वापिस लौट पड़ा,फिर भरका की पहाड़ी उतर कर वह गयादीन की दुकान के सामने से निकला और दुकान के भीतर चला गया.इस समय तक गयादीन का रधिया से हुआ लड़का स्कूल से आ गया था.अब वह नौंवी में पढ़ रहा था.मम्मा के कहने पर उसे उसने पास ही रख लिया था.पाँचवी तक गाँव में स्कूल था,अतः वहाँ तब तक वह पढ़ता रहा.अब यहाँ रह कर पढ़ रहा था.अच्छा दिखने लगा था.गयादीन ने बताया कि पढ़ने में भी वह तेज था.

दूसरे दिन दोपहर को मिश्राजी और मंथरा दोनों गयादीन के पास आए.गयादीन ने उन्हें उनकी फसल के बाकी के रुपए दिए और पास में बैठा कर घर–गृहस्थी की बातें करने लगा.फिर बोला–"पिछली बार आप आए थे तो मंथरा के भविष्य के बारे में बात कर रहे थे,बोलो मामला निपटाना है,तो कहो."सुन कर मिश्राजी बोले–"कोई रास्ता हो तो बताओ."–"तुम्हें इन कागजों पर मंथरा के दस्तखत करवाने होंगे.फिर मंथरा अलग और भईया अलग,तुम चाहो तो फिर मंथरा की दूसरी शादी करवा देना."गयादीन ने उनसे कहा.मंथरा के पिता अधिक पढ़े–लिखे न थे.उन्होंने वे कागज मंथरा को पकड़ा दिए.वह दसवीं तक पढ़ी थी.अतः कागज लेकर वह उन्हें पढ़ने लगी.फिर तैश भरे गुस्से में आकर गयादीन से बोली–"पैन होगा आपके पास?"–"हाँ,क्यों नही."कह कर गयादीन ने उसे गादी से उठा कर पैन दिया.उसने उसी समय गुस्से भरे अंदाज में उन कागजों पर अपने हस्ताक्षर कर दिए.गवाह के रूप में उसके पिता और गयादीन ने अपने एक नौकर के दस्तखत करवा दिए.दस्तखत करके मंथरा वैसी ही तैश में उठी और मिश्राजी से बोली–"अब घर नही चलना है क्या?"मिश्राजी को कुछ समझ में नही आ रहा था.वह बिना कहे

उठे और मंथरा के हाथ से साईन किए हुए कागज लेकर गयादीन को देकर दुकान के बाहर आ गए.

शान्तनु उस समय बाजार गया हुआ था.वह बहुत दिनों बाद इधर आया था.अतः बहुत से लोगों से मिलना चाह रहा था.जब वह लौट कर वापिस आया तो गयादीन ने वे मंथरा के व्दारा हस्ताक्षरित कागज उसे देते हुए कहा–''अब तो भईया खुश हो.''–''इसमें खुशी क्या,एक गांठ थी जो निकल गई.शाम की बस से मैं वापिस चला जाउँगा.''शान्तनु बोला.गयादीन वहाँ से उठ कर दुकान के काम में लग गया.कोई अनाज का बड़ा व्यापारी आया हुआ था.उसका हिसाब–किताब उसे करके देना था.

शाम की बस से शान्तनु वापिस शहर आ गया.जब वह घर आया तो उसने देखा उसके क्वार्टर का दरवाजा खुला ही है.उसने सोचा नौकर आया होगा किन्तु वह रेवती को देख कर दंग रह गया.बोला–''तुम अभी तक यहीं हो?लोग क्या कहेंगे.''–''कहने दो उन्हें जो कहना है.हमें क्या.''वह बोली.–''अरे,कम से कम मेरी स्थिति को तो समझो.''शान्तनु बोला.वह बोली–''हाँ,ठीक है,शादी के बाद तो सबका मुँह बंद हो ही जाएगा.''फिर रुक कर पूँछने लगी–''वहाँ क्या हुआ?कागज पर उसके हस्ताक्षर हो गए?''शान्तनु ने उससे कुछ न कहते हुए मंथरा के हस्ताक्षरित कागज उसके हाथ पर रख दिए.उसने उन्हें उलट–पलट कर उसके हस्ताक्षर देखे और फिर खुश होते हुए बोली–''अब तो यह रुकावट भी खत्म.''कहती हुई वह शान्तनु के गले लग गई.शान्तनु बोला–''जल्दी मत करो,थोड़ा समय दो,किसी भी काम में इतनी जल्दबाजी ठीक नही.''दरअसल वह मंथरा के बिना किसी लाग–लपेट के तुरंत कागजों पर हस्ताक्षर करने से थोड़ा दुःखी–सा था.उसे मन में कही लग रहा था कि वह इन कागजों पर इतनी आसानी से हस्ताक्षिर नही करेगी,बल्कि उससे मिल कर पहिले बात करेगी.अपने आप को सुधार कर नए तरह से जीवन

जीने के लिए कहेगी किन्तु उसने तो सब कुछ इतनी जल्दी समाप्त कर दिया.अब वह अपने बच्चे से भी न मिल सकेगा.आज पहली बार उसे रेवती की यह जल्दबाजी अच्छी नही लग रही थी किन्तु वह बोला कुछ नही.टेबल पर बैठ कर कुछ काम करने लगा.रेवती बोली–''खाना तैयार है,खालो.फिर मैं चली जाउॅंगी.''कहती हुई वह किचन में जाकर वहॉं से भोजन की थाली परोस कर ले आई.शान्तनु उठ कर बाथरूम चला गया.वहॉं से हाथ–मुॅंह धोने के बाद आकर टेबल पर बैठ कर भोजन करने लगा.रेवती भी साथ में खा रही थी.खाना खाने के बाद रेवती सुबह आने का कह कर चली गई.

घर जाकर सबसे पहिले उसने अपने पिता को फोन लगा कर सब बताया.वह बोले–''कल जाकर इन कागजों को सिटी मजिस्ट्रेट से सत्यापित करवा कर मुझे वॉट्सएप कर देना.फिर आगे देखेंगे.दूसरे दिन रेवती ने इस सम्बन्ध में आगे की पूरी प्रकिया सम्पन्न करवाई और पिता को वाट्सएप पर उन्हें भेज दिया.उन्हें पाकर वे बोले–''अब कोई रुकावट नही है,जब तुम कहोगी,तुम्हारी शादी कर सकते हैं.

इसके बाद वह शान्तनु के पास आकर बोली–''बताओ,अब कब शादी करनी है,पिताजी पूॅंछ रहे थे.''शान्तनु बोला–''थोड़ा रुको रेवती,इतनी जल्दी नही करो.''–''क्यों अब क्या है,तुम हमेशा अनिर्णय की स्थिति में ही क्यों रहते हो.सब कुछ चाहते हो दूसरा ही करे.जीवन ऐसे नही चलता.तुम्हें किसी भी काम के लिए संकल्पबद्ध होना होगा तथा उस पर दृढ भी रहना सीखना होगा.यह क्या कि किसी ने तुम्हारी शादी मंथरा से करवा दी,तुमने कर ली,बाद में फिर बह कर इधर–उधर हो लिए.यह नही होना चाहिए.इस सम्बन्ध में तुम्हें ही निर्णय लेना है.''कह कर वह जाने लगी तो शान्तनु को लगा,वह चली गई तो फिर से वह अकेला हो जाएगा.अब तो मंथरा भी अपनी नही रही.रेवती भी इसी तरह नाराज हो कर चली जाएगी.अतः उसने रेवती को हाथ पकड़ कर रोका.बोला–''अच्छा,तुम

क्या चाहती हो."–"मैं चाहती हूॅ कि जब पिताजी तैयार हो गए हैं तो फिर उन्हें शादी के लिए हॉं कह देते हैं.'रेवती बोली.–"ठीक है,कह दो."शान्तनु ने धीरे से कहा.रेवती ने वहीं से अपने पिता को फोन लगाया,बोला–"आप कब यहॉं आ सकते हो,यह तय कर के शादी की तारीखें हमें बता देना."उधर से आवाज आई–"अभी संसद सत्र चल रहा है.यह दस दिन बाद समाप्त हो जाएगा,फिर आकर पंडित को बुलवा कर वहीं सब तय कर लेंगे."इसके बाद रेवती की अपनी मॉं से भी बात हुई.वह अपनी बेटी की शादी की बात सुन कर बहुत ही खुश थीं.उस दिन पूरे समय वह शान्तनु के यहॉं ही रही.पूरे दिन शादी–विवाह की तैयारियों की लिस्ट बनाती रही.किस–किस को शादी में बुलाना है,कहॉं से शादी करनी है और कैसी–कैसी तैयारियॉं होनी है अभी.यह सब वह एक कागज पर लिखते हुए शान्तनु से कहती जा रही थी.शान्तनु चुप था.

कुछ दिनों बाद रेवती के पिता,मॉं शहर आ गये.उन्होंने रेवती से कहा–"शान्तनु को एक बार घर बुलाओ,उससे भी इस सम्बन्ध में बात कर लेते हैं.शादी में क्या करना है आदि–आदि.

रेवती ने शान्तनु के पास आकर पिताजी का संदेशा दे दिया और बोली–"कार में बैठो,पिताजी ने तुम्हें मिलने के लिए बुलवाया है."शान्तनु कुछ न बोला.उसे उनसे मिलने में भी झिझक हो रही थी.बोला–"वे नाराज तो नही होंगे,खुश तो हैं न इस शादी से?"रेवती बोली–"तुम डरते क्यों हो,चलो तो, उनकी लड़की से शादी कर रहे हो,इस कारण वे शादी के पहिले तुमसे मिलना ही चाहेंगे."शान्तनु बोला–"अभी तुम जाओ,मैं कॉलेज से होते हुए वहॉं आता हूॅ."उसके शब्दों में झिझक स्पष्ट झलक रही थी.रेवती ने उसका हाथ पकड़ा,कार का दरवाजा खोला और कहा–"बैठो."वह बैठ गया.कार चल दी.इसके बाद भी शान्तनु का मन सशंकित था.पता नही वे उसके साथ कैसा व्यवहार करें.

वहाँ पहुँच कर रेवती ने उसे बैठका में बैठाया और पिताजी को बुलाने भीतर चली गई.बड़ा भव्य बंगला था.रेवती को देख कर उसने ऐसी कोई कामना नही की थी किन्तु अब यह सब देख कर उसे डर लग रहा था.इतने बड़े,प्रभावशाली,राजनीतिज्ञ व धनवान घर में वह विवाह करे भी कि नही.इन लोगों के आगे तो वह कुछ भी नही है.

थोडी देर में उसके पिता आकर सामने वाले सोफे पर बैठ गए.वे लगभग पचास–पचपन के होंगे.रौबीला चेहरा,भव्य व्यक्तित्व किन्तु साथ ही राजनीतिज्ञ की भाँति चतुर–चालाक आँखें.वे उसी की ओर देख रहे थे.फिर बोले–"शान्तनु,तुम्हारे घर में बड़ा कौन है,पिता,माँ,भाई या अन्य कोई.?"उसने कहा–"माँ और पिता तो रहे नही,दादी थीं,वह भी चलीं गई.एक मम्मा हैं,वे अनपढ़ हैं,खेती–किसानी करते हैं.अविवाहित हैं.घर में सबसे बड़ा मैं ही हूँ."–"तो ठीक है,तुमसे ही सब बातें करनी होंगी मुझे."उसके पिता बोले.थोड़ी देर में रेवती की माँ व स्वयं रेवती भी आकर वहीं बैठ गई.नौकर चाय–नाश्ते की ट्रे रख कर चला गया.–"हाँ,तो शादी राजधानी चल कर करनी है या यहीं ठीक रहेगा."वह बोले.–"यहीं ठीक रहेगा.यहाँ मेरा छोटा भाई,मम्मा वगैरह हैं,वे भी आ जाएँगे.अच्छा लगेगा उन्हें."शान्तनु ने कहा.–"ठीक है.मैंने पंडितजी से सब सुधवा लिया है,अगले माह वसंत–पंचमी है,उसी दिन फेरे हो जाएँगे."वे बोले.उसने कहा–"ठीक है."–"तुम्हारी कोई और माँग हो तो बताओ."रेवती के पिता ने पूछा.वह बोला–"कुछ नही,केवल शादी–ब्याह की पूरी व्यवस्था आपको ही करनी पड़ेगी.मुझे इस समन्ध में कुछ अधिक नही आता."सुन कर रेवती के पिता कुछ पल चुप रहे,फिर बोले–"हाँ,ठीक है."फिर वहाँ चुप्पी छा गई.थोड़ी देर वह वहाँ और बैठा फिर चला आया.

मन अब और अधिक संशंकित हो उठा,डर भी लग रहा था.वह मन ही मन अपने आप से पूछ रहा था कि वह यह सब ठीक तो

कर रहा है न?किन्तु अब इस सम्बन्ध में वह इतनी दूर आ गया था कि पीछे लौटना मुश्किल था.

00

निश्चित दिन बसंत–पंचमी को रेवती व शान्तनु विवाह–बंधन में बँध गए.गयादीन,मम्मा वगैरह शादी में सम्मिलित हुए.उन्होंने पूरे विवाह कार्यक्रम में भाग लिया और फिर वापिस घर लौट गए.रिसेप्सन हुआ.इसमें रेवती के पिता से सम्बन्धित राजनीतिक व समाज के प्रतिष्ठित तथा प्रभावशाली लोगों एवं प्रशासनिक अधिकारियों,शान्तनु के कॉलेज के विभागीय साथी व अन्य आत्मीय स्वजनों ने भाग लिया.

शादी के बाद रेवती के पिता बोले–'' वहाँ छोटे से क्वार्टर में रह कर क्या करोगे,मैं तो यहाँ रहता नही,अधिकतर राजधानी में ही रहता हूँ,केवल रेवती ही यहाँ रहती है,इसलिए तुम भी यहीं आकर रहो.''शान्तनु ने इस सम्बन्ध में कोई अपनी प्रतिक्रिया नही दी.थोड़ी देर बाद बोला–''बाद में इस सम्बन्ध में सोचते हैं.''इसके बाद रेवती की विदाई करा कर वह अपने क्वार्टर में आ गया.अब रेवती घर की वास्तविक मालकिन थी.इतने दिनों तक तो वह सेवक की भाँति यहाँ रह रही थी किन्तु अब वह अधिकार पूर्वक यहाँ आ गई थी.

शादी के बाद सुहागरात में रेवती ने शान्तनु से पूँछा'–''मुझे भी मंथरा की भाँति छोड़ कर तो नही भाग खड़े होगे?मैं यह इसलिए पूँछ रही हूँ क्योंकि तुम्हारी ऐसी ही विचारधारा से मैं परिचित हूँ.मुश्किलों या जीवन के अवरोधों के आने पर तुम मैदान छोड़ कर भाग खड़े होते हो.यह पक्का है न कि अब तुम्हें सांसारिक जीवन ही जीना है.ऐसा न हो कि कठिनाईयाँ आने पर तुम धीरे से निकल कर फिर साधु–संतों की संगत करने लगो.आत्मा–परमात्मा,परम तत्व,मोक्ष वगैरह की तो नही सोचेगे?''शान्तनु ने इसका कोई जवाब उसे नही दिया किन्तु

149

उसे लग रहा था कि रेवती का व्यक्तित्व अधिनायकवादी–सा है,वह अधिकार तो चाहती है पर संपूर्णता के साथ.एक समय तक तो वह यही सोचता रहा था कि शादी के मंडप से उठ कर भाग खड़ा हो,फिर से अपने पुराने आश्रम के महंत का जीवन जिएं.वह जीवन इतना बुरा भी नही था किन्तु इस मोह का वह क्या करे जो उसका पीछा ही नही छोड़ता.संत का जीवन भी क्या जीवन था,न उसमें कोई संकट था न उहापोह,शांतिपूर्ण नदी की शांत धारा की तरह बहता जीवन था.भगवान की भक्ति में ध्यान मग्न हो,प्राकृतिक जीवन था किन्तु अब वह कुछ भी नही कर सकता था.वह अपने–आपको बंधनों में जकड़ा हुआ महसूस कर रहा था.रेवती के ज्यादा जोर देने पर वह बोला–"नही,जहाँ तक मैं सोचता हूँ अब ऐसा नही होगा."कह कर उसके रूप–सौन्दर्य में खो गया.फिर धीरे से बोला–"रेवती,तुम मेरा जीवन हो,ऐसी बातें क्यों सोचती हो.तुम ही मुझे विश्वास दिलाओ कि महत्वाकांक्षाओं के जाल में उलझ कर मुझे अकेला छोड़ कर चली तो न जाओगी." रेवती इसके प्रत्युत्तर में कुछ न बोली.उसका तो वर्षों पुराना एक स्वप्न पूरा हो रहा था.आज उसने पूरी तरह शान्तनु को पा लिया था.पता नही शान्तनु की क्या बात उसे अच्छी लगी कि पहिले ही दिन से वह उसके स्वप्न देखने लगी थी.वह शान्तनु के सीने में दुबकी हुई थी.शान्तनु ने भी उसे दोनों हाथों से अपने और करीब कर लिया.

दूसरे दिन शान्तनु के माता–पिता वापिस राजधानी जाने लगे.रेवती ने नाश्ता बनाया.घर का काम सेवक कर ही गया था.अतः उसे इसमें अधिक समय नही लगा था.दोनों ने नाश्ता किया.इसके बाद रेवती ने गैरेज से कार निकाली,शान्तनु उसमें बैठा और वे चल दिए.रेवती के बंगले पर जब वह पहुँचे तक तक उसके माता–पिता अभी जाने की तैयारियों में ही व्यस्त थे.उन दोनों को देख कर वे बड़े खुश हुए.माँ ने बेटी को गले लगाते हुए धीरे से कहा–"किसी बात की चिन्ता मत

करना,न होगा तो थोड़े समय बाद तुम भी वहीं आ जाना.’’रेवती कुछ न बोली.इसके बाद पिता भीतर से बाहर निकलते हुए बोले—’’इस बार तो हम दोनों अकेले ही जा रहे हैं,अगली बार सब साथ—साथ ही चलेंगे.आखिर तुम्हारे जीवन का लक्ष्य केवल शादी—विवाह ही नही है.बहुत कुछ करना है तुम्हें,मेरी विरासत संभालना है.अगले चुनाव में तुम्हें भी किसी अच्छी—सी सीट से टिकिट दिलवा दूँगा.जीतने के बाद जहाँ मैं ठहर गया,उसके आगे तुम्हें जाना होगा.’’रेवती केवल मुस्कुरा दी.शान्तनु बैठक में ही बैठा था.वह वहाँ रखी पत्र—पत्रिकाएं उलट—पलट रहा था.थोड़ी देर में रेवती,उसके माता—पिता तीनों बाहर आए.शान्तनु भी उठा.उसने दोनों को प्रणाम किया.दोनों ने उसे आशीष दिया और बाहर कार में बैठ कर हवाई—अड्डे के लिए निकल गए.

रेवती बोली—’’मम्मी—पापा तो चले ही गए है,आज हम यहीं रुक जाते हैं.’’शान्तनु बोला—’’मुझे डिपार्टमेंट जाना होगा.परीक्षाऐं सिर पर हैं,छात्रों की पढ़ाइ पर ध्यान देना होगा.’’रेवती बोली—’’एक दिन की ही तो बात है.कल वापिस चले चलेंगे.’’शान्तनु कुछ न बोला.कुछ देर के अबोले के बाद रेवती ही बोली—’’हम शादी के बाद कहीं गए नही है,कहीं घूमने चलते हैं.’’थोड़ा रुक कर फिर बोली—’’विदेश में कोई अच्छी जगह चलते हैं.यह अवसर जीवन मे बार—बार थोड़े ही आता है.टिकिट वगैरह सब पापा करवा देंगे.’’शान्तनु पहिले कुछ सोचता रहा फिर बोला—’’तुम कहो तो देश—विदेश तो कभी भी घूम लेंगे,थोड़ी दूरी पर एक बहुत ही अच्छी जगह है—झरने हैं,हरियाली है,ठहरने के लिए अच्छे हॉटल हैं.,तुम्हें वहाँ बहुत अच्छा लगेगा.पहिले वहाँ हो आते हैं फिर कहोगी तो विदेश भी चले चलेंगे.पापा के पास क्या मेरे पास भी पैसे हैं.टिकिट वगैरह की तुम चिन्ता मत करो.’’रेवती बोली—’’ठीक है,कब चलना है.’’—’’जब तुम कहो.’’शान्तनु ने कहा.—’’अपनी गाड़ी से ही चलेंगे.जब पास

में ही चलना है तो अन्य वाहन की आवश्यकता ही नही है.''रेवती बोली.शान्तनु ने कहा–''ठीक है.''

दूसरे दिन उन्होंने कार में सामान रखा और चल दिए.वे लोग सूर्योदय के पहिले ही घर से चल दिए थे.अतः सड़क पर चलते हुए थोड़ी देर बाद ही घने जंगलों के बीच से होते हुए वे चले जा रहे थे.रेवती जंगल और पहाड़ों के बीच से उगते हुए सूर्य को देख रही थी.फिर बोली–''कितना मनोरम दृश्य है यह.साथ ही डर भी है,इन जंगली राहों पर,कहीं कोई जंगली जानवर आ गया तो.''शान्तनु बोला–''प्रकृति का अपना अनुशासन होता है.जंगली जानवरों के निकलने का यह समय नही है.यह तो जीवन में नवीनता व उत्साह के समावेश का समय है.सच में रेवती जब तुम पहिली शादी के रिशेप्सन में मेरे गले से लिपट कर रोई थीं तब मैं भीतर तक दुःखी हो उठा था.सोचता था मैंने दादी से तुम्हारे बारे में क्यों नही कहा.वह तो मेरी बात मानती थीं,तभी हम दोनों की शादी हो जाती.''कह कर वह चुप हो गया.उसने फिर कहना जारी रखा–''जब तुम पहिले दिन लायब्रेरी के अध्ययन कक्ष में आईं थीं,तभी मैं तुमसे सम्मोहित हो कुछ पलों तक कहीं खो–सा गया था.इसी डर से मैंने तुम्हें वहाँ आने से मना किया था.''सुन कर रेवती बोली–''मैं समझती हूँ,पर मेरी जैसी तपस्या तुम न कर पाते.पापा ने कितना जोर दिया मुझे शादी के लिए,पर मैं उन्हें टालती रही.मुझे विश्वास था,तुम मुझसे कहीं न कहीं तो मिलोगे ही और मिले भी कहाँ–दक्षिण के उस मंदिर में,और साधु वेश में.''इसी तरह बातें करते हुए वे निर्धारित जगह जा पहुँचे.

शाम का समय था,पश्चिम में गहरी लालिमा छाई थी.नदी के पानी पर पड़ती इसके प्रकाश की छाया बड़ी मनमोहक लग रही थी.नदी के दोनों किनारों की तरफ घना जंगल था.नदी आगे जाकर ऊपर से नीचे पत्थरों पर गिर कर हजारों हजार झरनों में बदल जाती

थी.उसमें इसके फेनिल झाग भरे जल को देख कर मन प्रसन्न हो उठता था.कुछ देर तक यह दृश्य देखते रहे वे.फिर अपने ठहरने के स्थान पर लौट आए.

वे लोग दो—तीन दिन वहाॅ रुके.फिर लौट पड़े.

00

समय बीता.शान्तनु और रेवती के दो बच्चे हुए—अभय और अभिनव.गोल—मटोल,सुन्दर,स्वस्थ बच्चों को देख कर दोनों ही खुश थे.शान्तनु अब तक अपनी वरिष्ठता के अनुसार कॉलेज में प्राचार्य हो गया था.अतः घर पर कॉलेज के ही कर्मचारी —चौकीदार,फर्राश वगैरह कार्य करने आते थे.रेवती को कुछ भी काम अपने हाथ से करने की आवश्यकता न पड़ती.वह अपनी गृहस्थी में व्यस्त थी.उसके माता—पिता भी जब इनके पास आते तो बच्चों के साथ खेल कर,उन्हें दुलार कर अपना बचपना जी लेते.अब वह बूढ़े होने लगे थे.एक दिन रेवती अकेली बैठी थी,पिता उसके पास आए,बोले—''बेटा,अब तो बच्चे भी थोड़े बड़े हो गए हैं,भविष्य के बारे में भी सोचो.मैं अब आगे चुनाव लड़ने में असमर्थ रहूॅगा,चाहता भी नही.अब मेरी विरासत तुम संभालो.पार्टी में मेरी अभी इतनी चलती है कि तुम्हें जहाॅ से तुम चाहोगी—-टिकिट मिल जाएगी.कब तक गृहस्थी—गृहस्थी का खेल खेलोगी.जीवन में आगे बढ़ो.''सुन कर रेवती कुछ न बोली.

शाम को जब शान्तनु कॉलेज से लौटा तो उसने उससे यह सब कहा तो वह बोला—''वे तो कहेंगे ही,तुम क्या चाहती हो,यह महत्वपूर्ण है.राजनीति में उतरने पर तुम्हें भी तो उन्हीं के साथ राजधानी में रहना होगा.झाल—बच्चों की संभाल उनकी शिक्षा वगैरह कौन देखेगा.''सुन कर रेवती चुप रह गई.

जब उसके पिता उसके पास अकेले बैठे थे,तब उसने शान्तनु की कही हुई बातें उन्हें बताईं.वे बोले–"हाँ,रहना तो तुम्हें वहीं पड़ेगा,देश का दिल है वो,उसकी धड़कन से ही देश का दिल धड़कता है.रही बात बच्चों की तो इस छोटे–से शहर की अपेक्षा इनकी शिक्षा तथा पालन–पोषण और भी अच्छी तरह वहाँ हो सकेगा,ऐसा मेरा विश्वास है.यहाँ रखा क्या है?बाद में यदि शान्तनु चाहेगा तो वह भी वहीं आ जाएगा."

कुछ दिन बीते थे कि रेवती ने शान्तनु से इस सम्बन्ध में फिर बात की.वह बोला कुछ नही.सुन कर चुप रह गया.वह मन ही मन इन सबके अभाव की कल्पना और अपने अकेलेपन की सोच मात्र से सिहर उठा था.कुछ समय और बीता.फिर एक बार रेवती व्दारा इस सम्बन्ध में पूँछने पर वह बोला–"तुम जैसा चाहो करो."कह कर वह वहाँ से एक तरफ चला गया.

00

आखिर पिता जब राजधानी जाने लगे तब रेवती भी बच्चों सहित उनके ही साथ जाने की तैयारी करने लगी.शान्तनु सब देख–सुन रहा था.मन में उसके इन सबके चले जाने के बाद की स्थितियों को सोच–सोच कर वह दु:खी था किन्तु वह किसी से बोला कुछ नही.सब कुछ तटस्थ भाव से देखता रहा.आखिर रेवती और बच्चे पिता और माँ के साथ राजधानी चले गए.जाते–जाते रेवती बोली–"तुम भी साथ ही चलो,यहाँ अकेले कैसे रहोगे?पापा वहाँ तुम्हारे लिए भी कुछ न कुछ कर ही देंगे."सुन कर शान्तनु का स्वाभिमान भीतर तक पीड़ित हो उठा.वह कुछ न बोला.–हाँ उसने जाते हुए रेवती से यह अवश्य कहा कि रेवती,एक समय तो तुम मेरा साथ पाने के लिए जमाना छोड़ने के लिए तैयार थीं और आज अपनी महत्वाकांक्षाओं के कारण

मुझे दूसरों का आश्रित बनाना चाहती हो,क्या यह उचित है.आज तुम मुझे इस असहाय व अकेलेपन में छोड़ कर जा रही हो.ऐसा था तो मैं दक्षिण के मंदिर में महंत बन कर क्या दुःखी था?तुम्ही ने मुझे गृहस्थ आश्रम में वापिस आने के लिए मजबूर किया.सब कुछ छोड़ कर मेरे साथ जीवन—भर का साथ निभाने का भरोसा दिया और आज......''कहते—कहते वह रुक गया.आगे उससे और कुछ भी बोला न गया.उसका गला भर आया था.रेवती ने इस सब को सुन कर भी अनसुना कर दिया,उसके पिता उसे साथ चलने के लिए बाहर से आवाज लगा रहे थे.शान्तनु ने थोड़ा रुक कर जाती हुई रेवती से बच्चों को यहीं छोड़ कर जाने को कहा.बोला—''कम से कम उन्हीं को देख—देख कर मैं समय काट लूँगा.''किन्तु वह बोली—''यहॉ इनकी देखभाल कौन करेगा.''कहती हुई वह जाने लगी तो वह दोनों बच्चों के गले से लिपट गया किन्तु वह उन्हें उससे छुड़ा कर ले गई और पिता के साथ जाने के लिए कार में बैठ गई.कार चल दी.

अब वह अकेला था.उदास और बंगले के कमरे में विचार शून्य हो बैठा था.उसे कुछ समझ में नही आ रहा था.एक बार तो मन में आया कि वह भी उन्हीं के साथ ही चला जाए किन्तु यह हर दृष्टि से उचित नही लगा उसे. मनुष्य जीवन बार—बार नही मिलता.मनुष्य का जीवन मिला है तो आत्म—सम्मान आवश्यक है.रेवती के पिता ने भी तो कभी उससे इस सम्बन्ध में बात नही की,न ही यह कहा कि तुम भी साथ—साथ चलो,न होगा तो तुम्हें यहॉ से डेपुटेशन पर वहॉ ले चलते है.वहीं के किसी कॉलेज में इसी हैसियत से पद दिलवा देंगे.इतनी तो उनकी सामर्थ्य थी ही.शायद उनकी ऐसी इच्छा थी ही नही.याने अब जीवन की सच्चाई उसका अकेलापन ही थी.फिर भी उसके भीतर कहीं यह लगता था कि रेवती एक न एक दिन तो आऐगी,वह इतनी निष्ठुर नही हो सकती.उसने उसे

पाने के लिए क्या कुछ नही किया.एकदम ऐसे तो वह मुझे भुला नही सकती.यही सोच कर वह उसके फोन का इंतजार करने लगा किन्तु दिन बीते,महिना बीता उसका एक भी फोन नही आया.उसने हाल चाल भी नही पूॅछा.एक–दो बार उसने स्वयं भी उसे फोन किया किन्तु किसी ने उठाया ही नही.अब तो शान्तनु भीतर तक टूट गया.वह दिन भर ऐसे ही बैठा एक टक कमरे की छत की ओर टकटकी लगा कर देखता बैठा रहता.अब उसे मंदिर,मठ या वासुदेवाचार्य जी के यहॉ जाना भी अच्छा न लगता.उसके भीतर एक शून्य ने जगह बना ली थी.वह धीरे–धीरे जीवन से निराश होने लगा था.वह निरुद्देश्य शहर की सड़कों पर भटकता फिरता रहता.रात को आकर चुपचाप सो जाता.नदी पर जाता तो वहॉ वह एकटक नदी के बहते पानी की धारा को देखता बैठा रहता.धीरे–धीरे वह कपड़े पहिनने,रहन–सहन,खान–पान आदि की भी परवाह न कर अन्यमनस्क सा हो घर के पलंग पर पड़ा रहता.आखिर एक दिन उसने तय कर लिया कि ठीक है,सब कुछ शून्य से जन्म लेता है और अंत में शून्य में ही समा जाता है तो फिर शून्य ही मेरा साथी रहेगा और जब ऐसा है ही तब क्यों न इस शून्य के स्वामी ईश्वर की ही शरण में जाया जाय.''यह विचार उसके मन में दृढ़ होता जा रहा था.अतःकुछ महिनों के अंतराल के बाद उसने जब अपने आपको इस अकेली नीरवता से लड़ने में असमर्थ पाया तो एक दिन उसने अपनी नौकरी से इस्तीफा दिया,क्वार्टर की चाबी कॉलेज को सौंपी और उसी रात को वह अज्ञात स्थान की ओर चल पड़ा,अपना जीवन खोजने.सामने अंधेरी सड़क थी.उसे स्वयं पता नही था कि वह कहॉ जा रहा है.

|............ |......... |समाप्त |....... |......... |3.3.23

उपरोक्त सभी कुछ आख्यान कल्पना,ज्ञान और अनुभव की उपज है,इसकी घटनाऐं, पात्र,और अन्य सब कुछ कल्पनाजनित है,यदि व्यवहारिक जीवन में कहीं कुछ सादृश्यता लगे तो यह मात्र संयोग समझा जाए.किसी के व्यक्तिगत जीवन से इसका कोई सम्बन्ध नही है.

www.ingramcontent.com/pod-product-compliance
Lightning Source LLC
Chambersburg PA
CBHW021451150726
47989CB00001B/491